ユメコネクト③

えがけ！ 海辺《うみべ》の街《まち》の物語《ものがたり》！

成井露丸《なるいつゆまる》・作

くずもち・絵

JN197846

アルファポリスきずな文庫

もくじ

登場人物《とうじょうじんぶつ》
氷河《ひょうが》 理人《りひと》
ちょっとキザなイケメン男《だん》子《し》。遙香《はるか》に片思《かたおも》いしている。
桐島《きりしま》 海斗《かいと》
遙香《はるか》のイケメンな幼馴染《おさななじみ》。実《じつ》は前世《ぜんせ》から遙香《はるか》のパートナー！この頃《ごろ》ちょっとデレ気味《ぎみ》……？
西野《にしの》 京子《みやこ》
遙香《はるか》の親友《しんゆう》。物語《ものがたり》を書《か》くのが大好《だいす》き!
結女《ゆめ》 遙香《はるか》
明《あか》るく元気《げんき》な中学《ちゅうがく》二年生《にねんせい》。文芸部《ぶんげいぶ》の部長《ぶちょう》になった。

エレナの前世《ぜんせ》の婚約者《こんやくしゃ》。氷《こおり》の魔術《まじゅつ》を使《つか》う。
シャリフ・アイスウィンド
遥香《はるか》の前世《ぜんせ》。魔物《まもの》を退治《たいじ》している「白《しろ》の騎士《きし》」。
エレナ・ローゼンマイヤー
エレナのパートナーにしてクールな「黒《くろ》の騎士《きし》」。
リリアンヌ・フェルシュタット
謎《なぞ》の二人《ふたり》組《ぐみ》
合宿先《がっしゅくさき》に現《あらわ》れた。とても怪《あや》しいけれど……？
木《き》辻《つじ》唯《ゆい》
文芸部《ぶんげいぶ》の後輩《こうはい》。ちょっと落《お》ち込《こ》んでいる。
火《ひ》野《の》眞《ま》姫《き》那《な》
文芸部《ぶんげいぶ》の後輩《こうはい》。実《じつ》はお嬢様《じょうさま》!?

プロローグ　やってきたよ！　海《うみ》の街《まち》！

一定《いってい》のリズムで身体《からだ》を揺《ゆ》らす振動《しんどう》と共《とも》に、低《ひく》い音《おと》が聞《き》こえてくる。

ゆっくりと目《め》を開《ひら》いて、それが自分《じぶん》の乗《の》っている電車《でんしゃ》の音《おと》だと気《き》づく。

どうやら長《なが》い間《あいだ》、眠《ねむ》っていたみたいだ。頬杖《ほおづえ》をついたままだったから、左頬《ひだりほお》がちょっとだけ痛《いた》い。

顔《かお》を上《あ》げて左側《ひだりがわ》に目《め》をやると、電車《でんしゃ》の窓《まど》から流《なが》れていく風景《ふうけい》が見《み》えた。

緑《みどり》の樹々《きぎ》、褐色《かっしょく》の屋根《やね》、そして、その向《む》こうには青《あお》い海《うみ》。

「わー、海《うみ》じゃん！」

「あ、はるかちゃん、起《お》きた？」

右《みぎ》からの声《こえ》に振《ふ》り返《かえ》る。京子《みやこ》ちゃんが手元《てもと》に開《ひら》いていた文庫本《ぶんこぼん》から顔《かお》をあげてにこりと微笑《ほほえ》んだ。

　私《わたし》は頷《うなず》くと、両目《りょうめ》を腕《うで》でこすって、周《まわ》りを見《み》回《まわ》した。向《む》かい合《あ》わせにした前《まえ》の席《せき》には、眠《ねむ》っている眞姫那《まきな》ちゃんが唯《ゆい》ちゃんの右肩《みぎかた》にもたれかかっている。唯《ゆい》ちゃんはそれを気《き》にした様子《ようす》もなく、窓《まど》の外《そと》を見《み》ながら少《すこ》し緊張《きんちょう》したような表情《ひょうじょう》だ。

　あらためて視線《しせん》を戻《もど》すと、樹々《きぎ》の流《なが》れが途切《とぎ》れて砂浜《すなはま》と水平線《すいへいせん》が車窓《しゃそう》いっぱいに広《ひろ》がった。

「海《うみ》だねぇ〜。ほんと、海《うみ》！」

「はるかちゃん、さっきから海《うみ》しか言《い》ってないよ？」

「だって、海《うみ》なんだもん」

　広《ひろ》がる海《うみ》。それはなんだか特別《とくべつ》な世界《せかい》で、眺《なが》めるだけで胸《むね》がわくわくする。

　星ヶ丘中学校《ほしがおかちゅうがっこう》のある私《わたし》たちの街《まち》には海《うみ》がな

いから、余計《よけい》にそう感《かん》じるのかもしれない。

私《わたし》たち星《ほし》ヶ《が》丘中学《おかちゅうがく》文芸部《ぶんげいぶ》は、初《はじ》めての合宿《がっしゅく》へと向《む》かっているのだ。

あ、正《ただ》しくは文芸部《ぶんげいぶ》プラス一名《いちめい》ね。海斗《かいと》は部員《ぶいん》じゃないので。

通路《つうろ》を挟《はさ》んだ隣《となり》の席《せき》には、理人《りひと》くんと向《む》かい合《あ》わせで海斗《かいと》が座《すわ》っている。海斗《かいと》はスマホを見《み》ている。

理人《りひと》くんは肘掛《ひじか》けに頬杖《ほおづえ》をついて物思《ものおも》いにふけっているみたい……と、思《おも》ったら私《わたし》の視線《しせん》に気《き》づいたのかこっちを見《み》て、小《ちい》さく手《て》を振《ふ》ってきた。

思《おも》わず手《て》を振《ふ》り返《かえ》すと、理人《りひと》くんはにっこりと笑《わら》った。

理人《りひと》くんはクールな不思議《ふしぎ》キャラだ。彼《かれ》と出会《であ》ったのはほんの一週間前《いっしゅうかんまえ》。サラマンダー事件《じけん》を経《へ》て正式《せいしき》に私《わたし》たち文芸部《ぶんげいぶ》の一員《いちいん》になった。ちなみに前世《ぜんせ》で理人《りひと》くんは私《わたし》――エレナ・ローゼンマイヤーの婚約者《こんやくしゃ》、シャリフ・アイスウィンドだったのだ。公爵家《こうしゃくけ》の次男《じなん》にして魔術《まじゅつ》の天才《てんさい》、氷結《ひょうけつ》の魔術師《まじゅつし》。

理人《りひと》くんが私《わたし》に手《て》を振《ふ》っていることに気《き》づいた海斗《かいと》が、スマホから顔《かお》を上《あ》げて理人《りひと》くんを睨《にら》んでいる。まったく、仲良《なかよ》くしてよね～。

理人《りひと》くんはサラマンダー事件《じけん》の後《あと》、私《わたし》に「運命《うんめい》の人《ひと》」だって言《い》って告白《こくはく》してくれたのだ。彼《かの》女《じょ》になってほしいって。前世《ぜんせ》の記憶《きおく》に影響《えいきょう》されて言《い》ったのだと思《おも》うんだけど。彼女《かのじょ》になって付《つ》き合《あ》うとか、私《わたし》はよくわからなかったし、とりあえずはお断《ことわ》りした。

だけど、なんだかそれ以来《いらい》、海斗《かいと》が理人《りひと》くんのことをやたら警戒《けいかい》している。なんでだろうね？

首《くび》をかしげていると、京子《みやこ》ちゃんが前《まえ》に座《すわ》る唯《ゆい》ちゃんに話《はな》しかけた。

「唯《ゆい》ちゃん、大丈夫《だいじょうぶ》？　肩《かた》、重《おも》くない？　うち席《せき》変《か》わってもいいよ？」

「だ、大丈夫《だいじょうぶ》です！　先輩《せんぱい》！　全然《ぜんぜん》、このままで……」

「そう？　わかった。あと十五分《じゅうごふん》くらいで着《つ》きそうだし、もうちょっとしたら起《お》こしてあげよっか？　眞姫那《まきな》ちゃんのこと」

「はい！」

京子《みやこ》ちゃんの言葉《ことば》に、唯《ゆい》ちゃんは頷《うなず》いた。

一番《いちばん》に入部《にゅうぶ》した四月《しがつ》から、唯《ゆい》ちゃんは文芸部活動《ぶんげいぶかつどう》に一番前《いちばんまえ》のめりだった。

小学生《しょうがくせい》のときから物語《ものがたり》を読《よ》むことが好《す》きで、一人《ひとり》で小説《しょうせつ》を書《か》いていた女《おんな》の子《こ》。でも小学校《しょうがっこう》で自分《じぶん》の書《か》いた小説《しょうせつ》をからかわれたつらい思《おも》い出《で》を抱《かか》えていた。だからこそ文芸部《ぶんげいぶ》に入《はい》ってからは京子《みやこ》ちゃんの後《うし》ろを追《お》いかけるみたいに、いきいきと創作活動《そうさくかつどう》に打《う》ち込《こ》んでいる。

だけど……

「唯《ゆい》ちゃんどうしたの？　なんだか朝《あさ》から緊張《きんちょう》してない？」

私《わたし》は思《おも》わず聞《き》いた。

「え……、あ……、はい」

一番《いちばん》、文芸部合宿《ぶんげいぶがっしゅく》を楽《たの》しみにしていたくらいだと思《おも》っていたのに、ずっと浮《う》かない顔《かお》をしているのだ。

「もしかして唯《ゆい》ちゃん、サラマンダー事件《じけん》のこと気《き》にしてる？」

京子《みやこ》ちゃんがそう尋《たず》ねると、唯《ゆい》ちゃんは無言《むごん》で頷《うなず》いた。

私《わたし》と京子《みやこ》ちゃんは顔《かお》を見合《みあ》わせる。

「気《き》にすることないよ。あれは全部《ぜんぶ》サラマンダーが悪《わる》いんだから。唯《ゆい》ちゃんは何《なに》も気《き》にすることないよ。それにみんな無事《ぶじ》だったんだからね」

そう言《い》っても唯《ゆい》ちゃんはどこか浮《う》かない顔《かお》だ。

サラマンダー事件《じけん》。

ゴールデンウィーク前《まえ》、各部活動《かくぶかつどう》の新人獲得競争《しんじんかくとくきょうそう》の最後《さいご》に起《お》きた事件《じけん》は、振《ふ》り返《かえ》れば何人《なんにん》もの文芸部《ぶんげいぶ》への入部辞退者《にゅうぶじたいしゃ》を出《だ》した。

南《みなみ》の魔女《まじょ》に使役《しえき》された魔物《まもの》――サラマンダーに取《と》り憑《つ》かれた唯《ゆい》ちゃんは、子分格《こぶんかく》のレッサーサラマンダーを新入生《しんにゅうせい》の心《こころ》の中《なか》に送《おく》り込《こ》み、入部《にゅうぶ》をやめたくなるように誘導《ゆうどう》したのだ。

でも、それもきちんと解決《かいけつ》した――はずだった。

唯《ゆい》ちゃんは、眞姫那《まきな》ちゃんを起《お》こさないようにそっと首《くび》を横《よこ》に振《ふ》る。

「……でも、あれは半分《はんぶん》、私《わたし》のわがままな気持《きも》ちなんです。小説《しょうせつ》を書《か》く気《き》もなくて、書《か》く人《ひと》を冷《ひ》やかしたり、邪魔《じゃま》したりするような新入部員《しんにゅうぶいん》は入《はい》ってきてほしくないって想《おも》いをサラマンダーは膨《ふく》らませただけなんです」

私《わたし》たちはまた顔《かお》を見合《みあ》わせた。

サラマンダーに取《と》り憑《つ》かれて、思《おも》いにブレーキが効《き》かなくなったのは良《よ》くないし、サラマンダーが変《へん》な力《ちから》を与《あた》えてしまったからって他《ほか》の新入生《しんにゅうせい》に悪《わる》いことをしてしまったのも良《よ》くない。

でも、唯《ゆい》ちゃんの想《おも》いそのものが悪《わる》いものだったとは思《おも》えないのだ。

だから私《わたし》は唯《ゆい》ちゃんにあまり自分《じぶん》を責《せ》めてほしくないし、やっぱり唯《ゆい》ちゃんがのびのびと創《そう》作《さく》を楽《たの》しんでくれる居場所《いばしょ》をつくりたい。

「そういうふうに唯《ゆい》ちゃんが思《おも》っていたとしても、私《わたし》はやっぱり唯《ゆい》ちゃんが悪《わる》いとは思《おも》わないよ。やっぱり、文芸部《ぶんげいぶ》は創作《そうさく》を楽《たの》しむ場所《ばしょ》なんだし！　サラマンダーはやりすぎちゃったけど！　結局《けっきょく》、大《おお》きな怪我《けが》もなかったことだし」

「……ありがとうございます。……でも、なんだか申《もう》し訳《わけ》なくて」

やっぱり唯《ゆい》ちゃんは浮《う》かない顔《かお》だ。その気持《きも》ちはわからなくもない。なにかやっちゃったあとって、凹《へこ》むし、まわりに申《もう》し訳《わけ》なく思《おも》っちゃうんだよね。

こういうのは本人《ほんにん》の問題《もんだい》だし、私《わたし》たちは待《ま》つしかないのかもしれない。この文芸部合宿《ぶんげいぶがっしゅく》を通《とお》して、唯《ゆい》ちゃんが自信《じしん》を取《と》り戻《もど》して、心《こころ》のしこりみたいなのが取《と》れるといいな。

それに、申《もう》し訳《わけ》ない気持《きも》ち、ってだけなら私《わたし》にだってある。

「それを言《い》ったら、私《わたし》も自分《じぶん》が部長《ぶちょう》なのは申《もう》しわけないよ。今《いま》まで小説《しょうせつ》書《か》きあげたことないし」

「でも、はるかちゃんは、小説読《しょうせつよ》むのは好《す》きだし、うちが書《か》くこともめっちゃ応援《おうえん》してくれるよ？　だから創作《そうさく》の邪魔《じゃま》になったりすることは全然《ぜんぜん》ないから、それは違《ちが》うんじゃないかなぁ」

「そうです！　そうです！」

「ありがとう。やっぱり、私《わたし》の気持《きも》ちの問題《もんだい》なのかなぁ？」

部長《ぶちょう》になった一昨日《おととい》から、どこか申《もう》し訳《わけ》なさを感《かん》じてしまうのだ。

そう言《い》うと、京子《みやこ》ちゃんがきらりと目《め》を輝《かがや》かせた。

「でも、だったら、はるかちゃんにとってもこの合宿《がっしゅく》はいい機会《きかい》になるんじゃないかな？」

「どういうこと？」

「だって、文芸部合宿《ぶんげいぶがっしゅく》でしょ？　三泊四日《さんぱくよっか》。やることはもちろん小説執筆《しょうせつしっぴつ》にきまっているよね？　はるかちゃん？」

どえええええ。そうか！　そうだったか！

これから向《む》かう海《うみ》の街《まち》にある眞姫那《まきな》ちゃんの別荘《べっそう》。合宿《がっしゅく》はただの旅行《りょこう》くらいにしか考《かんが》えていなかったけど、そう言《い》えば文芸部合宿《ぶんげいぶがっしゅく》だったんだった！　海《うみ》で遊《あそ》ぶくらいしか考《かんが》えていなかったよ！　花火大会《はなびたいかい》もあるって聞《き》いてたし！

「――と、いうことは？」

「もちろん、合宿《がっしゅく》ではみんなに一作品《いちさくひん》書《か》いてもらおうと思《おも》っています。唯《ゆい》ちゃん、いいよね⁉」

京子《みやこ》ちゃんの言葉《ことば》にはっとして顔《かお》を上《あ》げた唯《ゆい》ちゃんは、両手《りょうて》を握《にぎ》りしめて大《おお》きく頷《うなず》いた。

「私《わたし》はもちろんいいです。嬉《うれ》しいです。京子先輩《みやこせんぱい》と泊《と》まり込《こ》みで一緒《いっしょ》に創作活動《そうさくかつどう》できるなんて光栄《こうえい》です！」

「ね、はるかちゃん、ちょうどいいでしょ？　ここでついに、はるかちゃんもデビューするの！」

「素敵《すてき》です！　遥香先輩《はるかせんぱい》！　私《わたし》もお手伝《てつだ》いします！」

「う、うん。――そうだね。よし、頑張《がんば》るかな！」

勢《いきお》いでガッツポーズを決《き》める。ぐいっと力《ちから》こぶ。

ふと思《おも》う。この文芸部合宿《ぶんげいぶがっしゅく》はもしかしたらサラマンダー事件《じけん》を受《う》けて、傷《きず》ついた唯《ゆい》ちゃんを元気《げんき》づけるためのものでもあるのかも。

文芸部《ぶんげいぶ》を「みんなが創作活動《そうさくかつどう》を楽《たの》しむ場所《ばしょ》」にしたいと願《ねが》った唯《ゆい》ちゃん。本当《ほんとう》ならそれは私《わたし》たち先輩《せんぱい》が、唯《ゆい》ちゃんたち一年生《いちねんせい》のために用意《ようい》してあげるべきものなのかもしれない。

私《わたし》はなんとなくポケットに手《て》を突《つ》っ込《こ》んだ。ポケットの中《なか》ではユメコネクトのクリスタルが指先《ゆびさき》に触《ふ》れる。なんだか自信《じしん》が湧《わ》いてくるような気《き》がした。

夢《ゆめ》の中《なか》で「白《しろ》の騎士《きし》」に私《わたし》を変身《へんしん》させてくれるクリスタル。それは知《し》らない間《あいだ》に、私《わたし》にとって勇気《ゆうき》の象徴《しょうちょう》になっているのかもしれない。

「……うん？　どうしたの？」

その時《とき》、眞姫那《まきな》ちゃんが目《め》を覚《さ》ました。右腕《みぎうで》で目《め》をこすっている。

「あ、眞姫那《まきな》ちゃん。今《いま》、合宿《がっしゅく》のこと話《はな》していたの。京子先輩《みやこせんぱい》たちと。この文芸部合宿《ぶんげいぶがっしゅく》で一人《ひとり》一作品《いちさくひん》は書《か》くことにしようって」

「え？　……私《わたし》、小説《しょうせつ》とか書《か》いたことないけど」

「大丈夫《だいじょうぶ》だよ。私《わたし》も京子先輩《みやこせんぱい》もサポートするし」

小《ちい》さくあくびをする眞姫那《まきな》ちゃんが一《ひと》つ息《いき》を吐《は》いてから、私《わたし》の方《ほう》を上目遣《うわめつか》いに見上《みあ》げる。

「遙香先輩《はるかせんぱい》も書《か》かれるんですか？　たしか先輩《せんぱい》も小説書《しょうせつか》いたことないって……」

「書《か》くよ！　なんてったって！　私《わたし》、文芸部部長《ぶんげいぶぶちょう》だからね！」

当然《とうぜん》でしょ、と言《い》わんばかりに親指《おやゆび》を立《た》ててみせる。

「眞姫那《まきな》ちゃん！　一緒《いっしょ》に頑張《がんば》ろう！　初心者同盟《しょしんしゃどうめい》！」

「え？　あ、はい。……そもそも文芸部《ぶんげいぶ》に入《はい》ったら何《なに》か書《か》くんだろうなって思《おも》っていたんで、いいですよ？」

意外《いがい》とあっさりの眞姫那《まきな》ちゃん。最初《さいしょ》からそのつもりだったみたい。

あれ？　海《うみ》で遊《あそ》ぶ合宿《がっしゅく》だって思《おも》っていたのは私《わたし》だけ？

確《たし》かに五月《ごがつ》はまだ海《うみ》で遊《あそ》ぶには水《みず》が冷《つめ》たいけど〜。

「眞姫那《まきな》ちゃん、私《わたし》でよければサポートできることはするからね」

「ありがと。唯《ゆい》ちゃん」

一年生《いちねんせい》は一年生《いちねんせい》で仲良《なかい》い感《かん》じ。一年生《いちねんせい》は結局《けっきょく》この二人《ふたり》だけになっちゃったけど、とってもいい感《かん》じだし、今日《きょう》からの文芸部合宿《ぶんげいぶがっしゅく》も、これからの文芸部《ぶんげいぶ》も楽《たの》しみだよ！

そうそう。文芸部《ぶんげいぶ》は去年《きょねん》からいる私《わたし》と京子《みやこ》ちゃん。それに新入部員三名《しんにゅうぶいんさんめい》。一年生《いちねんせい》の唯《ゆい》ちゃんと眞姫那《まきな》ちゃん、そして、二年生《にねんせい》の——

「何《なん》の話《はなし》をしてたの？　もりあがっているね」

見上《みあ》げると理人《りひと》くんが私《わたし》たちを覗《のぞ》き込《こ》んでいた。彼《かれ》が三人目《さんにんめ》の新入部員《しんにゅうぶいん》だ。

「合宿《がっしゅく》で一人一作品《ひとりいちさくひん》、短編小説《たんぺんしょうせつ》を書《か》こうって話《はなし》。理人《りひと》くんも書《か》ける？」

「もちろん。短編《たんぺん》だからそんなに長《なが》くなくていいんだよね？」

「うん。——あ、海斗《かいと》はいいよ、書《か》かなくても。文芸部員《ぶんげいぶいん》じゃないし」

理人《りひと》くんの隣《となり》には、海斗《かいと》も立《た》っていた。

私《わたし》の幼馴染《おさななじみ》。文芸部員《ぶんげいぶいん》じゃないけど、今回《こんかい》の合宿《がっしゅく》には一緒《いっしょ》についてくることになった。

お互《たが》いがエレナとリリアンヌだってわかってから、なんだか一緒《いっしょ》に行動《こうどう》することが増《ふ》えた。

サラマンダー事件《じけん》でも海斗《かいと》に助《たす》けられたし、そんな流《なが》れで文芸部員《ぶんげいぶいん》プラス一名《いちめい》で仲良《なかよ》しグループみたいになっている。

「いやまあ、書《か》かないけど。——遙香《はるか》は書《か》けるのかよ？　まだ小説《しょうせつ》書《か》いたことないんだろ？」

「失礼《しつれい》ね！　途中《とちゅう》まで書《か》いたことはあるよ！　……完成《かんせい》したことはないけど」

「世《よ》の中《なか》ではそれを『書《か》いたことがない』って言《い》うんだよ」

「ぐぬぬぬぬ」

一緒《いっしょ》に居《い》ても意地悪《いじわる》さは全然変《ぜんぜんか》わらないけど！

「まあまあ、海斗《かいと》くん、はるかちゃんのことが心配《しんぱい》なのはわかるけど過保護《かほご》は良《よ》くないよ～」

京子《みやこ》ちゃんのなだめるみたいな言葉《ことば》に、海斗《かいと》は「してねーよ」と顔《かお》を赤《あか》らめた。どこに照《て》れる要素《ようそ》があったのか、まるでわからない。

じとーっと見《み》ていると、ちょうどその時《とき》、電車《でんしゃ》の車内放送《しゃないほうそう》が流《なが》れた。

その声《こえ》を発《はっ》するスピーカーの方向《ほうこう》に、理人《りひと》くんが人差《ひとさ》し指《ゆび》を立《た》ててみせた。

「あと十分《じゅっぷん》くらいで目的地《もくてきち》に着《つ》くみたいだよ。はるかちゃん」

そう言《い》われて窓《まど》の外《そと》を見《み》ると、今《いま》にも潮《しお》の香《かお》りがしてきそうな青《あお》い海《うみ》の手前《てまえ》に、線路《せんろ》に沿《そ》うように走《はし》るまばらな車《くるま》の姿《すがた》や、数々《かずかず》の瓦屋根《かわらやね》が流《なが》れて見《み》えた。

電車《でんしゃ》はやがて、目的地《もくてきち》の街《まち》へと入《はい》っていく。

今回《こんかい》の文芸部合宿《ぶんげいぶがっしゅく》の開催地《かいさいち》。眞姫那《まきな》ちゃんの家《いえ》の別荘《べっそう》がある海辺《うみべ》の街《まち》。

六人《ろくにん》でする初《はじ》めての三泊四日《さんぱくよっか》の旅行《りょこう》。初《はじ》めての街《まち》。

私《わたし》たちはこの街《まち》で何《なに》に出会《であ》い、何《なに》を感《かん》じて、どんな物語《ものがたり》を書《か》くのだろう。

初《はじ》めてへの期待《きたい》が、じんわりと胸《むね》の中《なか》で膨《ふく》らんだ。

＊

「ついたぞ〜！」

改札口《かいさつぐち》を飛《と》び出《だ》して私《わたし》は大《おお》きく伸《の》びをする。

燦々《さんさん》と輝《かがや》く太陽《たいよう》。ほんのりと匂《にお》う潮《しお》の香《かお》り。これはまさに海辺《うみべ》の街《まち》！

「テンション高《たか》いなあ。遥香《はるか》」

「なによ、海斗《かいと》は盛《も》り上《あ》がらないの？」

スポーツバッグを右肩《みぎかた》から後《うし》ろにぶら下《さ》げた海斗《かいと》が隣《となり》までやってきた。

五月上旬《ごがつじょうじゅん》にしては強《つよ》い日差《ひざ》しに海斗《かいと》も目《め》を細《ほそ》めている。

「そりゃ盛《も》り上《あ》がるけどさ。遥香《はるか》ほど何《なに》も考《かんが》えずに外《そと》に出《だ》したりしないだけだ。いつまでも子《こ》供《ども》じゃねえし」

「あれー、大人《おとな》ぶっちゃって。大人《おとな》な海斗《かいと》は後輩《こうはい》からもモテモテだもんねぇ〜。このこの〜」

「……そんなんじゃねーよ」

海斗《かいと》はなんだか不機嫌《ふきげん》になるとプイッと顔《かお》を背《そむ》けた。

自分《じぶん》から絡《から》んできたくせに勝手《かって》なやつである。

後《うし》ろを振《ふ》り返《かえ》ると他《ほか》のメンバーも続々《ぞくぞく》と改札口《かいさつくち》から出《で》てきた。

京子《みやこ》ちゃんに理人《りひと》くん、そして唯《ゆい》ちゃんに眞姫那《まきな》ちゃん。

眞姫那《まきな》ちゃんは駅員《えきいん》さんにぺこりと頭《あたま》を下《さ》げている。知《し》っている人《ひと》なんだろうか？　それとも眞姫那《まきな》ちゃんが礼儀正《れいぎただ》しいだけ？

駅《えき》から車《くるま》で少《すこ》し行《い》った高台《たかだい》に、眞姫那《まきな》ちゃんの家族《かぞく》の別荘《べっそう》はあるんだって。すごいよね、別荘《べっ》《そう》を持《も》ってるなんて。全然知《ぜんぜんし》らなかったけれど眞姫那《まきな》ちゃんはそれなりにお嬢様《じょうさま》らしい。いつもは全然《ぜんぜん》そんな素振《そぶ》りのない元気《げんき》な女《おんな》の子《こ》だけど。

「気持《きも》ちいい潮風《しおかぜ》だね、はるかちゃん」

「そうだね。いい感《かん》じ。理人《りひと》くんも大丈夫《だいじょうぶ》？　長旅疲《ながたびつか》れてない？」

「ああ、ありがとう。大丈夫《だいじょうぶ》だよ」

そう言《い》って理人《りひと》くんが目《め》を細《ほそ》める。

「——なんだか少《すこ》し力場《フィールド》の揺《ゆ》らぎを感《かん》じるけれど」

「何《なに》か言《い》った？」

うまく聞《き》き取《と》れなかったので尋《たず》ねる。でも彼《かれ》は「いや、なんでもないよ」と首《くび》を左右《さゆう》に振《ふ》った。

駅前《えきまえ》はロータリーになっていて、タクシーが数台《すうだい》と送迎《そうげい》のリムジンバスが停《と》まっていた。その向《む》こうにはお土産屋《みやげや》さんや食事処《しょくじどころ》。そこまで有名《ゆうめい》な観光地《かんこうち》というわけではないけれど、夏《なつ》には海水浴《かいすいよく》目当《めあ》ての観光客《かんこうきゃく》も多《おお》いのだとか。

「あ、海野《うみの》のおじさん！」

そう声《こえ》をあげると、眞姫那《まきな》ちゃんが両手《りょうて》を振《ふ》りながら飛《と》び出《だ》した。

彼女《かのじょ》が向《む》かった先《さき》を見《み》ると、少《すこ》し離《はな》れた場《ば》所《しょ》に大《おお》きめのボックスワゴン車《しゃ》が停《と》まっていて、その向《む》こうで小《ちい》さく手《て》を上《あ》げる大人《おとな》の姿《すがた》が見《み》えた。

お父《とう》さんより少《すこ》し歳《とし》が上《うえ》くらいのおじさんなんだけど、すごく紳士《しんし》っぽい。紳士《しんし》なんて言葉《ことば》、いつもは使《つか》わないんだけど、ほんとそう言《い》ってしまうくらいに紳士感《しんしかん》のあるおじさんだった。

「やあ、眞姫那《まきな》ちゃんよく来《き》たね。子供《こども》だけで大丈夫《だいじょうぶ》だったかい？」

「おじさん！　私《わたし》だってもう中学一年生《ちゅうがくいちねんせい》になったんだからね！　電車《でんしゃ》に乗《の》るくらい一人《ひとり》でできます。それに今回《こんかい》は先輩《せんぱい》たちも一緒《いっしょ》だったし」

「よろしくお願《ねが》いしま〜す」

誰《だれ》からというわけではなく、私《わたし》たちは迎《むか》えにきてくれたおじさんにペコリと頭《あたま》を下《さ》げた。

それを見《み》るとおじさんは破顔《はがん》して「いらっしゃい」と応《おう》じた。

「いつも眞姫那《まきな》ちゃんがお世話《せわ》になっているみたいだね。ありがとう」

丁寧《ていねい》に頭《あたま》を下《さ》げるおじさんに、恐縮《きょうしゅく》してしまう。

「海野《うみの》のおじさんはこの街《まち》の病院《びょういん》の院長《いんちょう》なんだよ！」

「へー、院長《いんちょう》さん！　すごい！」

眞姫那《まきな》ちゃんの言葉《ことば》に、びっくり。お医者《いしゃ》さんってだけでもすごいのに、院長《いんちょう》さんなんて本《ほん》当《とう》にすごい。

おじさんはちょっと困《こま》ったみたいに右手《みぎて》を頭《あたま》の後《うし》ろに回《まわ》す。

「ははは。すごくないよ。大切《たいせつ》なのは人《ひと》を助《たす》けることであって、大《おお》きな病院《びょういん》を経営《けいえい》することじゃない。すごいのは病院《びょういん》で働《はたら》く一人《ひとり》ひとりであって、私《わたし》じゃないんだよ」

そう言《い》って、おじさんは優《やさ》しく目《め》を細《ほそ》めた。

眞姫那《まきな》ちゃんはそんなおじさんのことをどこか誇《ほこ》らしげに見上《みあ》げていた。

「そういえば、おじさん、怜央《れお》の調子《ちょうし》はどうですか？　こっちに居《い》る間《あいだ》に一度《いちど》は病院《びょういん》までお見《み》舞《ま》いに行《い》けたらいいなって思《おも》うんですけど」

思《おも》い出《だ》したみたいに眞姫那《まきな》ちゃんが言《い》う。おじさんは一瞬視線《いっしゅんしせん》を逸《そ》らして考《かんが》えた後《あと》に頷《うなず》いた。

「ああ、そうだな……。ずいぶんと安定《あんてい》しているし、すぐに会《あ》えると思《おも》うよ。せっかくのゴールデンウィークだから、仲良《なかよ》くしてやってほしい」

「怜央《れお》くんって誰《だれ》？」

眞姫那《まきな》ちゃんの隣《となり》で唯《ゆい》ちゃんが首《くび》をかしげる。友達《ともだち》の唯《ゆい》ちゃんも知《し》らないみたいだ。

「私《わたし》のいとこだよ。だから、おじさんの子供《こども》。随分前《ずいぶんまえ》だけど、私《わたし》がこっちに住《す》んでいた時《とき》はいつも怜央《れお》と遊《あそ》んでいたんだ。この街《まち》を離《はな》れてからも、別荘《べっそう》に遊《あそ》びに来《く》るたびに遊《あそ》んでるの」

唯《ゆい》ちゃんも「へー」って頷《うなず》いている。

「幼馴染《おさななじみ》ってやつか？　なるほど、遥香《はるか》にとっての俺《おれ》か……」

何《なに》かよくわからないところで納得《なっとく》している海斗《かいと》。

言《い》っておくけど、幼馴染《おさななじみ》だけど、海斗《かいと》とはいとこじゃないからね？

ううん。突《つ》っ込《こ》むほどでもないから、流《なが》しておこう。

それより、その怜央《れお》くんは大丈夫《だいじょうぶ》なんだろうか。

「入院《にゅういん》してるの？　何《なに》かの病気《びょうき》？」

私《わたし》の問《と》いに、眞姫那《まきな》ちゃんが頷《うなず》く。

「はい、詳《くわ》しい病名《びょうめい》とかは知《し》らないんだけど、なんだか厄介《やっかい》なものらしくて。もう二年《にねん》近《ちか》く入院《にゅういん》してるんです。春休《はるやす》みに来《き》たときは、ほとんど毎日《まいにち》お見舞《みま》いに行《い》ってました」

「仲良《なかい》いんだね」

「うん。昔《むかし》から仲良《なかよ》しだよ、怜央《れお》とは」

眞姫那《まきな》ちゃんが同意《どうい》を求《もと》めるようにおじさんを見上《みあ》げると、おじさんは両手《りょうて》を腰《こし》に当《あ》てて、うんうんと頷《うなず》いた。

「そういえば、春休《はるやす》みはありがとう。怜央《れお》も本当《ほんとう》に楽《たの》しそうだったよ。あれから怜央《れお》もずいぶんと調子《ちょうし》が良《よ》くなっていってね。きっと眞姫那《まきな》ちゃんの元気《げんき》のおかげだと思《おも》うよ」

「本当《ほんとう》ですか？　それは良《よ》かったです！　じゃあ、病気《びょうき》は治《なお》ってきているんですか？」

「……いや、それは、そうじゃなくて。……なんともいえないかな」

おじさんの返事《へんじ》は、どうしてだか妙《みょう》に歯切《はぎ》れが悪《わる》かった。おじさんは、苦笑《にがわら》いするように唇《くちびる》の端《はし》をあげてから、コホンと咳払《せきばら》いをする。

「さてと。じゃあ、そろそろ行《い》こうか？　この街《まち》は海以外《うみいがい》に大《たい》して見《み》るものもないかもしれないけれど、火野《ひの》の別荘《べっそう》はなかなかのものだからゴールデンウィークの合宿《がっしゅく》を楽《たの》しむといいよ」

そう言《い》って、おじさんは指先《ゆびさき》に掛《か》けた車《くるま》のキーを掲《かか》げてみせた。

「ありがとうございます！　行《い》くよ〜！　理人《りひと》く〜ん」

私《わたし》が振《ふ》り返《かえ》って手《て》を振《ふ》る。理人《りひと》くんは、改札《かいさつ》近《ちか》くの手《て》すりにもたれていた。

その近《ちか》くでは、地元《じもと》の人《ひと》たちが寄《よ》り集《あつ》まって話《はな》しているテーブルがある。彼《かれ》は顔《かお》を上《あ》げると、

「わかった」とでも言《い》うように頷《うなず》いてすぐにこちらへと歩《ある》き出《だ》した。

——さあ！　眞姫那《まきな》ちゃんの別荘《べっそう》へと出発《しゅっぱつ》だ！

①始《はじ》まる文芸部《ぶんげいぶ》合宿《がっしゅく》

おじさんの車《くるま》を降《お》りた私《わたし》たちを迎《むか》えたのは、想像《そうぞう》していた以上《いじょう》に立派《りっぱ》なお屋敷《やしき》だった。

小高《こだか》い丘《おか》の上《うえ》に立《た》つ二階建《にかいだ》ての建物《たてもの》の外壁《がいへき》は淡《あわ》いグレー。

明治時代《めいじじだい》とか大正時代《たいしょうじだい》を思《おも》わせるようなデザインだ。

「……すごい。これは本当《ほんとう》に別荘《べっそう》って感《かん》じ」

「眞姫那《まきな》ちゃん、どこのお貴族様《きぞくさま》なんですか？　うち、とりあえず、写真《しゃしん》撮《と》るね」

「歴史的建造物《れきしてきけんぞうぶつ》レベルだろこれ……」

私《わたし》の左右《さゆう》で京子《みやこ》ちゃん、海斗《かいと》も驚《おどろ》きの声《こえ》を漏《も》らす。

後《うし》ろではおじさんが、そんな私《わたし》たちの様子《ようす》を見《み》てにこにこと微笑《ほほえ》んでいる。

正面《しょうめん》には広《ひろ》いポーチがあり、柱《はしら》が並《なら》んでいる。壁《かべ》に並《なら》ぶ窓《まど》の枠《わく》は木製《もくせい》で、なんだかとても素敵《すてき》だ。

「そこまでのものじゃないですよ～、先輩《せんぱい》。ただ古《ふる》いだけの家《いえ》なんですから」

眞姫那《まきな》ちゃんが恥《は》ずかしそうに言《い》う。

それが謙遜《けんそん》だったり、照《て》れ隠《かく》しだったりするのはわかるけど、そのセリフがすでに貴族《きぞく》じゃん！

今《いま》、確信《かくしん》したよ！　眞姫那《まきな》ちゃんはお嬢様《じょうさま》！　私《わたし》の中《なか》の伯爵令嬢《はくしゃくれいじょう》エレナ・ローゼンマイヤーも認定《にんてい》しているよ！

「……眞姫那《まきな》ちゃん、社交《しゃこう》ダンスとか踊《おど》れる？」

「……踊《おど》れませんけど？」

まあ、そうだよね。いけない。脳内《のうない》がファンタジー世界《せかい》に飛《と》んでいた。

「――みんな入《はい》らないの？」

気《き》づくと、理人《りひと》くんがキャリーケースを引《ひ》きながら、玄関《げんかん》の前《まえ》で振《ふ》り返《かえ》っている。一人《ひとり》もう家《いえ》の中《なか》に入《はい》る気満々《きまんまん》だ。

……理人《りひと》くん、やっぱり結構《けっこう》マイペースだね？

「あ、待《ま》ってください、先輩《せんぱい》。私《わたし》が鍵《かぎ》をあけますから」

背中《せなか》のリュックサックを揺《ゆ》らしながら眞姫那《まきな》ちゃんが玄関《げんかん》に駆《か》けよる。

その時《とき》、洋館《ようかん》の扉《とびら》が、内側《うちがわ》から外側《そとがわ》へとゆっくり開《ひら》いた。

そして開《ひら》いた扉《とびら》から一人《ひとり》の少年《しょうねん》がひょっこりと顔《かお》を出《だ》した。

「いらっしゃい！」

線《せん》は細《ほそ》めで、色《いろ》の白《しろ》い肌《はだ》。黒縁《くろぶち》のメガネを掛《か》けた、私《わたし》たちと同《おな》じくらいの年《とし》の子《こ》。

洋館《ようかん》の扉《とびら》のノブに右手《みぎて》をかけたまま、その子《こ》の視線《しせん》が眞姫那《まきな》ちゃんを見《み》つける。すると、彼《かれ》の目《め》は大《おお》きく輝《かがや》き、無邪気《むじゃき》な笑《え》みがパァッと顔《かお》いっぱいに広《ひろ》がった。

「あれ！　怜央《れお》じゃん？」

眞姫那《まきな》ちゃんのびっくりしたような声《こえ》に、メガネを掛《か》けた少年《しょうねん》——怜央《れお》くんは幸《しあわ》せそうに目《め》を細《ほそ》めた。

「改《あらた》めていらっしゃい、眞姫那《まきな》。……と、あとは友達《ともだち》だっけ？」

彼《かれ》はきまり悪《わる》そうに頬《ほお》を人差《ひとさ》し指《ゆび》でかくと、少《すこ》し言葉《ことば》を濁《にご》した。

この子《こ》が、おじさんの息子《むすこ》さん、そして眞姫那《まきな》ちゃんのいとこで幼馴染《おさななじみ》の海野怜央《うみのれお》くんということらしい。

「うん、そうだけど……。大丈夫《だいじょうぶ》なの？　怜央《れお》？　一時退院《いちじたいいん》？」

「うん、そんな感《かん》じ」

心配《しんぱい》そうな眞姫那《まきな》ちゃんを受《う》け流《なが》すと、怜央《れお》くんは扉《とびら》を開《ひら》いたまま私《わたし》たちを誘導《ゆうどう》した。

「さあ、入《はい》って入《はい》って。お父《とう》さんといっしょに、ある程度《ていど》はお掃除《そうじ》しておいたから、すぐに部《へ》屋《や》を使《つか》ってもらえると思《おも》うよ」

怜央《れお》くんに招《まね》き入《い》れられて、私《わたし》たちは洋館《ようかん》の中《なか》へと順番《じゅんばん》に入《はい》っていく。

私《わたし》はそこで眞姫那《まきな》ちゃんに追《お》いついてこっそり聞《き》いた。

「ねえ、眞姫那《まきな》ちゃん。怜央《れお》くんって、駅前《えきまえ》でおじさんと話《はな》してたいとこ君《くん》だよね？　入院《にゅういん》してたんじゃないの？」

「はい。そのはずなんですけどね。もしかしたら、本当《ほんとう》に良《よ》くなってきているのかも？」

眞姫那《まきな》ちゃんの横顔《よこがお》は心配《しんぱい》そうでいて、すこし嬉《うれ》しそうだった。

親《した》しい人《ひと》が元気《げんき》でいてくれるに越《こ》したことはない。

頷《うなず》いて、私《わたし》は怜央《れお》くんの後《うし》ろをついていった。

歴史《れきし》を感《かん》じさせる広々《ひろびろ》としたエントランスホール。足《あし》を踏《ふ》み入《い》れて見上《みあ》げた高《たか》い天井《てんじょう》には、シャンデリアみたいな照明《しょうめい》が輝《かがや》いている。ホールで靴《くつ》を脱《ぬ》いで奥《おく》へと進《すす》むと、広《ひろ》いリビングルームとダイニングキッチンが広《ひろ》がった。

先導《せんどう》するみたいに眞姫那《まきな》ちゃんと怜央《れお》くんが奥《おく》へと進《すす》む。その広《ひろ》い部屋《へや》には大《おお》きな窓《まど》がいくつもあり、外《そと》からの陽光《ようこう》がまぶしく差《さ》し込《こ》んでいた。

「じゃあ、荷物《にもつ》を一度置《いちどお》いちゃってください」

リビングルームに辿《たど》り着《つ》くと、眞姫那《まきな》ちゃんが言《い》った。

それでみんな荷物《にもつ》を床《ゆか》や机《つくえ》の上《うえ》に置《お》くと、「疲《つか》れた〜」などと口々《くちぐち》に声《こえ》をあげながら、リビングルームのソファへと腰《こし》をおろした。

そんな私《わたし》たちの前《まえ》に、眞姫那《まきな》ちゃんが改《あらた》めて怜央《れお》くんを引《ひ》っ張《ぱ》ってくる。

「先輩《せんぱい》、唯《ゆい》ちゃん、みなさん紹介《しょうかい》しますね！　私《わたし》のいとこの海野怜央《うみのれお》です。病気《びょうき》がちで入院《にゅういん》していたんですけど、……今《いま》は大丈夫《だいじょうぶ》なの？」

眞姫那《まきな》ちゃんはそこまで言《い》うと、怜央《れお》くんに発言《はつげん》を促《うなが》した。

「はじめまして。海野怜央《うみのれお》です。眞姫那《まきな》も言《い》っていた通《とお》り、病気《びょうき》で入院《にゅういん》していたんですけど、最近《さいきん》は調子《ちょうし》が良《よ》くて、このゴールデンウィークはお父《とう》さんにも無理《むり》を言《い》って一時退院《いちじたいいん》させてもらいました。せっかくなので皆《みな》さんを案内《あんない》できたりしたらいいなと思《おも》います」

はにかんだような笑顔《えがお》を浮《う》かべて、怜央《れお》くんは軽《かる》く頭《あたま》をさげた。

パチパチパチパチ〜！

拍手《はくしゅ》で挨拶《あいさつ》に応《おう》じる。怜央《れお》くんに続《つづ》くみたいに、私《わたし》たちは順番《じゅんばん》に自己紹介《じこしょうかい》をしていった。

一通《ひととお》りの挨拶《あいさつ》が終《お》わると、おじさんと怜央《れお》くんに別荘《べっそう》の中《なか》をぐるりと案内《あんない》してもらった。

「私《わたし》たち火野《ひの》の家《いえ》の人間《にんげん》はだれもこの街《まち》に住《す》んでいないから、もともとこの別荘《べっそう》の管理《かんり》はおじさんたちにお願《ねが》いしていたの。だから今日《きょう》も、私《わたし》たちが来《く》る前《まえ》に掃除《そうじ》してくれていたんだって」

眞姫那《まきな》ちゃんがそう言《い》うと、おじさんは「何《なに》か足《た》りないものがあったら、なんでも言《い》ってね」と優《やさ》しく微笑《ほほえ》んだ。

ありがたいです！　お世話《せわ》になります！

それしにしても本当《ほんとう》に歴史《れきし》のある洋館《ようかん》って感《かん》じですごい。なんだか歴史《れきし》の教科書《きょうかしょ》かドラマのセットで出《で》てきそうだ。荷物《にもつ》を持《も》って二階《にかい》に上《あ》がる。

すると、薄《うす》くドアの開《ひら》いた一室《いっしつ》の前《まえ》で、理人《りひと》くんが立《た》ち止《ど》まった。

「この部屋《へや》は図書室《としょしつ》かな？」

「ちょっと理人《りひと》くん、勝手《かって》にズカズカ入《はい》り込《こ》みすぎじゃない？」

「あー、いいですよ、先輩《せんぱい》。私《わたし》、そういうことあまり気《き》にしないので」

理人《りひと》くんがドアを押《お》すと、少《すこ》し埃《ほこり》っぽい匂《にお》いがする。部屋《へや》には所狭《ところせま》しと深褐色《しんかっしょく》の本棚《ほんだな》が並《なら》んでいた。

目《め》を輝《かがや》かせたのは京子《みやこ》ちゃんと唯《ゆい》ちゃんだ。

「……え、なにこれ、すごい」

「すごいですね！　……先輩《せんぱい》」

ためらいなく入《はい》った理人《りひと》くんを見《み》て、二人《ふたり》も部屋《へや》の中《なか》を入《はい》りたそうに見《み》つめる。私《わたし》もつい入《い》り口《ぐち》に近《ちか》づくと、特有《とくゆう》の匂《にお》いが鼻《はな》の奥《おく》を突《つ》く。中学校《ちゅうがっこう》の図書室《としょしつ》よりもずっと図書室《としょしつ》っぽかった。

「すごいね、眞姫那《まきな》ちゃん」

「おじいちゃんの趣味《しゅみ》だよ」

「おじいちゃんって、お父《とう》さんのお父《とう》さん？」

「そうです。父方《ちちかた》の祖父《そふ》です。この別荘《べっそう》も元々《もともと》はおじいちゃんのものだったんです。おじさんはこの街《まち》に住《す》んでいるから使《つか》わなくて、今《いま》はうちの別荘《べっそう》になっているんですけど」

京子《みやこ》ちゃんと唯《ゆい》ちゃんがフラフラと図書室《としょしつ》の中《なか》へと入《はい》っていく。

「あ、ちょっと京子先輩《みやこせんぱい》、先《さき》に部屋《へや》決《き》めするんですよね⁉　唯《ゆい》ちゃんも理人先輩《りひとせんぱい》も！」

眞姫那《まきな》ちゃんが引《ひ》き止《と》めると、京子《みやこ》ちゃんと唯《ゆい》ちゃんがハッと我《われ》に返《かえ》ったように振《ふ》り返《かえ》った。

「……唯《ゆい》ちゃん、また後《あと》で一緒《いっしょ》に来《こ》ようね」

「……はい、先輩《せんぱい》」

一旦《いったん》、すごすごと図書室《としょしつ》からから出《で》てくる二人《ふたり》と理人《りひと》くん。

そのまま二階《にかい》を案内《あんない》される。私《わたし》たちの泊《と》まる寝室《しんしつ》は全《すべ》て二階《にかい》に並《なら》んでいた。

「部屋《へや》は全部《ぜんぶ》ちゃんと掃除《そうじ》してあるから、部屋割《へやわ》りはみんなで決《き》めるといいよ」

おじさんがそう言《い》って、順《じゅん》に部屋《へや》の扉《とびら》を開《あ》けていく。

それぞれにどの部屋《へや》がいいかを言《い》い合《あ》ったけれど、二人《ふたり》ずつに分《わ》かれるので、結局《けっきょく》、部屋割《へやわ》りは自然《しぜん》と

・**結女遙香《ゆめはるか》、西野京子《にしのみやこ》**
・**火野眞姫那《ひのまきな》、木辻唯《きつじゆい》**
・**桐島海斗《きりしまかいと》、氷河理人《ひょうがりひと》**

という感《かん》じになった。

「――お前《まえ》と一緒《いっしょ》の部屋《へや》に泊《と》まるなんて本当《ほんとう》は嫌《いや》なんだけどな」

「僕《ぼく》は別《べつ》に構《かま》わないけどね。もちろん、僕《ぼく》は遙香《はるか》さんと同《おな》じ部屋《へや》が良《よ》かったのだけれど。……なかなかうまくいかないね」

「そんなのいいわけないだろ⁉」

男子達《だんしたち》が小声《こごえ》で言《い》い合《あ》いをしている。内容《ないよう》まではよく聞《き》こえないけど。

二人《ふたり》にも文芸部合宿《ぶんげいぶがっしゅく》を通《とお》してもうちょっと仲良《なかよ》くなってもらいたいものである。ユメコネクトの世界《せかい》だと私《わたし》たちは一緒《いっしょ》に戦《たたか》う仲間《なかま》でもあるんだしね。

「文芸部《ぶんげいぶ》の合宿《がっしゅく》。海辺《うみべ》の洋館《ようかん》。部屋割《へやわ》り。——これは密室殺人《みっしつさつじん》のフラグ」

「ゴクリ。これは、先輩《せんぱい》……。きちゃいますかね」

今度《こんど》は何《なに》かミステリ好《す》き同士《どうし》が縁起《えんぎ》でもないこと言《い》っている。

「みやこちゃん。そういうのは怖《こわ》くなるから～」

「ごめん、はるかちゃん。ついつい、ミステリ好《す》きの血《ち》が」

そう言《い》いつつも、京子《みやこ》ちゃんは唯《ゆい》ちゃんと「これは、今回《こんかい》の合宿《がっしゅく》、ミステリを書《か》くしかないやつでは？」などと盛《も》り上《あ》がっている。仕方《しかた》がない二人《ふたり》だなぁ。

「眞姫那《まきな》ちゃんはこういうの大丈夫《だいじょうぶ》なの？」

「まぁ、自分《じぶん》の家《いえ》みたいなもんですからねー。でも、この家《いえ》、時々夜《ときどきよる》に寝《ね》ていると金縛《かなしば》りにあったり、物音《ものおと》が聞《き》こえたりしますから、気《き》をつけてくださいね。先輩《せんぱい》」

「やーめーてー」

海野《うみの》のおじさんは、そんな私《わたし》たちを微笑《ほほえ》ましそうに眺《なが》めていた。

そのおじさんの横《よこ》に理人《りひと》くんがすっと現《あらわ》れて、話《はな》しかけた。

「ミステリと言《い》えば、——最近《さいきん》、この街《まち》で入院患者《にゅういんかんじゃ》が増《ふ》えているって聞《き》いたんですけど、何《なに》か特別《とくべつ》な病気《びょうき》でも流行《はや》っているんですか？」

一瞬《いっしゅん》、おじさんの表情《ひょうじょう》が固《かた》くなったような気《き》がした。

急《きゅう》に変《か》わった話題《わだい》に、私《わたし》も思《おも》わず耳《みみ》をそばだててしまう。

「……誰《だれ》に聞《き》いたんだい、そんなこと？」

「いえ、ただ駅前《えきまえ》でそんな噂《うわさ》を聞《き》いただけです。僕《ぼく》たちは火野《ひの》さんの別荘《べっそう》に泊《と》まるので特《とく》に接《せっ》触《しょく》は多《おお》くないかもしれませんが、外出時《がいしゅつじ》はマスクをした方《ほう》がいいってこともあるかもしれないですし」

理人《りひと》くんは平坦《へいたん》な口調《くちょう》でそう付《つ》け足《た》した。

なんでそんなことを急《きゅう》に言《い》うんだろう？

彼《かれ》は時々《ときどき》何《なに》を考《かんが》えているのかわからないところがある。

おじさんも理人《りひと》くんの真意《しんい》を掴《つか》みそこねたのか、ゆっくりと首《くび》を横《よこ》に振《ふ》った。

「……特《とく》に感染症《かんせんしょう》が流行《はや》っているということはないかな。心配《しんぱい》しなくていいよ」

「そうですか。良《よ》かったです。じゃあ、入院患者《にゅういんかんじゃ》の数《かず》が増《ふ》えているというのは？」

「それは間違《まちが》っていないよ。実際《じっさい》に最近《さいきん》、病床《びょうしょう》の余裕《よゆう》がなくなってきている。タイミングや症《しょう》状《じょう》によっては入院《にゅういん》を断《ことわ》られた人《ひと》もいるんだよ。まだそこまで多《おお》くはないんだけどね」

「そうなんですか。……原因《げんいん》はわかっているんですか？」

「……いや。きっと偶然《ぐうぜん》の範囲《はんい》だと思《おも》うよ。……少《すく》なくとも僕《ぼく》はそう聞《き》いているね」

「そうですか。それなら良《よ》かったです。安心《あんしん》しました」

理人《りひと》くんはそう言《い》っておじさんとの会話《かいわ》を打《う》ち切《き》った。

私《わたし》には二人《ふたり》の会話《かいわ》は聞《き》こえていたけれど、他《ほか》のみんなは聞《き》こえていなかったみたいだ。

おじさんが偶然《ぐうぜん》だって言《い》うから、大丈夫《だいじょうぶ》なんだと思《おも》うけど、すこしは気《き》をつけた方《ほう》がいいのかな。

ゴールデンウィークの旅先《たびさき》で病気《びょうき》をもらって、結局寝《けっきょくね》て過《す》ごすなんて、絶対《ぜったい》に避《さ》けたいからね！　初《はじ》めての文芸部合宿《ぶんげいぶがっしゅく》なんだし！

それからしばらくの間《あいだ》おじさんと怜央《れお》くんに案内《あんない》してもらって、私《わたし》たちは眞姫那《まきな》ちゃんの別《べっ》荘《そう》を探検《たんけん》しながら、わいわいと話《はな》していた。けれど、怜央《れお》くんは一旦帰《いったんかえ》らないといけないみたいで、残念《ざんねん》そうにおじさんと一緒《いっしょ》に別荘《べっそう》を後《あと》にした。

「――じゃあね、バイバイ！　眞姫那《まきな》」

「うん、またね！　怜央《れお》」

帰《かえ》り道《みち》、車《くるま》に乗《の》る前《まえ》に名残惜《なごりお》しそうに手《て》を振《ふ》る怜央《れお》くんの姿《すがた》が印象的《いんしょうてき》だった。

そんな怜央《れお》くんの背中《せなか》にそっと手《て》を当《あ》てながらおじさんは彼《かれ》を車内《しゃない》に誘導《ゆうどう》した。

駅《えき》から私《わたし》たちを別荘《べっそう》まで送《おく》ってくれたおじさんの車《くるま》は、エンジン音《おと》を鳴《な》らしながら坂道《さかみち》を下《くだ》っていった。

②小説《しょうせつ》を書《か》こう！

「さて！　では、文芸部合宿《ぶんげいぶがっしゅく》！　開幕《かいまく》です！」

一階《いっかい》の広《ひろ》い居間《いま》。ありがたいことにホワイトボードまである。

その前《まえ》では、京子《みやこ》ちゃんが両手《りょうて》を腰《こし》につけてやる気《き》まんまんだ。

部外者《ぶがいしゃ》の海斗《かいと》がテーブルに肘《ひじ》を突《つ》きながら尋《たず》ねる。

「それで文芸部《ぶんげいぶ》の合宿《がっしゅく》って何《なに》やるんだ？　バスケ部《ぶ》なら朝練《あされん》とか練習試合《れんしゅうじあい》とか、もうぶっ通《とお》しで練習《れんしゅう》だけど、文芸部《ぶんげいぶ》だとそういう練習《れんしゅう》とかなさそうだし」

海斗《かいと》の質問《しつもん》に京子《みやこ》ちゃんは両腕《りょううで》を組《く》んで「うんうん」と頷《うなず》く。

あれ？　なんだか京子《みやこ》ちゃんにスイッチが入《はい》っている。

探偵《たんてい》モードじゃないけれど、先生《せんせい》モードみたいな？

「もちろんせっかくの旅行《りょこう》だから海《うみ》の街《まち》を楽《たの》しむっていうのは大事《だいじ》だけど、やっぱり文芸部合《ぶんげいぶがっ》宿《しゅく》だし、文芸部《ぶんげいぶ》らしいことをしたいって思《おも》うの。つまり――」

一《ひと》つ息《いき》を吸《す》う、京子《みやこ》ちゃん。

「――小説《しょうせつ》を書《か》くってこと！」

そして、人差《ひとさ》し指《ゆび》を立《た》ててウィンクする。みんなはそれぞれに大《おお》きく頷《うなず》いた。京子《みやこ》ちゃんはマーカーを手《て》に取《と》ってスケジュールをホワイトボードに書《か》き始《はじ》める。

そこへ、ソファから背《せ》を起《お》こして右手《みぎて》を挙《あ》げたのは眞姫那《まきな》ちゃんだった。

「先輩《せんぱい》、私《わたし》はまだ小説《しょうせつ》ってちゃんと書《か》いたことないんですけど、どのくらいのものを書《か》いたらいいんですか？　途中《とちゅう》までとかでもいいんですか？」

いいこと聞《き》いてくれた！

私《わたし》も一緒《いっしょ》になって京子《みやこ》ちゃんの返事《へんじ》を待《ま》つ。

振《ふ》り向《む》いた京子《みやこ》ちゃんがにっこり笑《わら》った。

「質問《しつもん》ありがとう、眞姫那《まきな》ちゃん。できれば今回《こんかい》の合宿《がっしゅく》ではみんなに短編小説《たんぺんしょうせつ》を書《か》いてもらおうかなって思《おも》っているの。もちろん、うちに教《おし》えられることがあればなんでも教《おし》えるし、サポートは惜《お》しまないよ～」

「――あの、短編小説《たんぺんしょうせつ》って、京子先輩《みやこせんぱい》も書《か》かれるんですか!?」

唯《ゆい》ちゃんが両手《りょうて》を合《あ》わせて黄色《きいろ》い声《こえ》をあげる。熱烈《ねつれつ》なファンの声《こえ》だ。

それにも京子《みやこ》ちゃんは微笑《ほほえ》んで頷《うなず》く。

「うん、書《か》くよ。うちは慣《な》れてるから一編《いっぺん》だけならすぐに書《か》けると思《おも》う。だから、みんなのサポートも出来《でき》ると思《おも》うよ」

「でも、西野《にしの》、この前《まえ》、コンテストに長編小説《ちょうへんしょうせつ》を投稿《とうこう》したばっかじゃん？　休憩《きゅうけい》とかしなくていいの？　疲《つか》れて小説《しょうせつ》が書《か》けなくなるとか、アイデアがなくなるとか……」

「ありがとう、海斗《かいと》くん。大丈夫《だいじょうぶ》だよ～。長編小説《ちょうへんしょうせつ》と短編小説《たんぺんしょうせつ》って別腹《べつばら》だから。ご飯《はん》で言《い》う、メインとデザートみたいな？　むしろ日曜日《にちようび》まで長編小説《ちょうへんしょうせつ》にかかりっきりだったし、短編小《たんぺんしょう》説《せつ》でも書《か》いてストレッチ体操《たいそう》したい、みたいな感《かん》じもあるし」

そんな感《かん》じなんだ。全然《ぜんぜん》わかんないけど。

私《わたし》にも京子《みやこ》ちゃんの域《いき》に達《たっ》せる未来《みらい》があるのかなぁ。まるで想像《そうぞう》できないや。

海斗《かいと》は「だったらいいんだけど」と言《い》って手《て》を下《さ》げた。

それに続《つづ》くように理人《りひと》くんが手《て》を挙《あ》げる。

「――西野《にしの》さん。短編小説《たんぺんしょうせつ》っていうのは、長《なが》さ的《てき》にはどのくらいをイメージしているんだい？

一口《ひとくち》に短編小説《たんぺんしょうせつ》って言《い》ってもジャンルによってその定義《ていぎ》はまちまちだろう？」

おお、なんだか質問《しつもん》が本格的《ほんかくてき》だ。すでにある程度《ていど》知っている人《ひと》な感《かん》じがある。さすが経験者《けいけんしゃ》。

京子《みやこ》ちゃんも大《おお》きく頷《うなず》いた。

「うん、その通《とお》り。ミステリーやSF《エスエフ》みたいなジャンルだと三万字《さんまんじ》とかそれ以上《いじょう》のものも短《たん》編《ぺん》って言《い》うし、逆《ぎゃく》に一万字以下《いちまんじいか》だったり、短《みじか》いものだと千字《せんじ》くらいの掌編《しょうへん》でも短編《たんぺん》って言《い》うジャンルもあるね」

理人《りひと》くんへの返事《へんじ》というより、私《わたし》と眞姫那《まきな》ちゃん、唯《ゆい》ちゃんへの説明《せつめい》という感《かん》じ。

私《わたし》はこっそり聞《き》いてみた。

「三万字《さんまんじ》ってどんだけ？」

「大体《だいたい》、原稿用紙《げんこうようし》で八〇枚《はちじゅうまい》くらい？」

「無理《むり》だあああああーーーー！！」

思《おも》わずソファの上《うえ》で背《せ》もたれへと沈《しず》み込《こ》む。

だって夏休《なつやす》みの読書感想文《どくしょかんそうぶん》の原稿用紙四枚《げんこうようしよんまい》で悲鳴《ひめい》をあげているんですよ！

そんな私《わたし》を見《み》てくすくす笑《わら》いつつ、京子《みやこ》ちゃんは頷《うなず》いた。

「うん。だから今回《こんかい》はできるだけ緩《ゆる》めに行《い》きたいなと思《おも》ってるの。条件《じょうけん》は一万字以下《いちまんじいか》。下限《かげん》は千字《せんじ》でいいと思《おも》う。千字《せんじ》なら原稿用紙《げんこうようし》三枚《さんまい》だよ」

「……三枚《さんまい》でいいの？」

それならできる気《き》がする。去年《きょねん》の夏《なつ》も、夏休《なつやす》みの読書感想文《どくしょかんそうぶん》は八月三十一日《はちがつさんじゅういちにち》の最終日《さいしゅうび》に駆《か》け込《こ》みで原稿用紙四枚《げんこうようしよんまい》書《か》いたし。

「うん。でも、絶対《ぜったい》に起承転結《きしょうてんけつ》みたいなものは作《つく》って、お話《はなし》として完成《かんせい》させてね」

「「はーい」」

私《わたし》と眞姫那《まきな》ちゃんの声《こえ》が合《あ》わさった。

ちなみに、起承転結《きしょうてんけつ》っていうのは、物語《ものがたり》の枠組《わくぐ》みみたいなもの。ワンシーンだけじゃなくって、始《はじ》まったお話《はなし》が何《なに》か変化《へんか》して終《お》わるような、流《なが》れがあるものを作《つく》ってね、ってことみたい。

小説執筆《しょうせつしっぴつ》の説明《せつめい》が終《お》わると、京子《みやこ》ちゃんは四日間《よっかかん》のスケジュールを簡単《かんたん》に説明《せつめい》してくれた。

今日《きょう》はもう昼下《ひるさ》がりなので宿泊《しゅくはく》の準備《じゅんび》とご飯《はん》。あとは執筆《しっぴつ》に向《む》けて、経験者《けいけんしゃ》から未経験《みけいけん》者《しゃ》——つまり私《わたし》と眞姫那《まきな》ちゃんへの簡単《かんたん》な短編小説《たんぺんしょうせつ》の書《か》き方《かた》レクチャー。

明日《あす》はネタ探《さが》しも兼《か》ねての自由行動《じゆうこうどう》や街《まち》の散策《さんさく》タイム。

明後日《あさって》は執筆《しっぴつ》に集中《しゅうちゅう》。明々後日《しあさって》が発表会《はっぴょうかい》みたいな感《かん》じだった。

それから眞姫那《まきな》ちゃんが、明後日《あさって》の夜《よる》には海辺《うみべ》の打《う》ち上《あ》げ花火大会《はなびたいかい》があるから見《み》に行《い》こうって言《い》ってくれた。それはしっかり見《み》に行《い》くために、お昼《ひる》は集中《しゅうちゅう》！　って感《かん》じかな。

そんなこんなで賑《にぎ》やかに、私《わたし》たちの文芸部合宿《ぶんげいぶがっしゅく》は始《はじ》まったのだ。

＊

京子《みやこ》ちゃんからの授業《じゅぎょう》が終《お》わってから、一人《ひとり》で外《そと》に出《で》た。日《ひ》はもう沈《しず》んでいた。夜空《よぞら》を見上《みあ》げて、伸《の》びをする。海《うみ》からの風《かぜ》が頬《ほお》を撫《な》でる。微《かす》かに樹々《きぎ》の葉《は》が擦《す》れる音《おと》がした。

「うーん、涼《すず》しい！　海《うみ》の風《かぜ》って感《かん》じがする！」

洋館《ようかん》の外《そと》に広《ひろ》がる樹々《きぎ》の間《あいだ》から見《み》える空《そら》には星々《ほしぼし》が煌《きら》めいていた。山《やま》の上《うえ》じゃないからそんなに多《おお》くは見《み》えないけれど、それでも私《わたし》たちの住《す》む街《まち》の空《そら》より多《おお》くの星《ほし》が輝《かがや》いている気《き》がする。

文芸部合宿《ぶんげいぶがっしゅく》の初日《しょにち》はあっという間《ま》に過《す》ぎ去《さ》った。みんなで夕食《ゆうしょく》の準備《じゅんび》をして、ご飯《はん》を食《た》べてから、順番《じゅんばん》にお風呂《ふろ》に入《はい》った。その後《あと》、京子《みやこ》ちゃんによる短編小説《たんぺんしょうせつ》の書《か》き方講座《かたこうざ》が一時間以上《いちじかんいじょう》にわたって開催《かいさい》されたのだ。

主《おも》に私《わたし》と眞姫那《まきな》ちゃんに向《む》けてだけど、一番熱心《いちばんねっしん》に質問《しつもん》していたのは唯《ゆい》ちゃんだったと思《おも》う。初《はじ》めての文芸部合宿《ぶんげいぶがっしゅく》だけど、なかなか良《よ》い滑《すべ》り出《だ》しじゃないでしょうか！

「――そうだなぁ。やっぱりなんか違《ちが》うよな。海岸沿《かいがんぞ》いって」

心《こころ》のなかでひとり自画自賛《じがじさん》していたら、背中《せなか》から声《こえ》がしてびっくりした。

振《ふ》り返《かえ》ると、サンダルを履《は》いてポケットに手《て》を突《つ》っ込《こ》んだ海斗《かいと》が立《た》っている。

「え、何《なに》、つけてきたの？　きゃー、ストーカー」

「ちげーよ。そんなんじゃねーよ」

それから海斗《かいと》はすっと目《め》を細《ほそ》めて、空《そら》を見上《みあ》げた。

「初《はじ》めての文芸部合宿《ぶんげいぶがっしゅく》。無事《ぶじ》スタートしてよかったな」

「うん。京子《みやこ》ちゃんも唯《ゆい》ちゃんやる気満々《きまんまん》だし！　これは強豪校《きょうごうこう》への道《みち》のりも近《ちか》い？」

「言《い》ってろ」

私《わたし》が力《ちから》こぶを作《つく》って見《み》せると、海斗《かいと》はいつもと同《おな》じ感《かん》じでつっこんできた。

だけどその服装《ふくそう》は、制服《せいふく》でもよそ行《い》きの私服《しふく》でもなくて、お風呂上《ふろあ》がりのカジュアルな格好《かっこう》。

髪《かみ》の毛《け》も少《すこ》し濡《ぬ》れている。ちょっとだけ小学校《しょうがっこう》の頃《ころ》の海斗《かいと》のことを思《おも》い出《だ》した。

懐《なつ》かしいな、なんて思《おも》ったところで海斗《かいと》がこっちを向《む》く。

「そういえば、文芸部《ぶんげいぶ》にも強豪校《きょうごうこう》ってあるのか？　バスケットボール部《ぶ》だと当然大会《とうぜんたいかい》とかあるから、そういうのあるけど」

「どうなんだろ。わかんないや」

「なんだよ。しっかりしろよ、部長《ぶちょう》」

そう言《い》って海斗《かいと》にぽんと背中《せなか》を叩《たた》かれる。むっとする前《まえ》に、どきりとした。

そうだ。私《わたし》は部長《ぶちょう》なのだ。それなのに小説《しょうせつ》の一《ひと》つも書《か》いたことがない。やっぱりそれは先輩《せんぱい》として立派《りっぱ》とは言《い》えない。だからきっとこの合宿《がっしゅく》は私自身《わたしじしん》のための強化合宿《きょうかがっしゅく》なんだ。

「――そうだね。頑張《がんば》るよ。私《わたし》」

「素直《すなお》じゃん。西野《にしの》と木辻《きつじ》さんの熱意《ねつい》にあてられた？」

「そうじゃないけど。私《わたし》もずっと挑戦《ちょうせん》したいとは思《おも》っていたんだよ。小説《しょうせつ》。ただきっかけがなかっただけ。――だからこの合宿《がっしゅく》で私《わたし》は、ちゃんと作家《さっか》デビューするんだ」

「そっか。……頑張《がんば》れよ」

「うん」

私《わたし》はまた夜空《よぞら》を見上《みあ》げた。耳《みみ》を澄《す》ますと、かすかに波《なみ》の音《おと》が聞《き》こえる。

隣《となり》を見《み》ると海斗《かいと》も空《そら》を見上《みあ》げていた。その澄《す》んだ瞳《ひとみ》に、いくつかの星《ほし》が瞬《しばたた》いている。

幼馴染《おさななじみ》の海斗《かいと》だけど、ほんの二週間前《にしゅうかんまえ》まで、疎遠《そえん》になっていた。それがユメコネクトするようになってから、彼《かれ》がリリアンヌだってわかって、また学校《がっこう》でも話《はな》すようになった。

夢《ゆめ》の中《なか》だと私《わたし》はリリアンヌのパートナー。

だけど、この世界《せかい》だと私《わたし》は海斗《かいと》のなんなんだろう？

「どうかした？」

「え、あ、なんでもないよ！」

私《わたし》の視線《しせん》に気《き》づいた海斗《かいと》が、私《わたし》の方《ほう》を向《む》く。

「そう？」

「うん。……あれ？」

その時《とき》、私《わたし》は海斗《かいと》の向《む》こう側《がわ》、洋館《ようかん》の前《まえ》に広《ひろ》がるアプローチの先《さき》に誰《だれ》かが立《た》っているのに気《き》づいた。その人影《ひとかげ》の頭《あたま》あたりでスマートフォンの光《ひかり》がぼうっと光《ひか》っている。

あの髪型《かみがた》と服装《ふくそう》は……

「眞姫那《まきな》ちゃん？」

「あ、ほんとだな。火野《ひの》さんじゃん。誰《だれ》と話《はな》しているんだろ？」

わざわざ外《そと》に出《で》て電話《でんわ》しているのだ。ちょっと気《き》になってしまう。

しばらくすると、彼女《かのじょ》は耳元《みみもと》からスマートフォンを離《はな》して、通話《つうわ》を切《き》った。

画面《がめん》を何回《なんかい》かタップして、スマートフォンケースのカバーを閉《と》じると、眞姫那《まきな》ちゃんはこちらへと歩《ある》いてきた。それから私《わたし》たちに気《き》が付《つ》いて、目《め》を見開《みひら》く。

「あれ？　先輩《せんぱい》」

「やっほー。誰《だれ》と話《はな》してたの？」

「おい、遙香《はるか》」

海斗《かいと》に背中《せなか》を何度《なんど》かつつかれる。

ん？　……あれ？　やっちゃった？　こういう時《とき》に誰《だれ》と電話《でんわ》していたのか聞《き》くのはダメだったかも。ついつい踏《ふ》み込《こ》んでしまうのは、私《わたし》の悪《わる》い癖《くせ》だ。

慌《あわ》てて口元《くちもと》に手《て》を当《あ》てると、眞姫那《まきな》ちゃんが笑《わら》って首《くび》を横《よこ》に振《ふ》った。

「あ、全然大丈夫《ぜんぜんだいじょうぶ》ですよ。怜央《れお》と喋《しゃべ》ってただけなんで」

「怜央《れお》くんって、昼《ひる》の？」

「そうです。……昼《ひる》はあんまりちゃんと話《はな》せなかったから」

「そっか。せっかくだもんね。こっちにいる間《あいだ》に一緒《いっしょ》に遊《あそ》んだりできるといいよね」

「そうですね」

眞姫那《まきな》ちゃんはそう言《い》って、柔《やわ》らかい笑《え》みを浮《う》かべた。

「そういえば先輩《せんぱい》たちは？　……あ、夜《よる》のデートですか？」

その笑顔《えがお》が、悪戯《いたずら》っぽい表情《ひょうじょう》へと変化《へんか》する。

私《わたし》は慌《あわ》てて大《おお》きく手《て》を横《よこ》に振《ふ》った。

「へ？　違《ちが》う違《ちが》う！　私《わたし》と海斗《かいと》は幼馴染《おさななじみ》だけど、デートとかそういう関係《かんけい》じゃないからね。誤《ご》解《かい》ないように言《い》っておくけど。ねぇ、海斗《かいと》？」

振《ふ》り向《む》くと海斗《かいと》はなんだか困《こま》ったように視線《しせん》を逸《そ》らしていた。

「まぁ、……そうだな」

「と、いうわけだから。眞姫那《まきな》ちゃん。よろしく！」

「まぁ、とりあえず今《いま》のところはそういうことで」

眞姫那《まきな》ちゃんは含《ふく》み笑《わら》い。今《いま》のところも何《なに》も、それが事実《じじつ》なんだけどね！

「それで、何《なに》してたんですか？」

眞姫那《まきな》ちゃんは私《わたし》たちの隣《となり》に並《なら》んで、一緒《いっしょ》に夜空《よぞら》を眺《なが》める。

「私《わたし》は京子《みやこ》ちゃんの授業終《じゅぎょうお》わって、小説《しょうせつ》の題材《だいざい》、何《なに》にしようかなって迷《まよ》っちゃって。なんとなく出《で》てきたの」

「わかります」

思《おも》ったよりも大《おお》きく頷《うなず》かれる。

眞姫那《まきな》ちゃんも私《わたし》と同《おな》じで苦戦《くせん》していたみたいだ。

ちょっとだけほっとして、私《わたし》は言葉《ことば》を続《つづ》けた。

「あのね、せっかくだからこの街《まち》で見《み》たことや聞《き》いたこと、体験《たいけん》したことをヒントにして書《か》けたらって思《おも》う。そういうのを元《もと》にして小説《しょうせつ》を書《か》くことができるのかどうか、正直《しょうじき》わからないんだけど」

自分《じぶん》の両手《りょうて》の指《ゆび》を絡《から》める。そのまま頭《あたま》の上《うえ》に持《も》っていってぐいっと伸《の》びをする。

そんな私《わたし》の視界《しかい》に、眞姫那《まきな》ちゃんの顔《かお》が飛《と》び込《こ》んできた。

「だったら先輩《せんぱい》！　明日《あす》、怜央《れお》と一緒《いっしょ》に遊《あそ》びに行《い》きません？　怜央《れお》もこの街《まち》を案内《あんない》したがってるみたいなんで」

眞姫那《まきな》ちゃんはそう言《い》って、暗《くら》がりの中《なか》でほのかに光《ひか》るスマートフォンの画面《がめん》を指差《ゆびさ》した。

「さっきの電話《でんわ》はそのお誘《さそ》いだったの？」

「はい、まあ、そんな感《かん》じです！」

合宿二日目《がっしゅくふつかめ》は題材探《だいざいさが》しの自由行動《じゆうこうどう》。

それはちょうどいいかもしれない。

でも、眞姫那《まきな》ちゃんと怜央《れお》くんに私《わたし》が一人《ひとり》お邪魔《じゃま》するというのも、ちょっとだけお邪魔虫《じゃまむし》な気《き》がするなぁ。気《き》を遣《つか》いすぎかもしれないけれど。

「じゃあ、海斗《かいと》も来《く》る？」

「別《べつ》に暇《ひま》だからな。邪魔《じゃま》じゃなければ、行《い》ってもいいぜ」

眞姫那《まきな》ちゃんは「じゃあ、そういうことで！」とピースサインを返《かえ》した。

③海《うみ》の街《まち》の冒険《ぼうけん》

「怜央《れお》！　おはよう！　待《ま》った～!?」

「全然《ぜんぜん》。今来《いまき》たところだよ」

別荘《べっそう》から坂道《さかみち》を降《お》りて、海岸沿《かいがんぞ》いの通《とお》りに出《で》たところ。

怜央《れお》くんは青《あお》い看板《かんばん》のコンビニ前《まえ》に立《た》っていた。

文芸部合宿二日目《ぶんげいぶがっしゅくふつかめ》。今日《きょう》のお題《だい》は小説《しょうせつ》の題材探《だいざいさが》し。短編《たんぺん》の長《なが》さなら題材《だいざい》とストーリーさえできたら、本文《ほんぶん》は明日《あす》と明後日《あさって》で書《か》けるよって、京子《みやこ》ちゃんも唯《ゆい》ちゃんも言《い》っていた。

そんなこんなで朝《あさ》ごはんをみんなで食《た》べてから、ちょっとゆっくりした後《あと》に、私《わたし》たちは海辺《うみべ》の散策《さんさく》に向《む》かっていた。

海辺《うみべ》の散策《さんさく》に来《き》たのは私《わたし》と海斗《かいと》と眞姫那《まきな》ちゃん。

京子《みやこ》ちゃんと唯《ゆい》ちゃん、それから理人《りひと》くんは別行動《べつこうどう》だ。

怜央《れお》くんは眞姫那《まきな》ちゃんの後《うし》ろについてきた私《わたし》と海斗《かいと》をちらりと見《み》てくる。どこか落《お》ち着《つ》かなそうだ。緊張《きんちょう》しているのかな？　そりゃそうだよね。昨日《きのう》会《あ》ったばっかりで、まだそんなに話《はな》したわけじゃないし。

私《わたし》は慌《あわ》てて怜央《れお》くんに微笑《ほほえ》みかけた。

「おはよう、怜央《れお》くん。昨日《きのう》も会《あ》ったけれど、あまりちゃんと話《はな》してなかったし、改《あらた》めて自己《じこ》紹介《しょうかい》しておくね。私《わたし》は結女遥香《ゆめはるか》。眞姫那《まきな》ちゃんの入《はい》っている星ケ丘中学文芸部《ほしがおかちゅうがくぶんげいぶ》の二年生《にねんせい》。よろしくね」

「俺《おれ》は桐島海斗《きりしまかいと》。同《おな》じく二年生《にねんせい》だ。文芸部《ぶんげいぶ》じゃないけど、色々《いろいろ》あって合宿《がっしゅく》に参加《さんか》してる。よろしく」

「ありがとうございます。いつも眞姫那《まきな》がお世話《せわ》になっています。今日《きょう》はよろしくお願《ねが》いします」

そう言《い》って怜央《れお》くんは、軽《かる》く会釈《えしゃく》をした。礼儀正《れいぎただ》しい子《こ》だなぁ。

ふと彼《かれ》の視線《しせん》が私《わたし》に向《む》いて、止《と》まる。

一瞬《いっしゅん》、瞳《ひとみ》を見《み》つめ合《あ》う格好《かっこう》になる。

その黒《くろ》い瞳《ひとみ》はなんだか深《ふか》い色《いろ》で輝《かがや》いていていてその奥《おく》で何《なに》かが揺《ゆ》らめいていていているような気配《けはい》がした。

でもそれが何《なん》だろうかと考《かんが》えている間《あいだ》に、彼《かれ》はそっと視線《しせん》を逸《そ》らした。

「それで今日《きょう》はどんなデートコースなの？　怜央《れお》」

すこし悪戯《いたずら》っぽい笑《え》みを浮《う》かべて尋《たず》ねる眞姫那《まきな》ちゃん。

「そ、そうだな。初《はじ》めてのお姉《ねえ》さんとお兄《にい》さんもいるし、まずは海《うみ》を紹介《しょうかい》して、それから洞窟《どうくつ》の祠《ほこら》かな。それから街《まち》の方《ほう》に行《い》くとかどう？」

そう言《い》ってから、少《すこ》し恥《は》ずかしそうに怜央《れお》くんはちらりと私《わたし》たちの方《ほう》に視線《しせん》を動《うご》かした。

「……デートって、怜央《れお》くんと眞姫那《まきな》ちゃんってそういう関係《かんけい》なの？」

どうしても気《き》になってしまった。

もしそうだったら、私《わたし》と海斗《かいと》、めっちゃ空気読《くうきよ》まずにお邪魔《じゃま》しちゃってるし。

そろそろと挙手《きょしゅ》すると、眞姫那《まきな》ちゃんは明《あか》るくそれを笑《わら》い飛《と》ばした。

「違《ちが》いますよぉ。今《いま》のは冗談《じょうだん》です。私《わたし》と怜央《れお》はいとこで幼馴染《おさななじみ》なだけですから。ねぇ、怜《れ》央《お》？」

「――うん、まあ、そうだよね」

そう言《い》って怜《れ》央《お》くんは軽《かる》い苦笑《にがわら》いを浮《う》かべた。

これはまた、なんだかいらないことを聞《き》いてしまったやつかもしれない。

隣《となり》を見《み》ると海斗《かいと》がなんだかめちゃくちゃ温《あたた》かい目《め》で怜《れ》央《お》くんのことを見《み》ている。

え、何《なに》、その表情《ひょうじょう》。なんだか意味深《いみしん》で怖《こわ》いんですけど？

「新《あたら》しい喫茶店《きっさてん》ができて、そこの抹茶《まっちゃ》パフェがめっちゃ美味《おい》しいの。眞姫那《まきな》を連《つ》れて行《い》きたいなって」

「それ！　いいね！」

眞姫那《まきな》ちゃんは怜《れ》央《お》くんの隣《となり》でぴょんぴょんと飛《と》び跳《は》ねた。なんだか学校《がっこう》での眞姫那《まきな》ちゃん以上《いじょう》に自然体《しぜんたい》だ。親戚《しんせき》ってこともあるんだろうけれど、怜《れ》央《お》くんはきっと眞姫那《まきな》ちゃんにとってちょっと特別《とくべつ》な存在《そんざい》なんだろうなぁというのがわかる。

「――抹茶《まっちゃ》パフェは食《く》いたいな」

「――私《わたし》も」

私《わたし》たちはぎゅっと右手《みぎて》を握《にぎ》りしめた。

なお、こちらはただ甘《あま》いものが好《す》きなだけである。じゅるり。

*

見渡《みわた》す限《かぎ》りの海《うみ》。ざくざくと踏《ふ》みしめる砂浜《すなはま》。

サンダルから出《で》た指《ゆび》の間《あいだ》に砂粒《すなつぶ》が潜《もぐ》り込《こ》んでくる。

潮風《しおかぜ》が吹《ふ》き、耳元《みみもと》でドドドという音《おと》を鳴《な》らした。

「海《うみ》だぁぁぁぁぁーーーーー!!」

「いや、さっきからずっと海《うみ》じゃん」

冷静《れいせい》なツッコミをありがとう、桐島海斗《きりしまかいと》くん。

でも、あらためて、両腕《りょううで》を広《ひろ》げて身体《からだ》で海《うみ》を感《かん》じたくなる時《とき》ってあるよね。

これはきっと、海《うみ》のない街《まち》に住《す》んでいる人間《にんげん》による、魂《たましい》の叫《さけ》び。

「広《ひろ》いねー。音《おと》がいいねー」

無視《むし》してそう言《い》うと、なぜか海斗《かいと》はハッとした表情《ひょうじょう》になった。

「そっか。悪《わる》い、そうだよな。遙香《はるか》は小説《しょうせつ》の題材《だいざい》を探《さが》しに来《き》てるんだもんな。なんか文学的感《ぶんがくてきかん》受性《じゅせい》？　みたいなやつ、か？　それ」

　なんだかしおらしく頭《あたま》をかく姿《すがた》に、慌《あわ》ててバツ印《じるし》を出《だ》す。

「ちょっと海斗《かいと》、考《かんが》えすぎ。別《べつ》に今《いま》のはいつも通《どお》りのリアクションだから。いつも通《どお》りツッコんでくれていていいんだよ」

「なんだよ。そうなのかよ。紛《まぎ》らわしいなぁ」

　そう言《い》って隣《となり》を歩《ある》く海斗《かいと》は唇《くちびる》を尖《とが》らせた。

　なんだか海斗《かいと》と二人《ふたり》でこうやって海岸《かいがん》を歩《ある》くなんて変《へん》な感《かん》じだ。少《すこ》し先《さき》に、眞姫那《まきな》ちゃんと怜央《れお》くんが並《なら》んで歩《ある》いている。

「旅行《りょこう》、ゆっくりできるといいよねえ」

　ふと口《くち》を突《つ》いた言葉《ことば》に、海斗《かいと》も頷《うなず》いてくれた。

「そうだな。海《うみ》とか、俺《おれ》も久《ひさ》しぶりだし。いいよな、旅行《りょこう》」

「うん！　ゴールデンウィークは学校《がっこう》を離《はな》れてしっかり遊《あそ》びましょう！」

「遊《あそ》ぶって言《い》っても文芸部合宿《ぶんげいぶがっしゅく》なんだろ？　課題《かだい》はあるじゃん。書《か》くんだろう、小説《しょうせつ》？」

「でもまあ、授業《じゅぎょう》じゃないし。学校《がっこう》の外《そと》だから、魔物《まもの》も現《あらわ》れないはずだしね」

　保健室《ほけんしつ》の御堂先生《みどうせんせい》が言《い》っていたけれど、学校《がっこう》で魔物《まもの》が現《あらわ》れるのは、学校《がっこう》を中心《ちゅうしん》にして夢《ゆめ》の力場《フィールド》が乱《みだ》れているからだって。

逆《ぎゃく》にいえば、学校《がっこう》から離《はな》れてしまえば魔物《まもの》は現《あらわ》れないってことだ。

「だってこの一週間大変《いっしゅうかんたいへん》だったじゃん？　神沢先輩《かみさわせんぱい》に取《と》り憑《つ》いたイフリート倒《たお》して、唯《ゆい》ちゃんに取《と》り憑《つ》いたサラマンダーを倒《たお》して。その間《あいだ》にウィルオーウィスプとレッサーサラマンダー。正直言《しょうじきい》って、ちょっと疲《つか》れちゃったかな〜って。だからこの合宿中《がっしゅくちゅう》は少《すく》なくともユメコネクトの戦《たたか》いからお休《やす》みもらえるのかなって」

「まー、それは、そうなんだろうな。——きっと」

なんだかはっきりしない口調《くちょう》で、海斗《かいと》は前方《ぜんぽう》へと視線《しせん》を飛《と》ばした。

その先《さき》には楽《たの》しそうに歩《ある》く眞姫那《まきな》ちゃんと怜央《れお》くんがいる。

楽《たの》しそうな二人《ふたり》の姿《すがた》に、思《おも》わず私《わたし》の頬《ほお》が緩《ゆる》んだ。

「あの二人《ふたり》、仲《なか》がいいよね」

「そうだな。いとこで幼馴染《おさななじみ》だろ？　俺《おれ》と遥香《はるか》みたいなもんかな」

「私《わたし》たち、いとこじゃないじゃん」

「いや、そりゃそうだけど。あいつも火野《ひの》に……まぁ、いいや」

途中《とちゅう》まで口《くち》にして海斗《かいと》はプイと顔《かお》を逸《そ》らした。

「え？　何《なに》？　気《き》になるんだけど、海斗《かいと》。途中《とちゅう》まで言《い》ったら最後《さいご》まで言《い》う！」

「言《い》わねーよ！　うるさい、うるさい、うるさい」

そう言《い》って海斗《かいと》は急《きゅう》に早歩《はやある》きになった。

なんだろう？　何《なに》を言《い》おうとしたんだろう？　気《き》になってしまう。

なんだかむしゃくしゃしたから、私《わたし》も置《お》いていかれないようにダッシュした。

「うわ、なんだよ、めっちゃ追《お》いかけてくるじゃん！」

そんな感《かん》じで加速《かそく》すると、あっという間《ま》に私《わたし》たちは、眞姫那《まきな》ちゃんと怜央《れお》くんの二人《ふたり》に追《お》いついた。

「えいっ！」

「わ！　何《なに》するんですか先輩《せんぱい》！」

後《うし》ろから抱《だ》きつくと、眞姫那《まきな》ちゃんが驚《おどろ》いた顔《かお》をあげた。

「いやー、海《うみ》だなぁぁーーーーって」

「何回目《なんかいめ》ですか、それ？」

海岸線《かいがんせん》に押《お》し寄《よ》せた波《なみ》が砂浜《すなはま》を洗《あら》い、穏《おだ》やかなリズムを奏《かな》でる。

学校《がっこう》の歪《ゆが》んだ夢《ゆめ》の力場《フィールド》から離《はな》れて、私《わたし》たちは束《つか》の間《ま》の休息《きゅうそく》を得《え》ている。

少《すく》なくとも、この時《とき》の私《わたし》はそう思《おも》っていた。

＊

しばらく海岸線《かいがんせん》を歩《ある》いてから、私《わたし》たちはコンクリートの防波堤《ぼうはてい》へと腰掛《こしか》けた。

海斗《かいと》と眞姫那《まきな》ちゃんは近《ちか》くの自動販売機《じどうはんばいき》まで飲《の》み物《もの》を買《か》いに行《い》っている。

「ごめんね、怜央《れお》くん。本当《ほんとう》は眞姫那《まきな》ちゃんと二人《ふたり》が良《よ》かったよね」

「いえ、そんなことないですよ。大丈夫《だいじょうぶ》ですよ。僕《ぼく》も眞姫那《まきな》が向《む》こうの学校《がっこう》でどんな感《かん》じなのか知《し》らなかったので、先輩《せんぱい》たちとお会《あ》いできて嬉《うれ》しいです」

「そう、それなら良《よ》かったけど」

そこまで口《くち》にすると、怜央《れお》くんは視線《しせん》を海岸線《かいがんせん》の方《ほう》へと向《む》けた。

「本当《ほんとう》は僕《ぼく》、眞姫那《まきな》と同《おな》じ中学校《ちゅうがっこう》に通《かよ》いたかったんですよね。お父《とう》さんとも『もし病気《びょうき》が治《なお》ったら行《い》ってもいい』って話《はなし》だったんですけど」

「本当《ほんとう》に仲《なか》よしなんだね。眞姫那《まきな》ちゃんと」

「いとこですし、眞姫那《まきな》がこっちに住《す》んでいた時《とき》はいつも一緒《いっしょ》でしたから。幼馴染《おさななじみ》っていうのかな？　遙香先輩《はるかせんぱい》と海斗先輩《かいとせんぱい》もそうなんですよね？」

「そうだね。でも私《わたし》たちは喧嘩《けんか》ばっかりだし、二人《ふたり》ほど仲《なか》がいいってわけじゃないよ」

「うーん、そうかなあ。でも、今日《きょう》だって二人《ふたり》ともすごく楽《たの》しそうでしたよ」

そう言《い》って、怜央《れお》くんはコンクリートの防波堤《ぼうはてい》から投《な》げ出《だ》した両足《りょうあし》を揺《ゆ》らす。

その様子《ようす》はとてもずっと入院《にゅういん》していたようには見《み》えない。

「でも安心《あんしん》したよ。怜央《れお》くんが元気《げんき》そうで。最初《さいしょ》、怜央《れお》くんは入院《にゅういん》してるって眞姫那《まきな》ちゃんから聞《き》いたから。退院《たいいん》はできそうなの？」

「――それはまだ分《わ》からないんです」

怜央《れお》くんはそう言《い》って寂《さび》しそうに海《うみ》の向《む》こうへと視線《しせん》を飛《と》ばした。

太平洋《たいへいよう》の向《む》こう側《がわ》にある何《なに》かを見《み》つめるみたいに。

「症状《しょうじょう》は落《お》ち着《つ》いていて、以前《いぜん》ほどしんどさとかはないんですけど、お父《とう》さんが言《い》うにも特《とく》に病気《びょうき》の元《もと》が取《と》り除《のぞ》かれているわけじゃないみたいで」

「お父《とう》さんって眞姫那《まきな》ちゃんのおじさん？　えっと、病院《びょういん》の院長先生《いんちょうせんせい》？」

「あ、はい。そうです」

そっかあ。それならやっぱり本当《ほんとう》に病気《びょうき》は治《なお》っていないのだろう。

入院《にゅういん》ってしたことないけれど、毎日学校《まいにちがっこう》にも行《い》けずに一人《ひとり》っきりっていうのはつまらないんだろうなぁ。

「でも、だから奇跡的《きせきてき》に調子《ちょうし》が回復《かいふく》しているこの時期《じき》に、眞姫那《まきな》が戻《もど》ってきてくれて、ゴールデンウィークにこうやって一緒《いっしょ》に遊《あそ》べるのはとても嬉《うれ》しいんです」

「それは良《よ》かったね。——あ、私《わたし》たちがお邪魔《じゃま》だったらいつでも言《い》ってね！　いつでも退散《たいさん》するから！」

「そんな気《き》は使《つか》ってもらわなくても大丈夫《だいじょうぶ》ですよ。あ、先輩《せんぱい》も言《い》ってくださいね。海斗先輩《かいとせんぱい》と二人《ふたり》っきりになりたかったら！」

悪戯《いたずら》っぽく怜央《れお》くんが笑《わら》う。そういうのとちがーう！　と言《い》いつつ、私《わたし》たちはなんだかおか

しくなって笑《わら》い合《あ》った。

「――冷《つめ》たっ！」

その時《とき》、急《きゅう》に左頬《ひだりほお》にひやりとしたものを押《お》し付《つ》けられて、思《おも》わず悲鳴《ひめい》をあげた。

思《おも》わずのけぞって両手《りょうて》を後《うし》ろに突《つ》く。見上《みあ》げるとニヤニヤした表情《ひょうじょう》が青空《あおぞら》を背景《はいけい》にして浮《う》かんでいた。頬《ほお》に当《あ》てられたのは濡《ぬ》れたペットボトルだ。

「何《なに》を盛《も》り上《あ》がっていたのかな～？　俺《おれ》たちが飲《の》み物買《ものか》いに行《い》っている間《あいだ》に」

「なんでもない。ね、怜央《れお》くん？」

立《た》ち上《あ》がると私《わたし》は海斗《かいと》からスポーツドリンクを受《う》け取《と》る。怜央《れお》くんの隣《となり》には眞姫那《まきな》ちゃん。

同《おな》じくスポーツドリンクを手渡《てわた》していた。

「次《つぎ》はどこに行《い》く？　このまま洞窟《どうくつ》の祠《ほこら》？」

「うん、それがいいんじゃないかな。遙香先輩《はるかせんぱい》は小説《しょうせつ》の題材《だいざい》になるような場所《ばしょ》を探《さが》しているんでしょ？　じゃあ、あそこは外《はず》せないんじゃないと思《おも》う」

そう言《い》って、怜央《れお》くんは立《た》ち上《あ》がった。

「じゃあ行《い》きましょう、遙香先輩《はるかせんぱい》。目的《もくてき》の『洞窟《どうくつ》の祠《ほこら》』へ！」

眞姫那《まきな》ちゃんが海岸線《かいがんせん》の向《む》こう側《がわ》を指差《ゆびさ》す。

「――洞窟《どうくつ》の祠《ほこら》？」

首《くび》を傾《かし》げる私《わたし》たちに、二人《ふたり》が自身《じしん》ありげな笑《え》みを浮《う》かべた。

「この街一番《まちいちばん》のパワースポットですよ！」

眞姫那《まきな》ちゃんの言葉《ことば》に、私《わたし》と海斗《かいと》は顔《かお》を見合《みあ》わせた。

④海辺《うみべ》の洞窟《どうくつ》

ごつごつとした岩山《いわやま》にぽっかりと開《ひら》いた洞窟《どうくつ》の入《い》り口《ぐち》。

入《い》り口《ぐち》を囲《かこ》む岩《いわ》は茶色《ちゃいろ》や灰色《はいいろ》の色《いろ》が混《ま》じっていて、そこに至《いた》る小道《こみち》の両側《りょうがわ》には緑色《みどりいろ》の草《くさ》や植物《しょくぶつ》が生《は》えている。まるで自然《しぜん》が作《つく》り出《だ》した秘密《ひみつ》の冒険《ぼうけん》スポットみたいだ。胸《むね》の奥《おく》からわくわくした気持《きも》ちが湧《わ》いてくる。

「これがパワースポットの洞窟《どうくつ》？　めっちゃ雰囲気《ふんいき》あるね」

入《い》り口《ぐち》の岩《いわ》に触《ふ》れながら後《うし》ろの怜央《れお》くんと眞姫那《まきな》ちゃんを振《ふ》り返《かえ》る。海斗《かいと》も「へー」って声《こえ》を漏《も》らして入《い》り口《ぐち》とその周《まわ》りを見《み》ている。

「——懐《なつ》かしいね。いつぶりだろう」

「僕《ぼく》が長期入院《ちょうきにゅういん》に入《はい》る前《まえ》だから、もう三年以上前《さんねんいじょうまえ》だと思《おも》う」

眞姫那《まきな》ちゃんと怜央《れお》くんはまた違《ちが》う感《かん》じで感慨深《かんがいぶか》げにその入《い》り口《ぐち》を眺《なが》めていた。

「そっか。小《ちい》さな頃《ころ》はよく忍《しの》び込《こ》んで怒《おこ》られたのにね〜」

「そうだね。……まぁ、まだ大人《おとな》から見《み》たら僕《ぼく》らは小《ちい》さいんだとは思《おも》うけど」

「でも、流石《さすが》にもう洞窟《どうくつ》に入《はい》ったからって怒《おこ》られる年《とし》じゃなくない？」

「どうだろうね」

二人《ふたり》は思《おも》い出話《ではなし》に花《はな》を咲《さ》かせている。言葉《ことば》の端々《はしばし》から、怜央《れお》くんの病気《びょうき》は長《なが》く重《おも》いものだってことが、漏《も》れ出《で》てくるみたいだ。今《いま》はこんなに元気《げんき》そうなのにね。

私《わたし》たちは少《すこ》し身《み》を屈《かが》めながら、洞窟《どうくつ》の中《なか》へと足《あし》を踏《ふ》み入《い》れる。なんだか本当《ほんとう》に冒険《ぼうけん》っぽい。

「パワースポットとか言《い》っていたけれど、この洞窟《どうくつ》は何《なに》か特別《とくべつ》な場所《ばしょ》なのか？」

洞窟《どうくつ》の壁面《へきめん》に触《ふ》れながら海斗《かいと》が、先行《せんこう》する怜央《れお》くんに尋《たず》ねる。

怜央《れお》くんが振《ふ》り向《む》いて頷《うなず》いた。

「ええ、この奥《おく》に祠《ほこら》があるんです。海《うみ》の神様《かみさま》を祀《まつ》った」

「——海《うみ》の神様《かみさま》？」

私《わたし》が繰《く》り返《かえ》すと、眞姫那《まきな》ちゃんが返答《へんとう》を引《ひ》き継《つ》ぐみたいに続《つづ》けた。

「はい。明日《あす》の夕方《ゆうがた》、花火大会《はなびたいかい》があるじゃないですか。それはこの祠《ほこら》で祀《まつ》っている海《うみ》の神様《かみさま》と関係《かんけい》していて、元々《もともと》は、海《うみ》の平和《へいわ》を祈《いの》る行事《ぎょうじ》だったんです」

「今《いま》は違《ちが》うの？」

「うーん。違《ちが》うっていうか、みんなほぼほぼ忘《わす》れちゃっているって感《かん》じです。ほら、花火大会《はなびたいかい》があっても、ほとんどみんな花火《はなび》と屋台《やたい》が目当《めあ》てじゃないですか」

確《たし》かに。我《わ》が身《み》を振《ふ》り返《かえ》っても百《ひゃく》パーセント否定《ひてい》できない。

「ここの神様《かみさま》は航海《こうかい》の安全《あんぜん》、また海《うみ》の向《む》こうからやってくる恵《めぐ》みをもたらしてくれる存在《そんざい》なんです。『海《うみ》の向《む》こうにはきっと素敵《すてき》なことが待《ま》っている。だから勇気《ゆうき》を出《だ》して漕《こ》ぎ出《だ》そう。そして待《ま》つ者《もの》は無事《ぶじ》を信《しん》じて待《ま》とう。神様《かみさま》はきっとそれを叶《かな》えてくれる』——そんな祈《いの》り」

歩《ある》きながら眞姫那《まきな》ちゃんがそんな風《ふう》に教《おし》えてくれた。

その言葉《ことば》の響《ひび》きに、私《わたし》はつい立《た》ち止《ど》まった。

「今《いま》のは、眞姫那《まきな》ちゃんが考《かんが》えた言葉《ことば》？　なんだかすごくそれっぽかったけれど」

眞姫那《まきな》ちゃんが振《ふ》り返《かえ》る。

「いえ、教《おし》えてもらった言葉《ことば》です。小《ちい》さな頃《ころ》、怜央《れお》のお母《かあ》さんが、私《わたし》と怜央《れお》をよくここに連《つ》れてきてくれたんです。その時《とき》にいつも聞《き》かせてくれた言葉《ことば》なんです。だから勇気《ゆうき》をもちなさい。新《あたら》しい場所《ばしょ》に行《い》ってもしっかり挑戦《ちょうせん》しなさいって」

「そうなんだ、いいお母《かあ》さんなんだね」

「はい、いいおばさんでした」

一瞬《いっしゅん》俯《うつむ》いた眞姫那《まきな》ちゃんに悲《かな》しげなものを感《かん》じて、息《いき》を止《と》める。

眞姫那《まきな》ちゃんも私《わたし》の様子《ようす》に気《き》がついたのか、ひとつ間《ま》を開《あ》けてから言《い》った。

「おばさんも病気《びょうき》で、怜央《れお》が入院《にゅういん》しがちになるよりも前《まえ》に亡《な》くなったんです」

怜央《れお》くんには兄弟《きょうだい》がいないと言《い》っていた。それなら、怜央《れお》くんはあの院長《いんちょう》のおじさんにとって、たった一人《ひとり》の子供《こども》なんだ。そして怜央《れお》くんにとっておじさんはたった一人《ひとり》の家族《かぞく》。

それからはなんとなく会話《かいわ》もなく、私《わたし》たちはゆっくりと洞窟《どうくつ》の中《なか》を進《すす》んだ。

やがて私《わたし》たちは目的《もくてき》の場所《ばしょ》へとたどり着《つ》いた。

茅葺《かやぶ》き屋根《やね》で覆《おお》われた小《ちい》さな祠《ほこら》がひっそりと佇《たたず》んでいる。岩壁《がんぺき》に囲《かこ》まれたその場所《ばしょ》はどこか神秘的《しんぴてき》で、静《しず》かだ。時折《ときおり》聞《き》こえる波《なみ》の音《おと》が余計《よけい》に静《しず》けさを際立《きわだ》たせている。

「不思議《ふしぎ》な感《かん》じ」

思《おも》わずつぶやくと、海斗《かいと》がハッとした様子《ようす》になる。

「——遙香《はるか》も感《かん》じたのか？　すごい微妙《びみょう》だけど、この街《まち》に来《き》てからあった力場《フィールド》のかすかな違和《いわ》感《かん》がここにはない」

そう言《い》われて首《くび》をひねる。

あらためて言《い》われてみると、夢《ゆめ》の力場《フィールド》に変《へん》な感覚《かんかく》があった気《き》がする。

「でもまあ、気《き》のせいだと思《おも》うし、学校《がっこう》じゃないから魔物《まもの》は出《で》ないと思《おも》うけどな」

「うん、そうだね」

よくわからないから、とりあえずそういうことにしておこう。

そんな私《わたし》たちの方《ほう》へ振《ふ》り向《む》いた怜央《れお》くんが首《くび》を傾《かし》げる。

「——魔物《まもの》？　何《なん》の話《はなし》ですか？」

「あー、こっちの話《はなし》、こっちの話《はなし》！　学校《がっこう》でちょっと魔物《まもの》の出《で》てくる演劇《えんげき》の練習《れんしゅう》をしててね！

その話《はなし》～！　いやー、こんな雰囲気《ふんいき》のある祠《ほこら》が大道具《だいどうぐ》であればいいのになーって！」

「言《い》い訳《わけ》が苦《くる》しいですよ」

眞姫那《まきな》ちゃんにジト目《め》でダメ出《だ》しを喰《く》らう。うーん、私《わたし》、誤魔化《ごまか》すのとか苦手《にがて》なんだよなぁ。

怜央《れお》くんは首《くび》を傾《かし》げたまま頭《あたま》の上《うえ》にはてなマークを浮《う》かべていた。

ちなみに唯《ゆい》ちゃんを襲《おそ》ったサラマンダー事件《じけん》の後《あと》、唯《ゆい》ちゃんと眞姫那《まきな》ちゃんには魔物《まもの》のこともユメコネクトのことも説明《せつめい》してある。文芸部《ぶんげいぶ》のメンバーはみんな関係者《かんけいしゃ》になっちゃったわけだから。それに海斗《かいと》や理人《りひと》くんとの連携《れんけい》、つまりリリアンヌやシャリフとの連携《れんけい》もあるし、知《し》っておいてもらった方《ほう》が何《なに》かと都合《つごう》がいいのだ。

だけど、だからって怜央《れお》くんにまで説明《せつめい》する必要《ひつよう》はない。

――第一《だいいち》、説明《せつめい》されても困《こま》っちゃうだろうしね。

前世《ぜんせ》が騎士《きし》で、今《いま》は夢《ゆめ》の中《なか》で魔物《まもの》と戦《たたか》ってます、なんて。

バタバタする私《わたし》たちに、それでも一応《いちおう》怜央《れお》くんは納得《なっとく》してくれたようだ。

「ここが祠《ほこら》です。僕《ぼく》たちの街《まち》を守《まも》ってくれている神様《かみさま》。明日《あす》の花火大会《はなびたいかい》の本当《ほんとう》の主役《しゅやく》です」

そう言《い》って、祠《ほこら》のそばにあった大《おお》きな岩《いわ》の上《うえ》へと腰《こし》を下《お》ろした。ちょっとしんどそうだ。

「大丈夫《だいじょうぶ》？」

その隣《となり》に眞姫那《まきな》ちゃんが寄《よ》り添《そ》う。

「うん、大丈夫《だいじょうぶ》だよ。ちょっと疲《つか》れただけ」

怜央《れお》くんはペットボトルのふたを開《あ》けると口元《くちもと》で傾《かたむ》けた。

「あまり無理《むり》しちゃダメだよ。明日《あす》は花火大会《はなびたいかい》もあるんだから」

「ありがとう、眞姫那《まきな》。でも大丈夫《だいじょうぶ》だよ」

「本当《ほんとう》に？」

「うん。それから、明日《あした》の花火大会《はなびたいかい》は、――絶対《ぜったい》に見《み》るから」

そう言《い》って怜央《れお》くんは、寄《よ》り添《そ》う眞姫那《まきな》ちゃんの手首《てくび》にそっと触《ふ》れ、その瞳《ひとみ》をじっと見《み》つめ返《かえ》した。なんだか大《おお》きな決意《けつい》を秘《ひ》めているみたいに。

私《わたし》たちはその場所《ばしょ》で少《すこ》し休憩《きゅうけい》することにした。

静《しず》かな空間《くうかん》は、学校《がっこう》や、街《まち》での喧騒《けんそう》を忘《わす》れさせてくれる。本当《ほんとう》に神秘的《しんぴてき》な場所《ばしょ》だった。眞姫那《まきな》ちゃんたちが「この街一番《まちいちばん》のパワースポット」というのも納得《なっとく》できる。

ペットボトルで水分補給《すいぶんほきゅう》をしながら、祠《ほこら》の左奥《ひだりおく》に目《め》をやる。そこにはまだ奥《おく》に繋《つな》がる通路《つうろ》があるみたいだった。隣《となり》を見《み》ると海斗《かいと》も同《おな》じ方向《ほうこう》を見《み》ている。

「ねえ、眞姫那《まきな》ちゃん、この奥《おく》ってどうなっているの？」

「あ、そっちは、海《うみ》に繋《つな》がっているんです。街《まち》の方《ほう》には戻《もど》れないですけど、海《うみ》の景色《けしき》は綺麗《きれい》ですよ」

想像《そうぞう》するだけで素敵《すてき》そうだ。

ほうっと息《いき》を吐《は》くと、眞姫那《まきな》ちゃんが私《わたし》たちを見《み》て微笑《ほほえ》んだ。

「私《わたし》たちはここでしばらく休《やす》んでいるので、先輩《せんぱい》たちは行《い》ってみてください。私《わたし》たちは何度《なんど》も見《み》ているので、お気遣《きづか》いなく」

「──怜央《れお》くん、大丈夫《だいじょうぶ》？」

「ご心配《しんぱい》おかけしてすみません。ちょっと疲《つか》れただけなので大丈夫《だいじょうぶ》だと思《おも》います」

「じゃあ、お言葉《ことば》に甘《あま》えて」

私《わたし》は海斗《かいと》と頷《うなず》きあうと、洞窟《どうくつ》の奥《おく》へと歩《ある》き出《だ》した。

＊

洞窟《どうくつ》の出口《でぐち》は、大海原《おおうなばら》をまるで絵画《かいが》みたいに美《うつく》しく切《き》り取《と》っていた。

岩壁《がんぺき》に囲《かこ》まれた洞窟《どうくつ》の中《なか》から見《み》える外《そと》の世界《せかい》には、青《あお》い空《そら》と海《うみ》が広《ひろ》がっている。

太陽《たいよう》の光《ひかり》が洞窟《どうくつ》の内部《ないぶ》に差《さ》し込《こ》み、暗《くら》がりと明《あか》るさのコントラストを生《う》んでいる。

なんだかすごくウキウキする。

波《なみ》の音《おと》が聞《き》こえて、海《うみ》が広《ひろ》がって、空《そら》が青《あお》くて、それを独《ひと》り占《じ》めしているみたい。

「──めっちゃいいね」

「そうだな」

いつもは素直《すなお》じゃない海斗《かいと》も、今回《こんかい》ばかりは同意《どうい》してくれる。

「京子《みやこ》ちゃんや唯《ゆい》ちゃん、理人《りひと》くんも連《つ》れてきてあげたら良《よ》かったね」

「まあ、あいつらはあいつらで楽《たの》しんでいるんだろうし。それにまだ時間《じかん》はあるんだし、帰《かえ》るまでに連《つ》れてくることもできるんじゃないの？」

「そっか。そうだよね。——うん、そうしよう」

だってこんなに素敵《すてき》なんだもん。

怜央《れお》くんと眞姫那《まきな》ちゃんも一緒《いっしょ》に、みんなで一緒《いっしょ》に海《うみ》を見《み》る。

そんなシーンを想像《そうぞう》していると、隣《となり》の海斗《かいと》が急《きゅう》に口《くち》を開《ひら》いた。

「なあ、遥香《はるか》。ユメコネクトできるようになって、何《なに》か変《か》わったか？」

思《おも》わず横顔《よこがお》を見《み》る。海斗《かいと》の髪《かみ》が海風《うみかぜ》に吹《ふ》かれて揺《ゆ》れている。

その目《め》は細《ほそ》められて水平線《すいへいせん》の向《む》こう側《がわ》を見《み》つめていた。

「どうしたの？　急《きゅう》に」

真剣《しんけん》な口調《くちょう》に、首《くび》をかしげる。

「いや、特別《とくべつ》なことじゃないよ。この二週間《にしゅうかん》、マジで色々《いろいろ》あったなって思《おも》ってさ」

そう言《い》って海斗《かいと》は髪《かみ》をかき上《あ》げた。強《つよ》い風《かぜ》で乱《みだ》れた髪《かみ》に手櫛《てぐし》を通《とお》すみたいに。

「そうだねー。私《わたし》も自分《じぶん》が本当《ほんとう》にエレナなんだって知《し》って、海斗《かいと》がリリアンヌでしょ？　びっくり。それがもうあっという間《ま》に当《あ》たり前《まえ》になって、一緒《いっしょ》にサラマンダーを倒《たお》したりしてるんだもんね。あとシャリフも現《あらわ》れて」

「そうだな。あまりに色々《いろいろ》ありすぎて頭《あたま》の整理《せいり》が追《お》いつかなくなりそうだけど、意外《いがい》とそうならないんだよな。頭《あたま》の中《なか》の整理《せいり》はそれなりについていけているっていうか」

「あ、それなんとなくわかる。前世《ぜんせ》の記憶《きおく》があるから、リリアンヌのこともシャリフのことも、魔物《まもの》たちのことも南《みなみ》の魔女《まじょ》のことも、スッと頭《あたま》に入《はい》ってくるんだよね。頭《あたま》の中《なか》のあるべきところに一《ひと》つずつパズルのピースがはまっていくみたいな？」

「うん、まあ、そんな感《かん》じだな。パズルのピースがはまって、少《すこ》しずつ全体像《ぜんたいぞう》が見《み》えてくる」

あらためて青《あお》い海原《うなばら》に視線《しせん》をやる。そして青《あお》い空《そら》。隣《となり》で海斗《かいと》が続《つづ》けた。

「――この頃《ごろ》なんだか思《おも》い出《だ》すんだよな。向《む》こうの世界《せかい》での旅《たび》のことを」

向《む》こう側《がわ》の世界《せかい》でリリアンヌと旅《たび》をした「南《みなみ》の魔女《まじょ》」討伐《とうばつ》の旅《たび》。

港町《みなとまち》でこんな景色《けしき》を一緒《いっしょ》に眺《なが》めた気《き》もする。

あの旅《たび》は「南《みなみ》の魔女《まじょ》」を封印《ふういん》することで終《お》わったはずだ。

だけど今《いま》、「南《みなみ》の魔女《まじょ》」に使役《しえき》された魔物《まもの》たちが次々《つぎつぎ》と星ケ丘中学校《ほしがおかちゅうがっこう》へと現《あらわ》れている。その魔物《まもの》たちは全《すべ》て、私《わたし》たちが一度《いちど》は向《む》こうの世界《せかい》で倒《たお》した存在《そんざい》。イフリートもサラマンダーも。イフリートもサラマンダーも「南《みなみ》の魔女《まじょ》」のことに触《ふ》れていた。

そこでふと思《おも》った。

「……『南《みなみ》の魔女《まじょ》』は今《いま》、どうしているんだろう？」

「――遙香《はるか》？」

「もしかして『南《みなみ》の魔女《まじょ》』も私《わたし》たちみたいに転生《てんせい》しているとか、……ないかな？」

私《わたし》の言葉《ことば》に、海斗《かいと》は手《て》を顎《あご》にやった。

「なくはないかもしれないな。でも、それならそれで、俺《おれ》たちだけで見《み》つけるのも難《むずか》しいだろうから、帰《かえ》ってから御堂先生《みどうせんせい》に相談《そうだん》かな」

「うーん、まあ、そうだね」

結局《けっきょく》、私《わたし》たちは御堂先生《みどうせんせい》に渡《わた》されたチャームを使《つか》って、ユメコネクトして魔物《まもの》と戦《たたか》っているだけなのだ。きっと御堂先生《みどうせんせい》はもっと色々《いろいろ》なことを知《し》っている。

この二週間《にしゅうかん》は本当《ほんとう》にバタバタしていたけれど、まずは、ゴールデンウィークが終《お》わってから、御堂先生《みどうせんせい》に相談《そうだん》するのが第一歩《だいいっぽ》だろう。

「よし。頑張《がんば》るぞ！」

そう言《い》ってガッツポーズをとった私《わたし》の隣《となり》で、海斗《かいと》が息《いき》を殺《ころ》して笑《わら》った。

「え？　何《なに》？　おかしい？」

「いや、おかしくないけどさ。やっぱり遙香《はるか》だなーって思《おも》って」

「そう？　それって悪《わる》い意味《いみ》じゃないよね？」

「違《ちが》う違《ちが》う。いい意味《いみ》でだよ」

だったらいいけどさ。

むっとしていると、さらに海斗《かいと》が真剣《しんけん》な顔《かお》で言《い》った。

「なあ、遙香《はるか》。シャリフのこと――氷河理人《ひょうがりひと》のこと、どう思《おも》っているんだ？　本当《ほんとう》のところ」

「――え？」

急《きゅう》な質問《しつもん》に驚《おどろ》いて隣《となり》を見《み》ると、海斗《かいと》は「あ、いや、まぁ」と視線《しせん》を逸《そ》らした。

「この前《まえ》はさ、氷河《ひょうが》の告白《こくはく》を断《ことわ》っていたけどさ。あいつは諦《あきら》めていないみたいだし。シャリフとは前世《ぜんせ》で婚約者《こんやくしゃ》だったわけだし」

「リリアンヌは唯一無二《ゆいいつむに》のパートナーだったけどね！」

私《わたし》がそう言《い》うと、海斗《かいと》は目《め》を見開《みひら》いて顔《かお》を真《ま》っ赤《か》にした。なんだか反応《はんのう》が面白《おもしろ》い。

「前世《ぜんせ》の記憶《きおく》があって、色々《いろいろ》なことが頭《あたま》の中《なか》できれいにはまっていったとしても、それはやっぱり前世《ぜんせ》のことなんだよ。だからこの世界《せかい》のことは、やっぱりわからないまま。それは何《なに》も変《か》わらないと思《おも》うよ」

「――じゃあ、シャリフが婚約者《こんやくしゃ》だったからって、それは今《いま》の遙香《はるか》には関係《かんけい》ないんだな？」

「うん。そうだよ。っていうか、そう言《い》ったじゃん。まだ恋愛《れんあい》とかよくわかんないしね」

海斗《かいと》は「そっか」と口《くち》にして岩場《いわば》に手《て》を突《つ》くと、なんだか真剣《しんけん》な目《め》で私《わたし》の方《ほう》を見《み》つめてきた。

――え、何《なに》？

「氷河《ひょうが》があんなことを言《い》い出《だ》したからってわけじゃないんだけどさ」

日差《ひざ》しが揺《ゆ》れる海面《かいめん》に反射《はんしゃ》して、視界《しかい》に煌《きら》めきを生《う》む。

波《なみ》の音《おと》が聞《き》こえる。その音《おと》が私《わたし》たちを包《つつ》んで、二人《ふたり》だけの空間《くうかん》を作《つく》る。

「前世《ぜんせ》がリリアンヌだったとか、そう言《い》うことは抜《ぬ》きにしても、俺《おれ》は……」

海斗《かいと》の瞳《ひとみ》が私《わたし》を見《み》つめる。どうしてだか私《わたし》の胸《むね》の鼓動《こどう》が、音《おと》を立《た》てている。波《なみ》の音《おと》を上書《うわが》きするみたいに。

無限《むげん》に広《ひろ》がる水平線《すいへいせん》が太陽《たいよう》の光《ひかり》で煌《きら》めく中《なか》で、時間《じかん》だけが止《と》まった気《き》がした。

「……海斗《かいと》？」

その時《とき》だった。

『――――！』

洞窟《どうくつ》の反響《はんきょう》を経《へ》て、誰《だれ》かの悲鳴《ひめい》が聞《き》こえてきた。

私《わたし》たちの来《き》た道《みち》、祠《ほこら》の方向《ほうこう》だ。

「怜央《れお》くん？　それとも――眞姫那《まきな》ちゃん？」

「わからない。でもどっちかの悲鳴《ひめい》だと思《おも》う。もしかしたら海野《うみの》くんの病状《びょうじょう》が悪化《あっか》したのかも！　急《いそ》ごう！」

「うん！」

私《わたし》たちは急《いそ》いで、来《き》た道《みち》を駆《か》け出《だ》した。

海斗《かいと》が言《い》いかけたことが少《すこ》し気《き》になったけれど、「今《いま》はそれどころではない」と意識《いしき》の向《む》こう側《がわ》へとその気持《きも》ちを手放《てばな》した。

祠《ほこら》まで駆《か》け戻《もど》った私《わたし》たちが見《み》つけたのは、意識《いしき》を失《うしな》った眞姫那《まきな》ちゃんを抱《かか》えた怜央《れお》くんの姿《すがた》だった。

「――え？　――どうして？」

⑤海《うみ》の見《み》える病院《びょういん》

理由《りゆう》は全然《ぜんぜん》わからなかった。それでも眞姫那《まきな》ちゃんがぐったりと倒《たお》れていたのは事実《じじつ》だった。外傷《がいしょう》は見当《みあ》たらず、ただ眠《ねむ》るように意識《いしき》を失《うしな》っている。

きっと下手《へた》に動《うご》かさない方《ほう》がいいんだと思《おも》う。

眞姫那《まきな》ちゃんと怜央《れお》くんのことを海斗《かいと》に任《まか》せて、私《わたし》は洞窟《どうくつ》を飛《と》び出《だ》した。少《すこ》し迷《まよ》ったけれど、もしものことがあってはいけないから、救急車《きゅうきゅうしゃ》を呼《よ》ぶことにした。携帯《けいたい》を取《と》り出《だ》して電話《でんわ》をかける。

その後《あと》、京子《みやこ》ちゃんと唯《ゆい》ちゃんにも連絡《れんらく》した。二人《ふたり》は心配《しんぱい》だから病院《びょういん》に向《む》かうと言《い》ってくれた。

理人《りひと》くんの携帯《けいたい》も鳴《な》らしたけれど、繋《つな》がらなかった。仕方《しかた》ないから、メッセージだけを残《のこ》し

ておく。

「――海斗《かいと》！　眞姫那《まきな》ちゃんの様子《ようす》はどう？　今《いま》、救急車《きゅうきゅうしゃ》は呼《よ》んだよ」

「こっちは特《とく》に変《か》わらない。息《いき》は普通《ふつう》にしているから命《いのち》に別状《べつじょう》はないと思《おも》うけど……」

「怜央《れお》くんは大丈夫《だいじょうぶ》？」

「は……はい。僕《ぼく》は……大丈夫《だいじょうぶ》です」

少《すこ》しどこか怯《おび》えたように、怜央《れお》くんは答《こた》えた。

一体《いったい》、私《わたし》たちがいない間《あいだ》に何《なに》があったんだろう？

聞《き》いても怜央《れお》くんは「わからない」と首《くび》を振《ふ》るばかりだった。

聞《き》くと、私《わたし》たちと別《わか》れた後《あと》、怜央《れお》くんの体調《たいちょう》を気遣《きづか》った眞姫那《まきな》ちゃんがずっと隣《となり》に座《すわ》っていてくれたという。それが突然《とつぜん》、身体《からだ》から力《ちから》が抜《ぬ》け落《お》ちるように崩《くず》れ落《お》ちたのだそうだ。

理由《りゆう》はまるでわからないけれど、目撃者《もくげきしゃ》が怜央《れお》くんしかいない以上《いじょう》、その言葉《ことば》を信《しん》じるしかない。

「私《わたし》は洞窟《どうくつ》を出《で》て、海岸沿《かいがんぞ》いの通《とお》りで救急車《きゅうきゅうしゃ》を待《ま》っているね。来《き》たらここまで誘導《ゆうどう》するから、それまでよろしく！　海斗《かいと》」

「わかった。こっちは任《まか》せてくれ。エレナ――いや遙香《はるか》」

思《おも》わずの言《い》い間違《まちが》えに、私《わたし》は少《すこ》し頬《ほお》を緩《ゆる》める。こんな感《かん》じで困難《こんなん》に向《む》かう感《かん》じ。確《たし》かに向《む》こうの世界《せかい》のこともみたいだ。そして自分《じぶん》がエレナで、海斗《かいと》がリリアンヌだと思《おも》うと、なんだかすごく自信《じしん》が湧《わ》いてくる。きっと大丈夫《だいじょうぶ》だって。

「うん、よろしくね！ リリアンヌ――海斗《かいと》！」

しばらくすると赤《あか》いライトを回転《かいてん》させた救急車《きゅうきゅうしゃ》が到着《とうちゃく》した。

救急医療隊員《きゅうきゅういりょうたいいん》が洞窟《どうくつ》の中《なか》の眞姫那《まきな》ちゃんを担架《たんか》にのせて、救急車《きゅうきゅうしゃ》まで運《はこ》ぶ。慎重《しんちょう》に、そして迅速《じんそく》に。私《わたし》たちも救急車《きゅうきゅうしゃ》に乗《の》せてもらって、病院《びょういん》に向《む》かうことになった。

この街《まち》で一番大《いちばんおお》きな病院《びょういん》に。

＊

病院《びょういん》は洞窟《どうくつ》から車《くるま》で十五分《じゅうごふん》くらいの街外《まちはず》れにあった。

救急車《きゅうきゅうしゃ》の中《なか》でも救急医療隊員《きゅうきゅういりょうたいいん》さんが簡単《かんたん》な状況《じょうきょう》の確認《かくにん》をしてくれて、眞姫那《まきな》ちゃんは「きっと大丈夫《だいじょうぶ》だろう」と言《い》ってもらえていたので、少《すこ》しだけ気持《きも》ちが落《お》ち着《つ》いた。

何《なに》かのショックで気《き》を失《うしな》っているだけだろうということだ。海斗《かいと》もそれを聞《き》いて大《おお》きく息《いき》を吐《は》いていた。怜央《れお》くんは眞姫那《まきな》ちゃんの枕元《まくらもと》に腰《こし》をおろしていた。

救急車《きゅうきゅうしゃ》が病院《びょういん》に着《つ》くと、眞姫那《まきな》ちゃんは横《よこ》になったまま、そのまま病室《びょうしつ》へと運《はこ》び込《こ》まれた。

私《わたし》たちも付《つ》き添《そ》う。看護師《かんごし》さんにどうしたのか聞《き》かれた怜央《れお》くんが答《こた》えると、看護師《かんごし》さんは眞姫那《まき な》ちゃんの顔《かお》を覗《のぞ》き込《こ》んだ後《あと》に「例《れい》の症状《しょうじょう》に近《ちか》いのかしら」と呟《つぶや》いた。

――例《れい》の症状《しょうじょう》ってなんだろう？

同時《どうじ》に看護師《かんごし》さんはしんどそうな怜央《れお》くんの肩《かた》に手《て》をかけ、「あなたも病人《びょうにん》なのだから休《やす》まないとダメよ」と隣《となり》のベッドで休《やす》むように誘導《ゆうどう》した。その様子《ようす》を見《み》て、怜央《れお》くんがこの病院《びょういん》に長《なが》い間入院《あいだにゅういん》している患者《かんじゃ》さんであることをあらためて認識《にんしき》した。

「はるかちゃん、大丈夫《だいじょうぶ》？」

「先輩《せんぱい》、眞姫那《まきな》ちゃんは――!?」

その時《とき》、病室《びょうしつ》に飛《と》び込《こ》んできたのは京子《みやこ》ちゃんと唯《ゆい》ちゃんだった。

大《おお》きな声《こえ》を出《だ》したからか、看護師《かんごし》さんにちょっとだけ目《め》で注意《ちゅうい》される。京子《みやこ》ちゃんはちょっと首《くび》を引《ひ》っ込《こ》めて「ごめんなさい」と仕草《しぐさ》で返《かえ》す。

私《わたし》は慌《あわ》てて小《ちい》さな声《こえ》で答《こた》えた。

「ありがとう、二人《ふたり》とも。大丈夫《だいじょうぶ》だよ。眞姫那《まきな》ちゃんは多分眠《たぶんねむ》っているだけ。怜央《れお》くんも横《よこ》になっているけれど、疲《つか》れが出《で》ただけみたいだから」

唯《ゆい》ちゃんは眞姫那《まきな》ちゃんの隣《となり》に座《すわ》ると心配《しんぱい》そうにその寝顔《ねがお》を見《み》つめた。

「洞窟《どうくつ》で何《なに》があったんですか？」

「それが全然《ぜんぜん》わからないの。私《わたし》と海斗《かいと》がいなかった間《あいだ》に、急《きゅう》に倒《たお》れたんだって。それまで調子《ちょうし》が悪《わる》かったのは怜央《れお》くんだったのに」

「海斗《かいと》くんもわからないのかな？」

京子《みやこ》ちゃんの質問《しつもん》に、海斗《かいと》はゆっくり頷《うなず》いた。

「あの、すみません――」

振《ふ》り返《かえ》ると、ベッドの上《うえ》の怜央《れお》くんが寝返《ねがえ》りを打《う》ってこっちに向《む》いていた。

「――もしできたら僕《ぼく》のお父《とう》さんを呼《よ》んできてもらえませんか？」

「院長《いんちょう》のおじさんを？」

ベッドの上《うえ》で、怜央《れお》くんが頷《うなず》く。

「……眞姫那《まきな》はお父《とう》さんに診《み》てもらいたいんです。――きっとその方《ほう》が正《ただ》しい診察《しんさつ》ができるから」

ちょっと怜央《れお》くんは言《い》いにくいそうだった。だけど、言《い》いたいことはなんとなくわかった。

不思議《ふしぎ》なのは、なぜそれほど言《い》いにくそうに言《い》うのかということ。

自分《じぶん》のお父《とう》さん……院長先生《いんちょうせんせい》に診察《しんさつ》してほしい。それはとても自然《しぜん》なことだ。

それが言《い》いにくいのは、どうしてだろう？　他《ほか》の患者《かんじゃ》さんに悪《わる》いと思《おも》ったのかな？

「わかった。頼《たの》んでみる！」

私《わたし》がそう頷《うなず》くと、怜央《れお》くんは神妙《しんみょう》な顔《かお》で「お願《ねが》いします」と横《よこ》になったまま頷《うなず》いた。

「じゃあ、唯《ゆい》ちゃん眞姫那《まきな》ちゃんのこと見《み》ておいてあげて。海斗《かいと》も留守番《るすばん》をよろしく。——」

じゃあ、京子《みやこ》ちゃん、行《い》くよ！」

頷《うなず》いた二人《ふたり》とは対照的《たいしょうてき》に「え？」って顔《かお》を浮《う》かべる京子《みやこ》ちゃん。

「行《い》くってどこに？」

「院長室《いんちょうしつ》に直訴《じきそ》しに行《い》く！」

「えええええ。看護師《かんごし》さんに言付《ことづ》けるとかじゃだめなの？」

「やっぱり、こういうことは直接《ちょくせつ》言《い》ってあげた方《ほう》がいいでしょう！　自分《じぶん》の子供《こども》も不調《ふちょう》で、姪《めい》っ子《こ》まで倒《たお》れたんだよ？」

「いや、とはいえ、病院《びょういん》っていろいろ連絡手順《れんらくてじゅん》とかあるんじゃないかな？」

「行《い》こうよ」

怜央《れお》くんがこんなに神妙《しんみょう》な顔《かお》になっているのには、きっと理由《りゆう》があるのだろう。

そう思《おも》ってまっすぐ京子《みやこ》ちゃんを見《み》つめると、やがて頷《うなず》き返《かえ》してくれた。

「わかった。じゃあ、海斗《かいと》くん、唯《ゆい》ちゃんをよろしくね。はるかちゃん。部屋《へや》はわかるの？」

「さっき院内地図《いんないちず》で見《み》かけた気《き》がするから大丈夫《だいじょうぶ》！」

そうして私《わたし》たちは、病室《びょうしつ》を飛《と》び出《だ》した。

院内地図《いんないちず》を確認《かくにん》して、一度《いちど》だけ廊下《ろうか》を歩《ある》く看護師《かんごし》さんに尋《たず》ねると、簡単《かんたん》に院長室《いんちょうしつ》を見《み》つけることができた。

「おじさん、いるかなぁ？」

「ん？　なんだか看護師《かんごし》さんもそんなお返事《へんじ》だったし、大丈夫《だいじょうぶ》じゃないかな？」

地図《ちず》の通《とお》りに進《すす》んで目的地《もくてきち》へと辿《たど》り着《つ》く。白《しろ》い廊下《ろうか》の先《さき》で横開《よこびら》きのドアがかすかに開《ひら》いている。

ゆっくり近《ちか》づいていくと、なんだか部屋《へや》の中《なか》から話《はな》し声《ごえ》が聞《き》こえてきた。

しかもその声《こえ》はただの話《はな》し声《ごえ》の範囲《はんい》を超《こ》えて、怒声《どせい》が混《ま》じっている。

思《おも》わず京子《みやこ》ちゃんと顔《かお》を見合《みあ》わせた。

「……本当《ほんとう》に大丈夫《だいじょうぶ》かな？」

「――うーん、どうだろうね……」

そろりそろりと少《すこ》し開《ひら》いた院長室《いんちょうしつ》のドアに近寄《ちかよ》り、ドアの隙間《すきま》から中《なか》を覗《のぞ》き込《こ》む。

「そんなことをいくら言《い》われても知《し》らないと言《い》っているだろう!? 事実無根《じじつむこん》だ！ お引《ひ》き取《と》りください！」

部屋《へや》の中《なか》には白衣《はくい》を着《き》た院長先生《いんちょうせんせい》――怜央《れお》くんのお父《とう》さんが立《た》ち上《あ》がって大《おお》きな声《こえ》をあげていた。

その前《まえ》に立《た》っていたのは、二人《ふたり》の黒《くろ》ずくめ姿《すがた》の人物《じんぶつ》。

それはまるでどこかの映画《えいが》に出《で》てくるエージェントのような風貌《ふうぼう》だった。

⑥黒《くろ》ずくめの男《おとこ》たち

「はるかちゃん、やっぱり取《と》り込《こ》み中《ちゅう》みたいだよ……」

「――そうだね」

というか取《と》り込《こ》み中《ちゅう》どころの騒《さわ》ぎではないのかもしれない。

私《わたし》と京子《みやこ》ちゃんは廊下《ろうか》の壁《かべ》にへばりついて、院長室《いんちょうしつ》を覗《のぞ》き込《こ》んでいる。

院長室《いんちょうしつ》には黒《くろ》ずくめの男《おとこ》が二人《ふたり》。

一人《ひとり》は背《せ》が高《たか》く、もう一人《ひとり》はそれより少《すこ》し華奢《きゃしゃ》な感《かん》じだ。

サングラスをかけた前《まえ》の男《おとこ》は鼻《はな》が高《たか》く、ヨーロッパの人《ひと》みたいだ。

後《うし》ろの人《ひと》は黒《くろ》い帽子《ぼうし》を目深《まぶか》にかぶっていて顔《かお》が見《み》えない。

「君《きみ》たちが何《なに》を言《い》っているのか私《わたし》にはわからない」

「明《あき》らかにこの病院《びょういん》を中心《ちゅうしん》に夢《ゆめ》の力場《フィールド》が歪《ゆが》んでいる。何《なに》かがあるはずです」

戸惑《とまど》うように応答《おうとう》するおじさんに、背《せ》の高《たか》い方《ほう》の男《おとこ》が詰《つ》め寄《よ》る。

部屋《へや》の中《なか》で起《お》きていることにも驚《おどろ》いたけれど、私《わたし》は男《おとこ》の放《はな》った言葉《ことば》にびっくりした。京子《みやこ》ちゃんの方《ほう》を向《む》いて小声《こごえ》で囁《ささや》く。

「みやこちゃん、今《いま》、あの人《ひと》『夢《ゆめ》の力場《フィールド》』って言《い》ったよね？　どういうこと？」

「――うちもびっくり」

夢《ゆめ》の力場《フィールド》自体《じたい》はこの世界《せかい》に満《み》ちているものだけど、その存在《そんざい》を知《し》っている人《ひと》は限《かぎ》られているはずだ。御堂先生《みどうせんせい》もそう言《い》っていた。

それにその男《おとこ》の人《ひと》が言《い》っている内容自体《ないようじたい》も気《き》になった。『夢《ゆめ》の力場《フィールド》』が歪《ゆが》んでいるっていうことは、この病院《びょういん》も、私《わたし》たちの学校《がっこう》と一緒《いっしょ》で向《む》こうの世界《せかい》に繋《つな》がっているっていうこと？　そんな可能性《かのうせい》は全然《ぜんぜん》考《かんが》えていなかった。急《きゅう》な話《はなし》に、頭《あたま》が混乱《こんらん》してくる。

「しかし確《たし》かにこの病院《びょういん》で夢《ゆめ》の力場《フィールド》が乱《みだ》れている。私《わたし》たちにはその原因《げんいん》を究明《きゅうめい》する責務《せきむ》がある。――この部屋《へや》を調《しら》べさせてもらいますよ」

「待《ま》て！　人《ひと》の部屋《へや》を勝手《かって》に荒《あ》らすな。患者《かんじゃ》の個人情報《こじんじょうほう》だってあるんだぞ！」

中《なか》は非常事態《ひじょうじたい》っぽい。なんか黒《くろ》ずくめの二人組《ふたりぐみ》も怖《こわ》い。

でも、私《わたし》たちだって非常事態《ひじょうじたい》なのだ！　おじさんに眞姫那《まきな》ちゃんを診察《しんさつ》してもらわないと！

おじさんもピンチで、私《わたし》たちもピンチなら行《い》くしかないよね！

私《わたし》は引《ひ》き戸《ど》のゴムの部分《ぶぶん》を握《にぎ》って力《ちから》を込《こ》める。

「……え。はるかちゃん？」

――そして大《おお》きく開《あ》け放《はな》った。

「あの！　海野《うみの》のおじさん！」

私《わたし》が思《おも》い切《き》って院長室《いんちょうしつ》に踏《ふ》み込《こ》むと、三人《さんにん》は驚《おどろ》いたようにこちらへと振《ふ》り向《む》いた。

黒服《くろふく》の二人《ふたり》は二《に》、三歩《さんぽ》後《うし》ろに後《あと》ずさる。

突然《とつぜん》の侵入者《しんにゅうしゃ》に驚《おどろ》いたのか、姿《すがた》を見《み》られてはいけなかったのか。

おじさんは呆気《あっけ》にとられた表情《ひょうじょう》で、私《わたし》たちを見《み》ていた。

「君《きみ》は、確《たし》か、眞姫那《まきな》の部活《ぶかつ》の……」

「結女遙香《ゆめはるか》です！　お取《と》り込《こ》み中《ちゅう》のところすみません！　でも、眞姫那《まきな》ちゃんが、怜央《れお》くんが、倒《たお》れちゃって！　おじさんに……院長先生《いんちょうせんせい》に来《き》てほしいって！」

院長《いんちょう》のデスクに座《すわ》っていたおじさんが驚《おどろ》いたように立《た》ち上《あ》がる。

「二人《ふたり》が倒《たお》れた？　――それはどういうことだ？　何《なに》があった？」

「詳《くわ》しいことは後《あと》でお話《はな》しします！　怜央《れお》くんがおじさんのことを呼《よ》んできてほしいって。眞《ま》姫那《きな》ちゃんのことはおじさんに診《み》てもらいたいって。きっとその方《ほう》が正《ただ》しい診察《しんさつ》ができるから、って」

おじさんは目《め》を閉《と》じて、私《わたし》の言葉《ことば》を反芻《はんすう》するみたいに、しばらく俯《うつむ》いた。

そして「そういうことか」と呟《つぶや》くと、ゆっくりと顔《かお》をあげた。

「わかった。結女《ゆめ》さん、すぐに行《い》くよ。――そういうことだからお二人《ふたり》にはお引《ひ》き取《と》り願《ねが》いたい」

「しかし」

おじさんが丁寧《ていねい》に、でもはっきりとした言葉《ことば》を返《かえ》すと、背《せ》の高《たか》い男《おとこ》は悔《くや》しそうな表情《ひょうじょう》を浮《う》かべた。

それを無視《むし》して、おじさんがこちらへ歩《ある》いてくる。

「いずれにせよ私《わたし》は患者《かんじゃ》のところへ向《む》かいます。それでもこの部屋《へや》に居座《いすわ》って調《しら》べたりするのなら、それは不法侵入《ふほうしんにゅう》ということになりますから、刑事問題《けいじもんだい》になると思《おも》ってください。今日《きょう》はお引《ひ》き取《と》りください。私《わたし》たちにとって患者《かんじゃ》より大切《たいせつ》なものなどないのですから」

「……わかりました。今日《きょう》のところは帰《かえ》るとしましょう」

すると、背《せ》の高《たか》い洋風《ようふう》の男《おとこ》は頷《うなず》いた。その後《うし》ろで細身《ほそみ》のもう一人《ひとり》の黒《くろ》ずくめがこちらの方《ほう》をじっと見《み》つめていたのが気《き》になったけれど、気《き》づかないふりをすることにした。

急《いそ》いでいるし。あと、絡《から》まれてもちょっと怖《こわ》いし。

「でも『夢《ゆめ》の力場《フィールド》』の問題《もんだい》はなんとかしなければ、必《かなら》ずこの病院《びょういん》に大《おお》きな災《わざわ》いもたらします。――いや、すでにもたらしているかもしれない」

そういうと、怪《あや》しい二人組《ふたりぐみ》は、わたし達《たち》が入《はい》ってきた扉《とびら》から廊下《ろうか》へと出《で》ていった。カツカツと緊張感《きんちょうかん》のある足音《あしおと》を立《た》てながら。

「――大丈夫《だいじょうぶ》だったんですか？　私《わたし》たち、お邪魔《じゃま》しちゃったでしょうか？」

「いや、そんなことはないよ。むしろ助《たす》かったよ。突然《とつぜん》やってきていろいろとよくわからないことを言《い》われて困《こま》っていたんだよ。――じゃあ、行《い》こうか二人《ふたり》とも」

「はい！」

院長室《いんちょうしつ》からおじさんを連《つ》れて病室《びょうしつ》に戻《もど》ると、眞姫那《まきな》ちゃんはすでに意識《いしき》を取《と》り戻《もど》していた。

怜央《れお》くんも少《すこ》し調子《ちょうし》が良《よ》くなったみたいで、ベッドの上《うえ》で上体《じょうたい》を起《お》こしていた。

「――大丈夫《だいじょうぶ》。単純《たんじゅん》に気《き》を失《うしな》っていただけだと思《おも》うよ。疲《つか》れが出《で》たか何《なに》かわからないけれど、ちょっとした拍子《ひょうし》に寝落《ねお》ちしてしまうのと同《おな》じようなものだと思《おも》ってくれたらいいよ」

聴診器《ちょうしんき》を耳《みみ》から外《はず》したおじさんは、私《わたし》たちに振《ふ》り返《かえ》ってそう言《い》った。

「よかったぁ～」

みんな安堵《あんど》のため息《いき》を漏《も》らす。振《ふ》り向《む》くと隣《となり》のベッドに腰掛《こしか》けていた怜央《れお》くんもほっとした表情《ひょうじょう》を浮《う》かべている。それでもその表情《ひょうじょう》はどこか暗《くら》く見《み》える。

「――じゃあ、眞姫那《まきな》ちゃんは、安静《あんせい》にしていたら大丈夫《だいじょうぶ》ということでしょうか？」

京子《みやこ》ちゃんが先生《せんせい》に尋《たず》ねる。

「そうだね。まだ少《すこ》し衰弱《すいじゃく》しているから、念《ねん》のため夕方《ゆうがた》まで休《やす》んでいってもらおうかな。大袈《おおげ》裟《さ》かもしれないけれど、点滴《てんてき》を打《う》ってしばらく眠《ねむ》れば、きっと良《よ》くなるよ」

私《わたし》と京子《みやこ》ちゃんは顔《かお》を見合《みあ》わせる。点滴《てんてき》という重《おも》たい言葉《ことば》が頭《あたま》に響《ひび》く。

「あ、大丈夫《だいじょうぶ》だよ。眞姫那《まきな》は親族《しんぞく》だしね。ご両親《りょうしん》には私《わたし》から連絡《れんらく》しておくし、病院《びょういん》の診察代《しんさつだい》も私《わたし》の方《ほう》で払《はら》っておくから。君《きみ》たちは何《なに》も心配《しんぱい》しないで。夜《よる》には家《いえ》まで送《おく》るから」

私《わたし》たちは「よろしくお願《ねが》いします」とおじさんに頭《あたま》を下《さ》げる。

本当《ほんとう》におじさんがお医者《いしゃ》さんでよかった。

ほっとしていると、おじさんが怜央《れお》くんのベッドの前《まえ》に移動《いどう》していった。

「怜央《れお》。ちょっと調子《ちょうし》に乗《の》りすぎたのかもしれないな。お前《まえ》も今日《きょう》は病室《びょうしつ》でしっかり休《やす》みなさい。周《まわ》りに迷惑《めいわく》をかけてはいけない」

「……ごめんなさい」

怜央《れお》くんはしおらしくベッドの上《うえ》で項垂《うなだ》れた。

その姿《すがた》に慌《あわ》てて割《わ》って入《はい》る。

「おじさん。怜央《れお》くんは何《なに》も悪《わる》くありません。怜央《れお》くんは私《わたし》たちを観光案内《かんこうあんない》してくれていただけで。私《わたし》たちすごく楽《たの》しくて、嬉《うれ》しかったんです！」

おじさんはゆっくりと振《ふ》り向《む》いた。

その表情《ひょうじょう》はどうしてだか少《すこ》し寂《さび》しそうで、それでいて優《やさ》しくて柔《やわ》らかい表情《ひょうじょう》だった。

「――ありがとう、結女《ゆめ》さん。でも怜央《れお》の体《からだ》のことは私《わたし》が一番《いちばん》よく知《し》っているんだ。――でも、それと同時《どうじ》に怜央《れお》が皆《みな》さんといっしょに遊《あそ》べていたのだというのは、とても嬉《うれ》しいことだと思《おも》う。ありがとう。だからこそ、また、遊《あそ》べるように、怜央《れお》にもしっかり休《やす》んでもらうんだよ」

振《ふ》り返《かえ》りおじさんは怜央《れお》くんの頭《あたま》を撫《な》でた。

「――明日《あす》の花火大会《はなびたいかい》、絶対《ぜったい》に行《い》きたいんだろ？」

おじさんがそう言《い》うと、怜央《れお》くんは唇《くちびる》を尖《とが》らせながらも頷《うなず》いた。

その時《とき》、耳元《みみもと》で突然《とつぜん》綺麗《きれい》な声《こえ》がした。

「そうだね。じゃあ、明日《あす》の夜《よる》はみんなで、花火大会《はなびたいかい》だね。それはきっと美《うつく》しく、生涯忘《しょうがいわす》れられない思《おも》い出《で》になるだろう。――そうだよね、結女《ゆめ》さん」

「おわっっっっ！」

驚《おどろ》いて、私《わたし》は飛《と》び退《の》いた。

振《ふ》り返《かえ》ると、そこには理人《りひと》くんが立《た》っていた。

「びっくりしたー。理人《りひと》くん、いつのまにいたの？」

おじさんを呼《よ》びに行《い》った時点《じてん》ではまだ到着《とうちゃく》していなかったはず。

「そんなに驚《おどろ》かなくても。僕《ぼく》だって後輩《こうはい》のピンチには駆《か》けつけるよ。でもよかった。二人《ふたり》とも無事《ぶじ》みたいで」

理人《りひと》くんはそう言《い》って髪《かみ》をかきあげた。

どうやら私《わたし》と京子《みやこ》ちゃんがおじさんを呼《よ》びに行《い》っている間《あいだ》に到着《とうちゃく》していたみたいだ。

おお、これで文芸部員《ぶんげいぶいん》プラス一名《いちめい》は全員集合《ぜんいんしゅうごう》だね。

眞姫那《まきな》ちゃんもベッドの上《うえ》でおかしそうに笑《わら》っている。

旅先《たびさき》で病院《びょういん》に来《く》ることになるなんて思《おも》っていなかったけれど、こうやってみんなでピンチを乗《の》り越《こ》えることができた。

そう言《い》うのって、なんだかいいなって思《おも》ったりした。

ちょっと不謹慎《ふきんしん》かもしれないけれど。

＊

「――じゃあね。二人《ふたり》ともゆっくり休《やす》んでね」

病室《びょうしつ》の中《なか》に向《む》かって手《て》を振《ふ》って、扉《とびら》を閉《し》める。

「じゃあ、いこっか？」

みんな頷《うなず》いた。理人《りひと》くんだけは「別《べつ》ルートで来《き》たから僕《ぼく》は一人《ひとり》で帰《かえ》るよ。また」とひらひら手《て》を振《ふ》った。なんだか怪《あや》しい気《き》もしたけれど、彼《かれ》を病室《びょうしつ》の前《まえ》に置《お》いて、私《わたし》たちは病院《びょういん》の出口《でぐち》へと向《む》かうことにした。

「みやこちゃんや唯《ゆい》ちゃんは、こっちに来《く》る時《とき》どうやって来《き》たの？」

「急《いそ》いでいたから、タクシーだよ〜。手痛《ていた》い出費《しゅっぴ》だったよ〜。ねぇ、唯《ゆい》ちゃん」

「はい。お小遣《こづか》い飛《と》んじゃいますね。帰《かえ》ったらお母《かあ》さんに補充《ほじゅう》をお願《ねが》いしないとです」

唯《ゆい》ちゃんはそう言《い》うと「はぁ〜」と溜《た》め息《いき》をついた。なんだか唯《ゆい》ちゃんもすごく疲《つか》れているみたいだ。眞姫那《まきな》ちゃんは文芸部《ぶんげいぶ》でたった一人《ひとり》の同級生《どうきゅうせい》だし、とても心配《しんぱい》したのだと思《おも》う。あと、唯《ゆい》ちゃん自身《じしん》がゴールデンウィーク前《まえ》に色々《いろいろ》とあったから、その疲《つか》れが溜《た》まっているのかもしれない。

……今度《こんど》は唯《ゆい》ちゃんが倒《たお》れるとか、そういうことがないように気《き》をつけないと。

それが先輩《せんぱい》の、そして部長《ぶちょう》の責任《せきにん》だよね！

病院《びょういん》の総合受付《そうごううけつけ》でバスの路線図《ろせんず》とか時刻表《じこくひょう》を見《み》せてもらって、スマホの地図《ちず》アプリと突《つ》き合《あ》わせながら帰《かえ》りのルートを確認《かくにん》する。なんとなく自分《じぶん》たちだけでも帰《かえ》れそうだ。

「――まあ、いざとなったら観光兼《かんこうか》ねてウォーキングじゃね？」

一人体育会系《ひとりたいいくかいけい》クラブの海斗《かいと》は笑《わら》っていたけれど、あまり運動《うんどう》しない文化系《ぶんかけい》クラブの私《わたし》たちは「いや〜」と顔《かお》を見合《みあ》わせた。

なお、文芸部《ぶんげいぶ》はきっと文化系《ぶんかけい》クラブの中《なか》でも運動《うんどう》しない方《ほう》だと思《おも》います。はい。でもまあ、観光《かんこう》という意味《いみ》なら歩《ある》くのもいいかもね。海岸線《かいがんせん》も素敵《すてき》だし。

そんなふうに話《はな》しながら病院《びょういん》のエントランスへと辿《たど》り着《つ》いた私《わたし》たちだけど、玄関《げんかん》にちょっと知《し》った姿《すがた》を見《み》つけて立《た》ち止《ど》まった。

そこには黒《くろ》ずくめの二人組《ふたりぐみ》が立《た》っていたのだ。さっき院長室《いんちょうしつ》で見《み》た二人《ふたり》だ。

私《わたし》と京子《みやこ》ちゃん以外《いがい》は知《し》らないから、少《すこ》し歩《ある》いてから、立《た》ち止《ど》まった私《わたし》たちを振《ふ》り返《かえ》る。

「どうしたんだ？　遥香《はるか》？　西野《にしの》？」

「――先輩《せんぱい》？」

ガラスの自動扉《じどうとびら》の脇《わき》。室内《しつない》に置《お》かれた観葉樹《かんようじゅ》の前《まえ》に立《た》っていた黒《くろ》ずくめの二人《ふたり》の内《うち》の一人《ひとり》が私《わたし》たちの姿《すがた》を見《み》つけると、近《ちか》づいてきた。思《おも》わず身構《みがま》える。

私《わたし》たちの方《ほう》に近《ちか》づいてきたのはさっきの長身《ちょうしん》の男《おとこ》ではなくて、その後《うし》ろに立《た》っていた背《せ》が低《ひく》くて細身《ほそみ》な方《ほう》の人物《じんぶつ》だった。

逃《に》げ出《だ》したい気持《きも》ちも少《すこ》しあったけれど、さっきあの人《ひと》が言《い》っていた話《はなし》も気《き》になって、ぐっ

と踏《ふ》ん張《ば》る。

その人《ひと》は私《わたし》たちの前《まえ》までくると、にっこりと笑《わら》って目深《まぶか》にかぶっていた黒《くろ》い帽子《ぼうし》を外《はず》した。

はらりと髪《かみ》が舞《ま》い、肩《かた》までの綺麗《きれい》なボブヘアが現《あらわ》れ出《で》た。

その女性《じょせい》は私《わたし》たちの前《まえ》で両肘《りょうひじ》を抱《かか》えるように腕《うで》を組《く》むとこう言《い》った。

「——あなたたちがこんな場所《ばしょ》にいるなんてね。奇遇《きぐう》と言《い》っていいのかしら？　それともそこには何《なに》か理由《りゆう》があるのかしら？」

それは保健室《ほけんしつ》の御堂史織《みどうしおり》先生《せんせい》だった。

インタールード　白《しろ》い病室《びょうしつ》の少年《しょうねん》と少女《しょうじょ》

白《しろ》いシーツに覆《おお》われて眠《ねむ》る彼女《かのじょ》のことを見《み》つめながら僕《ぼく》は思《おも》う。

どうしてこんなことになってしまったんだろう？

僕《ぼく》が何《なに》をしたって言《い》うんだろうか？

昔《むかし》から体《からだ》は丈夫《じょうぶ》な方《ほう》じゃなかった。それは持《も》って生《う》まれた体質《たいしつ》だと思《おも》う。

お母《かあ》さんが病気《びょうき》で天国《てんごく》に行《い》ってからしばらくして、また特別《とくべつ》な病気《びょうき》が僕《ぼく》の体《からだ》を蝕《むしば》み始《はじ》めた。

それからもう三年《さんねん》くらい。僕《ぼく》はこの病院《びょういん》で入院《にゅういん》を続《つづ》けている。

僕《ぼく》は眞姫那《まきな》と一緒《いっしょ》の学校《がっこう》で中学生《ちゅうがくせい》になりたかった。それが小《ちい》さな夢《ゆめ》だった。だけど当然《とうぜん》のように僕《ぼく》の病気《びょうき》はそれを許《ゆる》してくれなかった。

『もし完治《かんち》したら、眞姫那《まきな》と同《おな》じ学校《がっこう》に通《かよ》えるようにしてくれる？』

そんなお願《ねが》い事《ごと》にお父《とう》さんは『いいよ』と答《こた》えた。その時《とき》のお父《とう》さんの寂《さび》しそうな表情《ひょうじょう》を僕《ぼく》は忘《わす》れない。それが「このままじゃ、治《なお》りっこない」という事実《じじつ》を僕《ぼく》に突《つ》きつけていた。——本当《ほんとう》は大《おお》きな手術《しゅじゅつ》をすれば、望《のぞ》みはつながるかもしれないのだけれど。

それがこの春《はる》からすこし体調《たいちょう》が持《も》ち直《なお》し始《はじ》めた。

だけどお父《とう》さんが言《い》うには、体《からだ》の奥《おく》にある病気《びょうき》は全然《ぜんぜん》消《き》えていないのだそうだ。

「そんなはずはないよ！」って言《い》ったけれど、他《ほか》の先生《せんせい》が確認《かくにん》しても間違《まちが》いないことらしい。

僕《ぼく》の病気《びょうき》は全然快方《ぜんぜんかいほう》には向《む》かっていないみたいだ。少なくとも医学的には。

ただ何《なに》も変《か》わっていないはずなのに、僕《ぼく》の体調《たいちょう》のいい日《ひ》が増《ふ》えている。

増《ふ》やすことができるようになっているのだ。

そんな異変《いへん》が何《なん》の代償《だいしょう》もなく訪《おとず》れることもないのかもしれない。

お父《とう》さんはお医者《いしゃ》さんとして他《ほか》の先生《せんせい》と一緒《いっしょ》に頭《あたま》を悩《なや》ませている。

そしてきっと、お父《とう》さんは気《き》づいている。この異変《いへん》の代償《だいしょう》に。

だけどそもそも世《よ》の中《なか》は理不尽《りふじん》なのだ。お母《かあ》さんが死《し》んだのも、僕《ぼく》が病気《びょうき》になっているのも、全部《ぜんぶ》、理不尽《りふじん》。だからちょっとくらい理不尽《りふじん》が増《ふ》えたって、それが自分《じぶん》のためになるならそれでいいんじゃないかなって思《おも》っていた。

そしてこのゴールデンウィーク、大好《だいす》きな眞姫那《まきな》が戻《もど》ってくるって連絡が来た。僕《ぼく》は眞姫那《まきな》といっしょに遊《あそ》べる時間《じかん》をとても楽《たの》しみにしていたんだ。

――なのに、それが、こんなことになるなんて。

「……怜央《れお》？　……もう体調《たいちょう》は大丈夫《だいじょうぶ》なの？」

ベッドの上《うえ》で目《め》を覚《さ》ました眞姫那《まきな》が首《くび》を横《よこ》に向《む》けて、隣《となり》に座《すわ》る僕《ぼく》のことを見《み》る。

まだ顔《かお》には疲《つか》れが残《のこ》っている。どこかで生気《せいき》を吸《す》われてしまったみたいに。

僕《ぼく》はこの症状《しょうじょう》を知《し》っている。それは四月《しがつ》からこの病院《びょういん》や、街中《まちなか》で頻発《ひんぱつ》している症状《しょうじょう》。

病院《びょういん》では多《おお》くの患者《かんじゃ》の退院時期《たいいんじき》が延《の》びて、一般診療《いっぱんしんりょう》でも診察《しんさつ》を受《う》ける患者《かんじゃ》は増《ふ》えている。

「眞姫那《まきな》。僕《ぼく》は大丈夫《だいじょうぶ》だよ。今《いま》、病人《びょうにん》は眞姫那《まきな》なんだからさ、自分《じぶん》の心配《しんぱい》だけすればいいよ」

「あはは。そうだね。でも、立《た》ち眩《くら》みで倒《たお》れて入院《にゅういん》なんて、柄《がら》じゃないなぁ。――ごめんね、なんだか迷惑《めいわく》かけちゃったみたいで。お見舞《みま》いに来《く》る側《がわ》が、お見舞《みま》いされちゃってる」

「――僕《ぼく》こそごめん」

胸《むね》の奥《おく》が締《し》め付《つ》けられる。

「どうして怜央《れお》が謝《あやま》るの？」

「え？　……うん、なんとなくかな」

「何《なに》それ～」

眞姫那《まきな》はそう言《い》ってクスクスと笑《わら》った。

楽《たの》しそうな表情《ひょうじょう》。眞姫那《まきな》と一緒《いっしょ》にやってきた文芸部《ぶんげいぶ》の先輩《せんぱい》や友達《ともだち》のことを思《おも》い出《だ》す。

はじめは、自分以外《じぶんいがい》に眞姫那《まきな》に仲《なか》のいい友達《ともだち》がいて、それがいつも眞姫那《まきな》といっしょにいることが羨《うらや》ましくて、なんだかちょっと嫌《いや》だったけれど、みんないい人《ひと》だ。

洞窟《どうくつ》で眞姫那《まきな》が倒《たお》れた時《とき》、自分《じぶん》は何《なに》もできなかった。

だけど先輩《せんぱい》たちは機敏《きびん》に動《うご》いて、一生懸命《いっしょうけんめい》に眞姫那《まきな》と僕《ぼく》をここまで連《つ》れてきてくれた。

あの時《とき》、僕《ぼく》しかいなかったらどうなっていただろうか。僕《ぼく》は眞姫那《まきな》をもっと傷《きず》つけたかもしれない。そして僕《ぼく》はたまらなく後悔《こうかい》しただろう。

「……でも、怜央《れお》、本当《ほんとう》に元気《げんき》になったんだね。話《はなし》には聞《き》いていたけど、会《あ》ってみて本当《ほんとう》にびっくりした。あ、病院《びょういん》で言《い》う事《こと》じゃないけど」

「そうだね」

春休《はるやす》み。中学《ちゅうがく》に入学《にゅうがく》するまでの時間《じかん》。眞姫那《まきな》はこの街《まち》に長期滞在《ちょうきたいざい》していた。その時《とき》の僕《ぼく》はまだ調子《ちょうし》が悪《わる》いままだった。だけど彼女《かのじょ》がこの街《まち》を去《さ》ってから、少《すこ》しずつ体調《たいちょう》が持《も》ち直《なお》していった。

ゴールデンウィークが迫《せま》ったころ、眞姫那《まきな》からメッセージが来《き》た。

『中学《ちゅうがく》の友達《ともだち》を連《つ》れて、ゴールデンウィークにそっちに行《い》こうと思《おも》っているの。楽《たの》しみにしておいてね！』

すぐにそれが眞姫那《まきな》なりの気遣《きづか》いだと気《き》づいた。眞姫那《まきな》と同《おな》じ中学《ちゅうがく》に通《かよ》いたかった僕《ぼく》への、彼女《かのじょ》なりの気遣《きづか》い。

本当《ほんとう》は眞姫那《まきな》さえ戻《もど》ってきてくれたら、眞姫那《まきな》が戻《もど》ってきてくれたら、それで十分《じゅうぶん》だったけれど。彼女《かのじょ》のその気遣《きづか》いは嬉《うれ》しかった。だから「楽《たの》しみにしてる」って返《かえ》した。

三年間《さんねんかん》できなかったこと。眞姫那《まきな》と一緒《いっしょ》に外《そと》で遊《あそ》ぶ。デートする。

このゴールデンウィークは僕《ぼく》にとってとても楽《たの》しみな時間《じかん》だった。

特《とく》に五月六日《ごがつむいか》——明日《あす》ある花火大会《はなびたいかい》。眞姫那《まきな》と一緒《いっしょ》に楽《たの》しめたらどんなにいいだろうって。

「ねえ。怜央《れお》は体調大丈夫《たいちょうだいじょうぶ》そう？　また前《まえ》みたいになっていない？　明日《あす》は外出《がいしゅつ》できそう？」

「え？　あ、うん。僕《ぼく》は大丈夫《だいじょうぶ》だよ。明日《あす》の外出《がいしゅつ》は……きっと大丈夫《だいじょうぶ》だと思《おも》う」

むしろ眞姫那《まきな》の方《ほう》が心配《しんぱい》だ。お父《とう》さんは一日寝《いちにちね》れば大丈夫《だいじょうぶ》だって言《い》っていたけれど。

「そう？　良《よ》かった。じゃあ、明日《あす》、今日《きょう》の続《つづ》きできるかな？　それから夜《よる》は花火大会《はなびたいかい》」

「――いいの？　眞姫那《まきな》？」

尋《たず》ねると眞姫那《まきな》はいたずらっぽく笑《わら》って「当然《とうぜん》！」とガッツポーズをつけた。

「だって今回《こんかい》はそれ目的《もくてき》で帰《かえ》ってきたんだから。怜央《れお》のお見舞《みま》いと花火大会《はなびたいかい》」

「え？　文芸部合宿《ぶんげいぶがっしゅく》でしょ？」

「うーん、それもある。でも両方本当《りょうほうほんとう》で、両方大事《りょうほうだいじ》。それに、花火大会《はなびたいかい》は先輩《せんぱい》たちにも見《み》せてあげたいし」

「それはそうだね」

この街《まち》の花火大会《はなびたいかい》。年《ねん》に一回《いっかい》の海《うみ》の祭《まつ》り。それはこの街《まち》の誇《ほこ》りなのだ。

それから暫《しばら》くして、また眞姫那《まきな》が眠《ねむ》りについたので一旦眞姫那《いったんまきな》を一人《ひとり》にして、病室《びょうしつ》を出《で》た。

そこで、声《こえ》をかけられた。

「やあ、少年《しょうねん》。調子《ちょうし》はどうだい？」

やたらイケメンのお兄《にい》さんが、廊下《ろうか》の窓《まど》に背《せ》を預《あず》けて立《た》っていた。

名前《なまえ》は確《たし》か――氷河理人先輩《ひょうがりひとせんぱい》。

文芸部《ぶんげいぶ》の中《なか》でも、ことさら異質《いしつ》な感《かん》じのする先輩《せんぱい》だった。

「あれ？　他《ほか》の先輩方《せんぱいほう》と一緒《いっしょ》に帰《かえ》らなかったんですか？」

「ちょっとね。――君《きみ》と話《はなし》がしたくてさ」

「――僕《ぼく》と？」

「そう、君《きみ》と。海野怜央《うみのれお》くん」

そうやって、僕《ぼく》に向《む》かって目《め》を細《ほそ》めた。

その瞳《ひとみ》は澄《す》んでいて、まるですべてを見通《みとお》しているみたいだ。

彼《かれ》に連《つ》れられて僕《ぼく》たちは病院《びょういん》の中《なか》にあるラウンジへと移動《いどう》する。入院患者《にゅういんかんじゃ》とお見舞《みま》いに来《き》た人《ひと》が面会《めんかい》に使《つか》うこともあるし、病院《びょういん》の先生《せんせい》と外部《がいぶ》のお客《きゃく》さんがお仕事《しごと》の相談《そうだん》に使《つか》ったりもする場所《ばしょ》だ。

海《うみ》の見《み》える一番日当《いちばんひあ》たりのいい席《せき》を確保《かくほ》する。

先輩《せんぱい》は僕《ぼく》の飲《の》みたいものを聞《き》くと、それを買《か》って「はい」と渡《わた》してくれた。とても上品《じょうひん》で、大人《おとな》びたお兄《にい》さんだなって思《おも》った。

とても一歳《いっさい》だけしか年上《としうえ》でないとは思《おも》えない。

「なんだか、すごく慣《な》れている感《かん》じですね。この病院《びょういん》は初《はじ》めてなんですよね？」

そう言《い》う僕《ぼく》に、先輩《せんぱい》は「まあね」と目《め》を細《ほそ》めた。

「僕《ぼく》もこの春《はる》まで、ずっと入院《にゅういん》してばかりだったからさ。病院《びょういん》っていうのはどこでも大体《だいたい》似《に》たような感《かん》じだから、勝手《かって》がわかるんだと思《おも》うよ。多分《たぶん》」

その言葉《ことば》に驚《おどろ》く。

「そうなんですか？」

「おかげさまでね。僕《ぼく》は――幸運《こううん》だったんだと思《おも》うよ」

そう言《い》って彼《かれ》は目《め》を細《ほそ》めた。

それから理人《りひと》さんは自分《じぶん》の身《み》の上話《うえはなし》を始《はじ》めた。それはとてもプライベートな話《はなし》で、自分《じぶん》が本《ほん》当《とう》に聞《き》いていい話《はなし》なのかわからなかったけれど。

つまらなかった入院生活《にゅういんせいかつ》。その中《なか》で見《み》ていた夢《ゆめ》の話《はなし》。そこで出会《であ》っていたエレナという少女《しょうじょ》のこと。その彼女《かのじょ》の存在《そんざい》が救《すく》いであったこと。

――退院《たいいん》してから、その生《う》まれ変《か》わりが遥香《はるか》さんだと気《き》づいたということ。

「あ、この話《はなし》、秘密《ひみつ》にしてね」

「あ、秘密《ひみつ》は秘密《ひみつ》なんですね」

本当《ほんとう》なのかどうかわからない、なんだか漫画《まんが》みたいな話《はなし》。なぜそんな秘密《ひみつ》を僕《ぼく》に話《はな》してくれるのかはわからなかったけれど、ずっと入院続《にゅういんつづ》きの僕《ぼく》を励《はげ》まそうとしてくれているのかもしれない。

だけど、それだけじゃないのかもしれない。話《はなし》を聞《き》いているなかで、……ちょっとずつそう思《おも》い出《だ》した。

「だから、僕《ぼく》は遥香《はるか》さんを、運命《うんめい》の人《ひと》だと思《おも》っているんだ」

そんな恥《は》ずかしいことを、さらりと彼《かれ》は言《い》う。

そこで気付《きづ》いた。

「——あの、海斗先輩《かいとせんぱい》も遥香先輩《はるかせんぱい》のことが好《す》きなんですよね？」

それは今日見《きょうみ》ているだけでも、すぐに分《わ》かった。海斗先輩《かいとせんぱい》が遥香先輩《はるかせんぱい》を見《み》る視線《しせん》で。

でも、理人先輩《りひとせんぱい》は笑《わら》うばかりだ。

「ふふふ。そうみたいだね」

理人先輩《りひとせんぱい》は、病棟《びょうとう》の窓《まど》から海《うみ》を眺《なが》める。

「さて、そんなわけで僕《ぼく》は幸運《こううん》だった。では君《きみ》はどうしてそんな難病《なんびょう》から回復《かいふく》しているんだろうね？　そして君《きみ》は本当《ほんとう》に回復《かいふく》しているんだろうか。僕《ぼく》にはどこか信《しん》じられないな」

「理人《りひと》さんも急《きゅう》に学校《がっこう》に通《かよ》えるようになったみたいに、人《ひと》にはわからない力《ちから》で治《なお》ったりするものじゃないんですか？」

思《おも》わず強《つよ》い口調《くちょう》で返《かえ》してしまう。だけど理人先輩《りひとせんぱい》はにこやかな顔《かお》で受《う》け止《と》めるだけだった。

しばらくして、飲《の》み物《もの》を飲《の》み終《お》わると、先輩《せんぱい》は「さてと」と腰《こし》を上《あ》げた。

「――邪魔《じゃま》したね」

「帰《かえ》られるんですか？」

「ああ、ちょっと君《きみ》と話《はな》したかっただけだから。――でも、思《おも》った通《とお》りの様子《ようす》で良《よ》かったよ」

そう言《い》って、先輩《せんぱい》はにっこりと笑《わら》った。

飲《の》み終《お》えた容器《ようき》を返却口《へんきゃくぐち》に戻《もど》すと、「じゃあ、また明日《あす》。花火大会《はなびたいかい》、楽《たの》しめるといいね」と右手《みぎて》を振《ふ》りながら、ラウンジを後《あと》にしていった。

初《はじ》めは戸惑《とまど》いだった気持《きも》ちが、徐々《じょじょ》に確信《かくしん》に近《ちか》い気持《きも》ちへと変《か》わっていく。

あの先輩《せんぱい》は、知《し》っている。気《き》づいている。

僕《ぼく》の秘密《ひみつ》を。気《き》づいているからこそあんな話《はなし》をしていたんだ。

やっぱり、僕《ぼく》に残《のこ》された時間《じかん》は、長《なが》くはないのかもしれない。

だからこそ、明日《あす》は、明日《あす》だけは、眞姫那《まきな》と一緒《いっしょ》に……

⑦海辺《うみべ》の喫茶店《きっさてん》

海《うみ》の見《み》える喫茶店《きっさてん》。

私《わたし》と海斗《かいと》の前《まえ》に座《すわ》った外国人《がいこくじん》みたいな風貌《ふうぼう》の男性《だんせい》は、とても丁寧《ていねい》な言葉遣《ことばづか》いで小《ちい》さく頭《あたま》を下《さ》げた。

「私《わたし》はエグゼ・フォン・スメラギ。いつも学校《がっこう》では御堂《みどう》がお世話《せわ》になっているみたいだね。あとユメコネクトでの戦《たたか》いにも感謝《かんしゃ》している。エレナ・ローゼンマイヤー公女殿下《こうじょでんか》、そして、リリアンヌ・フェルシュタット公女殿下《こうじょでんか》」

やばい、いろいろと頭《あたま》がついていかない。

どうしてこの人《ひと》が私《わたし》たちの前世《ぜんせ》の名前《なまえ》を知《し》っているの？

それになんで御堂先生《みどうせんせい》が黒《くろ》ずくめのエージェントみたいな格好《かっこう》していたの？

それに、お兄《にい》さん、名前《なまえ》も見《み》た目《め》も完全《かんぜん》に外国《がいこく》の人《ひと》だぁ！　日本語喋《にっぽんごしゃべ》ってるけど！

「――ちょっと待《ま》ってください！　頭《あたま》がついていかないので、順《じゅん》を追《お》って説明《せつめい》してもらってもいいですか？」

私《わたし》の隣《となり》で、海斗《かいと》がうんうんと激《はげ》しく頷《うなず》いている。

お洒落《しゃれ》なカフェテラスの四人《よんにん》掛《か》けテーブル。

前《まえ》に座《すわ》る二人《ふたり》が顔《かお》を見合《みあ》わせて、御堂先生《みどうせんせい》が「それもそうね」と頷《うなず》いた。


さてこれまでを振《ふ》り返《かえ》ろう。

眞姫那《まきな》ちゃんを病院《びょういん》に残《のこ》して帰《かえ》ろうとした矢先《やさき》、私《わたし》たちはエントランスで黒《くろ》ずくめの二人組《ふたりぐみ》に再会《さいかい》した。院長室《いんちょうしつ》でおじさんと言《い》い争《あらそ》っていた二人《ふたり》。そのうちの背《せ》の低《ひく》い方《ほう》の人《ひと》が、実《じつ》は御堂先生《みどうせんせい》だったのだ。

ビックリする私《わたし》たちに、先生《せんせい》はにっこり笑《わら》って言《い》った。

「話《はなし》があるの」

ということで、私《わたし》たちは二人《ふたり》の車《くるま》に乗《の》せられて海辺《うみべ》の喫茶店《きっさてん》にやってきた。

ちなみに唯《ゆい》ちゃんはとても疲《つか》れていたので、京子《みやこ》ちゃんといっしょに先《さき》に別荘《べっそう》まで帰《かえ》ってもらった。

車《くるま》で送《おく》ってもらったからバス代《だい》も浮《う》いて一石二鳥《いちこくにちょう》である。ラッキー。

つまりここにいるのは、スメラギさんと御堂先生《みどうせんせい》、それから海斗《かいと》と私《わたし》の四人《よんにん》。

喫茶店《きっさてん》に入《はい》って、スメラギさんが話《はな》しだしたのがさっきの言葉《ことば》だった。

髪《かみ》は銀色《ぎんいろ》で、鋭《するど》い青《あお》い瞳《ひとみ》を持《も》った落《お》ち着《つ》いた雰囲気《ふんいき》を持《も》つ男性《だんせい》——エグゼ・フォン・スメラギ。

彼《かれ》は私《わたし》たちのことをいきなり前世《ぜんせ》の名前《なまえ》、もしくはユメコネクトの世界《せかい》の名前《なまえ》で呼《よ》んだ。

——何者《なにもの》なの⁉

返事《へんじ》に困《こま》っているとお店《みせ》の人《ひと》がそれぞれの注《ちゅう》文《もん》した商品《しょうひん》を持《も》ってきてくれる。

二人《ふたり》にはコーヒー。私《わたし》は紅茶《こうちゃ》とシフォンケーキ。海斗《かいと》はチョコパフェ。

——ちょっと待《ま》って、海斗《かいと》、可愛《かわい》くない、それ？　まぁ、リリアンヌだから、いっか。いや、いいのか？　まあ、いいや。とりあえず今日《きょう》は突《つ》っ込《こ》まずにおこう。

御堂先生《みどうせんせい》も真面目《まじめ》な顔《かお》のまま、コーヒーを一口《ひとくち》飲《の》んだ。

「私《わたし》たちもびっくりしたのよ。だって休日返上《きゅうじつへんじょう》で調査《ちょうさ》に来《き》た出張先《しゅっちょうさき》で、いきなり学校《がっこう》の生徒《せいと》がいるんだもの。しかも、結女《ゆめ》さんに桐島《きりしま》くん。こんな偶然《ぐうぜん》ってある？　って感《かん》じよ」

「先生《せんせい》はこれ……学校《がっこう》の出張《しゅっちょう》なんですか？　なんだかいつもの学校《がっこう》の先生《せんせい》の雰囲気《ふんいき》と少《すこ》し違《ちが》う感《かん》じがしますし、お隣《となり》のお兄《にい》さんは星ヶ丘中学《ほしがおかちゅうがく》で見《み》たことないですけれど……」

私《わたし》の言葉《ことば》に二人《ふたり》は顔《かお》を見合《みあ》わせる。銀髪《ぎんぱつ》のお兄《にい》さんの方《ほう》が一《ひと》つ頷《うなず》いて、御堂先生《みどうせんせい》に話《はなし》を促《うなが》した。

「実《じつ》はね。言《い》っていなかったかもしれないけれど。私《わたし》の学校《がっこう》での養護教諭《ようごきょうゆ》の仕事《しごと》は、世《よ》を忍《しの》ぶ仮《かり》の姿《すがた》なの」

世《よ》を忍《しの》ぶ仮《かり》の姿《すがた》！　それ正義《せいぎ》のヒーローが言《い》うやつじゃん！

御堂先生《みどうせんせい》、只者《ただもの》ではないと思《おも》っていたけれど、本当《ほんとう》に只者《ただもの》ではなかった？

「え、え、え？　どういうことですか？　……たしかに、普通《ふつう》の保健室《ほけんしつ》の先生《せんせい》にしてはいろんな変《か》わったことを知《し》りすぎているとは思《おも》っていましたけれど！」

確《たし》かに、私《わたし》たちにクリスタルのチャームをくれたのは御堂先生《みどうせんせい》だった。

本当《ほんとう》ならもっと「なんで御堂先生《みどうせんせい》がそんなものを持《も》っているのか？」とかを考《かんが》えるべきだっ

たのかもしれない。でもこの二週間忙《にしゅうかんいそが》しすぎたし、それに魔法少女《まほうしょうじょ》もののアニメとかだと、マスコットキャラとかがチャームとかアイテムをくれて変身《へんしん》できるようになることって多《おお》いし。ということは私《わたし》、先生《せんせい》をマスコットキャラ程度《ていど》にしか考《かんが》えていなかったのかも？　なんかごめんなさい。

「――教《おし》えてもらっていいですか？」

海斗《かいと》が真剣《しんけん》な表情《ひょうじょう》で、机《つくえ》の上《うえ》で両手《りょうて》を組《く》んだ。御堂先生《みどうせんせい》が頷《うなず》く。

「私《わたし》はユメコネクトーム研究所《けんきゅうしょ》の主席研究員《しゅせきけんきゅういん》。そして彼《かれ》は、研究所《けんきゅうしょ》の最高研究責任者《さいこうけんきゅうせきにんしゃ》」

「ユメコネクトーム研究所《けんきゅうしょ》？」

初《はじ》めて聞《き》く言葉《ことば》に私《わたし》は首《くび》をかしげる。

「二人《ふたり》に分《わ》かりやすく話《はな》すと、二人《ふたり》が持《も》っているクリスタルのチャームを作《つく》ったのはユメコネクトーム研究所《けんきゅうしょ》なの。というかほぼここにいるスメラギの手《て》によるものだけどね」

私《わたし》たちは思《おも》わず顔《かお》を見合《みあ》わせる。

先生《せんせい》にもらった不思議《ふしぎ》なクリスタル。

それは、先生《せんせい》の所属《しょぞく》する研究所《けんきゅうしょ》によって作《つく》られていたものだったのだ。

「私《わたし》たちユメコネクトーム研究所《けんきゅうしょ》は夢《ゆめ》の世界《せかい》の研究《けんきゅう》をしているの。二人《ふたり》も知《し》っているように、世界《せかい》は夢《ゆめ》の力場《フィールド》で満《み》たされているわ。だけど、その研究《けんきゅう》をしていく中《なか》で、夢《ゆめ》の力場《フィールド》の歪《ゆが》みによって向《む》こうの世界《せかい》から魔物《まもの》が侵入《しんにゅう》してこられることに気《き》づいたの」

その話《はなし》は以前《いぜん》に先生《せんせい》から聞《き》いた通《とお》りの話《はなし》だ。

私《わたし》たちが頷《うなず》くと、先生《せんせい》が続《つづ》けた。

「特《とく》にあなた達《たち》の星《ほし》ヶ《が》丘中学《おかちゅうがく》のある街《まち》で歪《ゆが》みが特別《とくべつ》に大《おお》きいっていうことがわかったから、潜入捜査《せんにゅうそうさ》みたいな意味《いみ》で、養護教諭《ようごきょうゆ》として中学校《ちゅうがっこう》に赴任《ふにん》したのよ。そうしたら四月《しがつ》から事件《じけん》頻発《ひんぱつ》だものね。先回《さきまわ》りして赴任《ふにん》しておいてよかったわ」

つまり、事件《じけん》が起《お》きたけど、先生《せんせい》がいてよかった！　ってことじゃなくて、事件《じけん》が起《お》きそうだから先生《せんせい》が先《さき》に星《ほし》ヶ《が》丘中学《おかちゅうがく》の先生《せんせい》になっていたってこと？

なんだか今《いま》まで知《し》らなかった大人《おとな》の世界《せかい》が語《かた》られているみたいでドキドキした。

「ということは、先生《せんせい》たちのユメコネクトーム研究機関《けんきゅうきかん》は、魔物《まもの》たちをやっつけるための組《そ》織《しき》っていう理解《りかい》でいいんですか？」

海斗《かいと》が確認《かくにん》を取《と》る。それに対《たい》して、先生《せんせい》は悩《なや》ましげに腕《うで》を組《く》んだ。

「半分正解《はんぶんせいかい》で、半分間違《はんぶんまちが》いかな。ユメコネクトーム研究機関《けんきゅうきかん》はクリスタルのチャームを作《つく》ったり、夢《ゆめ》の力場《フィールド》の乱《みだ》れを検知《けんち》したりすることはできるんだけど、そのメンバーみんなが自分でユメコネクトして魔物《まもの》と戦《たたか》えるわけでもないの。だから二人《ふたり》みたいにユメコネクトできる存在《そんざい》が必要《ひつよう》なのよ」

そこでエグゼさんが言葉《ことば》を引《ひ》き継《つ》ぐ。

「二人《ふたり》にはとても感謝《かんしゃ》しているんだ。エレナ・ローゼンマイヤーとリリアンヌ・フェルシュタットは、向《む》こうの世界《せかい》で『南《みなみ》の魔女《まじょ》』を封印《ふういん》した勇者《ゆうしゃ》として私《わたし》たちも知《し》っていたからね」

銀髪《ぎんぱつ》の研究者《けんきゅうしゃ》――スメラギさんはそう言《い》ってにっこりと微笑《ほほえ》んだ。

私《わたし》はまた海斗《かいと》と顔《かお》を合《あ》わせる。先生《せんせい》の話《はなし》は新《あたら》しい話《はなし》ばかりで、理解《りかい》するのがなかなか難《むずか》しい。大体《だいたい》わかる気《き》がするけれど、良《よ》くわからないこともある。

「でもユメコネクトもできなくて、転生者《てんせいしゃ》でもないのに、どうして私《わたし》やリリアンヌのこと、それに『南《みなみ》の魔女《まじょ》』のことを研究所《けんきゅうしょ》のみなさんは知《し》ることができるんですか？」

私《わたし》の質問《しつもん》に今度《こんど》は、御堂先生《みどうせんせい》とスメラギさんが顔《かお》を見合《みあ》わせた。スメラギさんが困《こま》ったように苦笑《にがわら》いする。一方《いっぽう》で御堂先生《みどうせんせい》は人差《ひとさ》し指《ゆび》を可愛《かわい》らしく口元《くちもと》にあてた。

「――うーん、それは企業秘密《きぎょうひみつ》かなぁ？」

かわい子《こ》ぶりっ子《こ》だっ！　いい大人《おとな》なのにズルいなぁ、と思《おも》うけど、先生《せんせい》のかわいさでつい許《ゆる》せてしまう。……むむむ。

けれど海斗《かいと》は誤魔化《ごまか》されずに、真面目《まじめ》な顔《かお》のまま、まっすぐ二人《ふたり》を見《み》つめた。

「なんとなく背景《はいけい》はわかりました。いろいろ聞《き》きたいこともありますし、不思議《ふしぎ》なこともいろいろあるんですけど。それはまた学校《がっこう》に帰《かえ》ってからでもいいと思《おも》います。だから、今《いま》は別《べつ》の話《はなし》を聞《き》かせてください。……今日《きょう》はどうして病院《びょういん》に来《き》ていたんですか？」

「――それに院長室《いんちょうしつ》で、怜央《れお》くんのおじさんに――院長先生《いんちょうせんせい》に詰《つ》め寄《よ》っていたの。……あれ、何《なん》だったんですか？」

海斗《かいと》と私《わたし》の質問《しつもん》に、先生《せんせい》は一度目《いちどめ》を閉《と》じると、ゆっくりと開《ひら》いた。

「じゃあ、その経緯《けいい》を話《はな》すわね――」

＊

夢《ゆめ》の力場《フィールド》の異常《いじょう》を検出《けんしゅつ》したと、ユメコネクトーム研究所《けんきゅうしょ》の調査班《ちょうさはん》から報告《ほうこく》が上《あ》がってきたのは二週間《にしゅうかん》ほど前《まえ》だった。四月《しがつ》の中旬頃《ちゅうじゅんころ》。研究所《けんきゅうしょ》も全国《ぜんこく》に調査《ちょうさ》ネットワークを持《も》っているわけではない。だからきっと、実際《じっさい》にこの街《まち》で異常《いじょう》が発生《はっせい》したのは、それよりもう少《すこ》し前《まえ》のことだったのだろう。

それは星ヶ丘中学《ほしがおかちゅうがく》と同《おな》じような変化《へんか》だった。

かなり強《つよ》い魔物《まもの》がすでにこの街《まち》の中《なか》に降《お》り立《た》っているようだった。

しかしその魔力《まりょく》は巧妙《こうみょう》に隠蔽《いんぺい》されているので、誰《だれ》が宿主《やどぬし》なのかはわからない。

それを調査《ちょうさ》するために、休《やす》みを縫《ぬ》って先生《せんせい》たちがここに来《く》ることになった、ということらしい。本当《ほんとう》はもっと早《はや》く来《き》たかったのだけれど、御堂先生《みどうせんせい》は中学校《ちゅうがっこう》の勤務《きんむ》もあるし、また、この間《あいだ》、星ヶ丘中学《ほしがおかちゅうがく》でもイフリート事件《じけん》、サラマンダー事件《じけん》と立《た》て続《つづ》けに大《おお》きな事件《じけん》があったから、抜《ぬ》け出《だ》すわけにもいかずに、ゴールデンウィークまで予定《よてい》がずれ込《こ》んだとか。

「——本当《ほんとう》は、二人《ふたり》にも一緒《いっしょ》に来《き》てもらいたかったんだけどね。だけど、中学生《ちゅうがくせい》に研究所《けんきゅうしょ》から出張《しゅっちょう》をお願《ねが》いするわけにもいかないよねーって。まぁ、大人《おとな》でなんとかしましょうって」

「なんとかって？　ユメコネクトーム研究所《けんきゅうしょ》のみなさんも魔物《まもの》って倒《たお》せるんですか？」

「うーん。だからそこはまあ『なんとか』よ」

そう言《い》ってまた御堂先生《みどうせんせい》は可愛《かわい》らしくごまかした。

ぐぬぬぬ。いつか誤魔化《ごまか》しをくぐり抜《ぬ》けて聞《き》き出《だ》してやるぞー。

「——それで、魔物《まもの》は何《なに》かわかったんですか？」

海斗《かいと》が尋《たず》ねると、御堂先生《みどうせんせい》はちらりとスメラギさんの方《ほう》を確認《かくにん》した。スメラギさんが一《ひと》つ頷《うなず》くと、了解《りょうかい》を得た、という感《かん》じで御堂先生《みどうせんせい》は話《はな》しだした。

「私《わたし》たちの計測《けいそく》や調査《ちょうさ》から、魔物《まもの》の候補《こうほ》を絞《しぼ》り込《こ》むことができたわ。ほぼ間違《まちが》いないと思《おも》う」

「なんて魔物《まもの》なんですか？」

先生《せんせい》はソーサーにカップを下《お》ろすと、背筋《せすじ》を伸《の》ばした。

そして真剣《しんけん》な表情《ひょうじょう》を作《つく》る。

「この街《まち》に巣食《すく》っている魔物《まもの》はきっと――**大魔人《だいまじん》アモン**」

その名前《なまえ》を聞《き》いて、海斗《かいと》は立《た》ち上《あ》がった。カフェテラスで椅子《いす》が音《おと》を立《た》てる。

「……強敵《きょうてき》ですね」

「海斗《かいと》、知《し》ってるの？」

「ああ。……そうか、遥香《はるか》はまだエレナの時《とき》の記憶《きおく》があやふやなんだもんな。覚《おぼ》えてないか。大魔人《だいまじん》アモンは『南《みなみ》の魔女《まじょ》』の側近中《そっきんちゅう》の側近《そっきん》だよ」

海斗《かいと》が溜息《ためいき》を吐《は》きながら、また椅子《いす》に座《すわ》る。

ううう、記憶《きおく》があやふやでごめんね。

海斗《かいと》はそんな私《わたし》を馬鹿《ばか》にすることもなく、さらに質問《しつもん》を追加《ついか》した。

「……誰《だれ》に取《と》り憑《つ》いているとかは、まだわかってないんでしたっけ？」

その質問《しつもん》にはスメラギさんが答《こた》えた。

「怪《あや》しい場所《ばしょ》は絞《しぼ》れている。それがあの病院《びょういん》だったんだよ。だからその原因《げんいん》を究明《きゅうめい》しようと、院長《いんちょう》に協力《きょうりょく》を要請《ようせい》していたのさ。……まぁ、断《ことわ》られてしまったけれどね」

そうだったんだ。私《わたし》と京子《みやこ》ちゃんが行《い》った時《とき》、黒《くろ》ずくめの二人組《ふたりぐみ》は完全《かんぜん》に悪役《あくやく》って感《かん》じだったけれど、裏《うら》にはそんな事情《じじょう》があったんだ。

あの病院《びょういん》の中《なか》で、患者《かんじゃ》がさらに調子《ちょうし》が悪《わる》くなったりすることが頻発《ひんぱつ》しているらしい。

そしてまた街《まち》の中《なか》でも、体調不良《たいちょうふりょう》を訴《うった》える人《ひと》が増《ふ》えているのだという。突然《とつぜん》、倒《たお》れたり、気《き》を失《うしな》ったり……。

そこまで聞《き》いてわたしはハッと顔《かお》を上《あ》げた。

「……それって、今日《きょう》の眞姫那《まきな》ちゃんの症状《しょうじょう》じゃん！」

「そうね。話《はなし》を聞《き》く限《かぎ》りアモンの影響《えいきょう》による可能性《かのうせい》は大《おお》きいわ。アモンは周囲《しゅうい》の人《ひと》から夢《ゆめ》のエネルギー——生命力《せいめいりょく》を吸《す》い取《と》る力《ちから》を持《も》っているやっかいな魔物《まもの》なの」

それは厄介《やっかい》だ。そしてもし本当《ほんとう》にそうなら、アモンは眞姫那《まきな》ちゃんの仇《かたき》ってことにもなると思《おも》う。俄然《がぜん》、やっつけるぞ、って気持《きも》ちが高《たか》まる。

「アモンは多分《たぶん》、もうすでに一ヶ月以上行動《いっかげついじょうこうどう》している。彼《かれ》にとって時《とき》は満《み》ちたと思《おも》うの。彼《かれ》はきっと大規模《だいきぼ》に捕食《ほしょく》する機会《きかい》を伺《うかが》っているわ。きっと明日《あす》の花火大会《はなびたいかい》がアモンの狩《か》り場《ば》になる。花火大会《はなびたいかい》は多《おお》くの人《ひと》が集《あつ》まるイベント。そこで大《おお》きな被害《ひがい》が出《で》ることは防《ふせ》ぎたいの。だから、旅行中《りょこうちゅう》に申《もう》し訳《わけ》ないいんだけど。――二人《ふたり》とも協力《きょうりょく》してくれないかな？」

私《わたし》は海斗《かいと》の方《ほう》を見《み》る。海斗《かいと》も私《わたし》の方《ほう》を見《み》ていた。

二人《ふたり》の中《なか》できっとエレナとリリアンヌが見《み》つめ合《あ》っている。

そして私《わたし》たちは頷《うなず》いた。

「もちろんです！　私《わたし》は白《しろ》の騎士《きし》ですから！」

「黒《くろ》の騎士《きし》ももちろん戦《たたか》いますよ！」

この街《まち》の人達《ひとたち》を苦《くる》しめるアモンを見《み》つけ出《だ》して、眞姫那《まきな》ちゃんのことも、怜央《れお》くんや街《まち》の人々《ひとびと》のことも救《すく》うんだ！

⑧アモンの宿主《やどぬし》

海斗《かいと》とお屋敷《やしき》に戻《もど》り、ちょうど日《ひ》が暮《く》れたころ、外《そと》から車《くるま》の音《おと》がした。

みんなで玄関《げんかん》まで出《で》てみると、眞姫那《まきな》ちゃんが怜央《れお》くんのおじさんに連《つ》れられて立《た》っていた。

おじさんは白衣《はくい》ではなくて、普通《ふつう》の会社員《かいしゃいん》みたいなシャツ姿《すがた》になっている。

「おかえり、眞姫那《まきな》ちゃん、大丈夫《だいじょうぶ》？」

「ご心配《しんぱい》おかけしました。もう大丈夫《だいじょうぶ》です」

玄関口《げんかんくち》で眞姫那《まきな》ちゃんはそう言《い》って小《ちい》さく頭《あたま》を下《さ》げた。

「心配《しんぱい》したよ〜。おかえり〜」

唯《ゆい》ちゃんが眞姫那《まきな》ちゃんに抱《だ》きつく。

「ごめんね〜、唯《ゆい》ちゃん。いっぱい寝《ね》たからもう復帰《ふっき》できるよ」

「だけど無理《むり》はするなよ」

「ありがとうございます。桐島先輩《きりしませんぱい》にもご心配《しんぱい》をおかけしました。これから挽回《ばんかい》しますので」

家《いえ》に入《はい》る眞姫那《まきな》ちゃんをみんなが囲《かこ》む。

眞姫那《まきな》ちゃんはちらりと振《ふ》り返《かえ》ると表情《ひょうじょう》を少《すこ》し和《やわ》らげておじさんに小《ちい》さく手《て》を振《ふ》った。

おじさんはそれを受《う》けて軽《かる》く手《て》を振《ふ》り返《かえ》してから、「それじゃあ、あとはみんなで合宿《がっしゅく》を楽《たの》しんでね」と踵《きびす》を返《かえ》した。その表情《ひょうじょう》にはどこか曇《くも》りがある気《き》がした。

だから私《わたし》は思《おも》い切《き》って、その背中《せなか》に声《こえ》を投《な》げつけた。

「おじさん！　ちょっと話《はなし》を聞《き》かせてもらってもいいですか！」

「はるかちゃん」

京子《みやこ》ちゃんが少《すこ》し驚《おどろ》いた声《こえ》を出《だ》す。眞姫那《まきな》ちゃんも唯《ゆい》ちゃんも私《わたし》の方《ほう》を見《み》ている。

海斗《かいと》だけは、ため息《いき》をついていた。仕方《しかた》ないなぁって感《かん》じで。

「――話《はなし》？　なんのことかな？」

おじさんは立《た》ち止《ど》まり、振《ふ》り返《かえ》った。

「その、えっと、ちょっと、いろいろとややこしいんですけど……」

「なんだい？　眞姫那《まきな》についてなら心配《しんぱい》いらないよ。今夜《こんや》も夜更《よふ》かしはしないようにした方《ほう》がいいけれど、そうでなければ……」

「えっと、違《ちが》うんです！　……いや、違《ちが》わなくもないんだけど。……もっと、原因《げんいん》というか……根本的《こんぽんてき》な話《はなし》で」

うーん、なんと言《い》っていいのかわからない。あまり話《はな》したことのない大人《おとな》の人《ひと》にどこから話《はな》していいのか、わからないぞ。

「ねえ、おじさん。時間《じかん》あるなら、もう少《すこ》しここにいて。きっと説明《せつめい》に時間《じかん》がかかることなんだと思《おも》う」

そんな私に後《うし》ろから眞姫那《まきな》ちゃんが助《たす》け船《ぶね》を出《だ》してくれる。

おじさんは「そうだな。わかった」と言《い》ってこちらに来《き》てくれた。

眞姫那《まきな》ちゃんが帰《かえ》ってくるまでの間《あいだ》、私《わたし》と海斗《かいと》は唯《ゆい》ちゃんと京子《みやこ》ちゃんにもユメコネクトーム研究所《けんきゅうしょ》の二人《ふたり》がしてくれた話《はなし》を伝《つた》えた。

それからこの街《まち》で起《お》こっているに違《ちが》いない夢《ゆめ》の力場《フィールド》の歪《ゆが》みの話《ばなし》も。

これまでの事件《じけん》は、バトルでなんとかギリギリ解決《かいけつ》した。

だけど、魔物《まもの》に憑《と》りつかれた人《ひと》たちはすごい熱《ねつ》を出《だ》して大変《たいへん》だった。

だから少《すこ》しでも怪《あや》しいことがあるならその前《まえ》に原因《げんいん》を究明《きゅうめい》すべきなんだ！

洋館《ようかん》の中《なか》に全員《ぜんいん》が入《はい》ると、リビングルームのソファにおじさんに座《すわ》ってもらう。

私《わたし》たちはおじさんを取《と》り囲《かこ》むように座《すわ》った。

眞姫那《まきな》ちゃんはちょっと離《はな》れてテーブルの椅子《いす》に座《すわ》っている。

……ちなみに、なぜか理人《りひと》くんはまだ帰《かえ》ってきていない。どこに行《い》っちゃったんだろう？

でも今《いま》はそれを気《き》にしても仕方《しかた》ない。

私《わたし》は息《いき》を吸《す》い込《こ》んで、先生《せんせい》の言《い》っていたことを思《おも》い出《だ》した。

夕方《ゆうがた》、喫茶店《きっさてん》で話《はな》したあと、御堂先生《みどうせんせい》は言《い》ったのだ。

『怜央《れお》くんのおじさん。病院《びょういん》の院長先生《いんちょうせんせい》がやっぱり怪《あや》しいと思《おも》うの。もしできるなら結女《ゆめ》さんや桐島《きりしま》くんの方《ほう》で探《さぐ》ってもらえないかしら？　私《わたし》たちより個人的《こじんてき》な関係《かんけい》のあるあなたたちの方《ほう》が、うまく院長《いんちょう》の懐《ふところ》に飛《と》び込《こ》めるのではないかなって思《おも》うの』

ちなみに「懐《ふところ》に飛《と》び込《こ》み」たいのならそんな怪《あや》しげな黒《くろ》ずくめの格好《かっこう》はやめた方《ほう》がいいと思《おも》うのは私《わたし》だけだろうか。

スメラギさんにも『僕《ぼく》からも頼《たの》むよ、エレナ、リリアンヌ公女殿下《こうじょでんか》』と言《い》われて、私《わたし》は『できる範囲《はんい》でなら』と頷《うなず》いた。現実世界《げんじつせかい》なのに女性名《じょせいめい》で呼《よ》ばれた海斗《かいと》はなんだかむず痒《がゆ》そうな顔《かお》をしていたけど。

「それで話《はな》って何《なに》かな？　眞姫那《まきな》についてでないなら、怜央《れお》のことだろうか？　二人《ふたり》もあの子《こ》とお昼《ひる》に遊《あそ》んでくれたみたいだね。ありがとう」

「あ、いえ、案内《あんない》してもらって、遊《あそ》んでもらったのはこちらの方《ほう》なので」

なんだか大人《おとな》の人《ひと》にお礼《れい》を言《い》われるのは照《て》れる。

だけど、海《うみ》で遊《あそ》んだことについては、そのせいで眞姫那《まきな》ちゃんが倒《たお》れてしまったわけでもあり、申《もう》し訳《わけ》ないような感《かん》じもする。

私《わたし》が照《て》れていると、京子《みやこ》ちゃんが横《よこ》から肘《ひじ》で突《つ》いてきてくれた。

そうだ、核心《かくしん》へと踏《ふ》み込《こ》んでいかないと、話《はなし》が前《まえ》に進《すす》まないのだ。

私《わたし》は一度《いちど》、息《いき》を大《おお》きく吸《す》った。

「おじさんに聞《き》きたいのは、眞姫那《まきな》ちゃんのことでも、怜央《れお》くんのことでもないんです。――むしろ、聞《き》きたいのはお昼《ひる》に院長室《いんちょうしつ》であったことで。黒ずくめの二人組《ふたりぐみ》の話《はなし》なんです！」

おじさんはそれを聞《き》いて驚《おどろ》いたように目《め》を見開《みひら》いた。

そっちに話《はなし》が来《く》るとは思《おも》っていなかったのだろう。

「どういうことだい？　あの二人《ふたり》がどうかしたのかい？　もしかして、みんなにもあの二人《ふたり》が迷惑《めいわく》をかけたのかい？」

「いえ、そういうことじゃないんですけれど」

「あの二人《ふたり》は突然《とつぜん》やってきて、よくわからないことを色々《いろいろ》言《い》ってね。調《しら》べさせろとか、やましいことはないのかとか、今日《きょう》は迷惑《めいわく》したんだよ本当《ほんとう》に」

おじさんはそう言《い》うと、親指《おやゆび》の爪《つめ》を噛《か》んだ。院長室《いんちょうしつ》での言《い》い争《あらそ》いめいたシーンを思《おも》い出《だ》す。

現場《げんば》を見《み》たのは私《わたし》の京子《みやこ》ちゃんだけだけれど、なんだか二人《ふたり》とおじさんは衝突《しょうとつ》していた。

「――実《じつ》は、あの二人《ふたり》とあの後《あと》、お話《はな》ししたんです」

「え？　君《きみ》たちが？　どうして？」

おじさんはまた目《め》を見開《みひら》く。そりゃそうだろう。普通《ふつう》に考《かんが》えたら私《わたし》たちとあの二人《ふたり》が話《はなし》をする理由《りゆう》なんてない。一瞬考《いっしゅんかんが》えて、素直《すなお》に話《はな》すことにした。

「あの二人《ふたり》のうちの一人《ひとり》が、……私《わたし》たちの学校《がっこう》にいる保健室《ほけんしつ》の先生《せんせい》なんです」

「……え？　先生《せんせい》？　学校《がっこう》の？　ちょっと待《ま》ってくれ、……どういうことだい？」

おじさんは目《め》を丸《まる》くして、完全《かんぜん》に固《かた》まった。

その視線《しせん》は説明《せつめい》を求《もと》めるように、眞姫那《まきな》ちゃんへと向《む》かう。

眞姫那《まきな》ちゃんはおじさんの視線《しせん》を受《う》け止《と》めた後《あと》、なんのことだかわからないというように肩《かた》をすぼめてから、私《わたし》たちの方《ほう》へと視線《しせん》を送《おく》った。

「保健室《ほけんしつ》の先生《せんせい》って御堂先生《みどうせんせい》のことですか？　先輩《せんぱい》？」

「そうだよ、火野《ひの》さん」

尋《たず》ねる眞姫那《まきな》ちゃんに海斗《かいと》が隣《となり》から頷《うなず》いた。

「え？　どうして、御堂先生《みどうせんせい》がこの街《まち》に来《き》ているんですか？　え？　私《わたし》が寝《ね》ている間《あいだ》に何《なに》があったんですか？」

一人混乱《ひとりこんらん》したような様子《ようす》の眞姫那《まきな》ちゃん。

「ちょっと、……ていうか、めちゃくちゃややこしいからちょっと待《ま》ってね、眞姫那《まきな》ちゃん。

順番《じゅんばん》を追《お》って説明《せつめい》するから」

私《わたし》は心《こころ》を決《き》めて、大《おお》きく息《いき》を吸《す》うと、おじさんの方《ほう》をまっすぐ見《み》て説明《せつめい》を開始《かいし》した。

「黒《くろ》ずくめの二人組《ふたりぐみ》の一人《ひとり》は、実《じつ》は、私《わたし》たちの学校《がっこう》の保健室《ほけんしつ》の先生《せんせい》だったんです。お昼《ひる》に病院《びょういん》を出《で》ようとしたところで呼《よ》び止《と》められて、それから話《はなし》を聞《き》きました。――この街《まち》で、夢《ゆめ》の力場《フィールド》がおかしくなっているって！」

「――夢《ゆめ》の力場《フィールド》？」

眉《まゆ》をひそめるおじさんに私《わたし》は話《はな》した。

学校《がっこう》で起《お》きていたこと。京子《みやこ》ちゃんが取《と》り憑《つ》かれたジャックオーランタン、神沢先輩《かみさわせんぱい》が取《と》り憑《つ》かれたイフリート、そして唯《ゆい》ちゃんが取《と》り憑《つ》かれたサラマンダーの話《はなし》。そしてユメコネクトを使《つか》って私《わたし》たちが魔物《まもの》たちと戦《たたか》っていること。

御堂先生《みどうせんせい》はクリスタルのチャームをくれて私《わたし》たちをサポートしてくれていること。

流石《さすが》に時間《じかん》の都合上《つごうじょう》、前世《ぜんせ》の話《はなし》の詳細《しょうさい》は省略《しょうりゃく》したけれど、途中《とちゅう》、京子《みやこ》ちゃんに説明《せつめい》を代《か》わってもらいながらも、大事《だいじ》な部分《ぶぶん》は全部話《ぜんぶはな》した。

「……この話《はなし》はどこまで本当《ほんとう》でどこまでが小説《しょうせつ》なんだい？」

おじさんはソファに座《すわ》り、あごに手《て》を当《あ》てたまま、眉《まゆ》を寄《よ》せる。気《き》さくで優《やさ》しいおじさんという印象《いんしょう》だったけれど、その表情《ひょうじょう》の険《けわ》しさは、大人《おとな》のそれだ。院長先生《いんちょうせんせい》として病院《びょういん》の医師《いし》や看護師《かんごし》さんたちに向《む》かっている表情《ひょうじょう》はこんななのかもしれない。

それを見《み》た眞姫那《まきな》ちゃんが、慌《あわ》てたように両手《りょうて》を握《にぎ》り締《し》める。

「おじさん！　先輩《せんぱい》たちの話《はなし》を疑《うたが》っているの？　本当《ほんとう》なんだよ。唯《ゆい》だって、本当《ほんとう》にしんどい思《おも》いをしたんだから」

「いや、すまん、眞姫那《まきな》ちゃん。君《きみ》たちの言葉《ことば》を信《しん》じないわけじゃないのだけれど、あまりに突拍子《とっぴょうし》もない話《はなし》でね」

「信《しん》じられないかもしれませんが、少《すく》なくとも僕《ぼく》たちは全員経験《ぜんいんけいけん》していることなんです」

海斗《かいと》がソファに腰《こし》掛《か》けて、膝《ひざ》の上《うえ》で両手《りょうて》を組《く》みながら呟《つぶや》く。

それにもおじさんは小《ちい》さく頷《うなず》いた。

「そうなんだろうね。――だけどおじさんも医者《いしゃ》でね。医学《いがく》というのは科学《かがく》の上《うえ》に成《な》り立《た》っているものだろう？　だからあまり非科学的《ひかがくてき》なことをすぐに信《しん》じるわけにもいかないんだよ」

それを言《い》われると、確《たし》かにその通《とお》りだと思《おも》う。あまり考《かんが》えてなかったけれど、私《わたし》たちのやっている魔物《まもの》との戦《たたか》いってやっぱり非科学的《ひかがくてき》な話《はなし》なのかもしれない。

だけど、非科学的《ひかがくてき》な事件《じけん》が起《お》きているなら、それを解決《かいけつ》するのも非科学的《ひかがくてき》なやり方《かた》なのかもしれない。それがユメコネクト？

目《め》には目《め》を、歯《は》には歯《は》を。違《ちが》うかな？

「じゃあ、聞《き》いてもいいですか、おじさん。最近《さいきん》、この街《まち》で次々《つぎつぎ》と起《お》きている病気《びょうき》のことを。それから病院《びょういん》で入院《にゅういん》している患者《かんじゃ》の皆《みな》さんの退院《たいいん》が遅《おく》れがちになっていることの理由《りゆう》を。その症状《しょうじょう》の科学的《かがくてき》な原因《げんいん》はわかっているんですか？」

「――それは。たしかに、そういう事実《じじつ》はある。そんなに大《おお》っぴらに言《い》えることじゃないけれどね。……だけど、それは」

「眞姫那《まきな》ちゃんの病状《びょうじょう》もそれに一致《いっち》しているんですよね？」

言《い》い淀《よど》むおじさんに、柔《やわ》らかな声《こえ》で尋《たず》ねたのは京子《みやこ》ちゃんだった。

おじさんは京子《みやこ》ちゃんの方《ほう》を見《み》て、しばしば思案《しあん》すると、観念《かんねん》したように「そうだな」と頷《うなず》いた。

「確《たし》かに原因不明《げんいんふめい》の体力《たいりょく》の損耗《そんもう》や、気絶《きぜつ》というような病状《びょうじょう》は増《ふ》えているんだよ。理由《りゆう》は本当《ほんとう》に分《わ》からなくてね。――ただ、一度《いちど》倒《たお》れた後《あと》は、疲《つか》れて倒《たお》れたり、寝落《ねお》ちしたりしている状況《じょうきょう》となんら変《か》わらないから休息《きゅうそく》を取《と》るとみんな回復《かいふく》するんだ。だから病院《びょういん》としてはそこまで大事《おおごと》にせずに済《す》んでいるんだよ……」

とはいえ、今日《きょう》の眞姫那《まきな》ちゃんに事件《じけん》でもあったみたいに、突然倒《とつぜんたお》れるのは怖《こわ》い。倒《たお》れた拍子《ひょうし》に地面《じめん》に頭《あたま》をぶつけたらあぶないし、無害《むがい》だなんて絶対《ぜったい》に言《い》い切《き》れない。

「やっぱり、それ、魔物《まもの》のせいな気《き》がします！　御堂先生《みどうせんせい》が言《い》っていました。この街《まち》のどこかに大魔人《だいまじん》アモンが巣食《すく》っているって」

「大魔人《だいまじん》アモン？」

大魔人《だいまじん》アモンは南《みなみ》の魔女《まじょ》の側近中《そっきんちゅう》の側近《そっきん》。その力《ちから》は、周囲《しゅうい》から人々《ひとびと》の魂《たましい》とも言《い》える魔力《まりょく》を奪《うば》い取《と》り、その空間自体《くうかんじたい》を支配《しはい》する。私《わたし》は前世《ぜんせ》での戦《たたか》いを覚《おぼ》えていないけれど、御堂先生《みどうせんせい》も海斗《かいと》も言《い》っていることは一致《いっち》していた。

海斗《かいと》は良《よ》いとして、御堂先生《みどうせんせい》がなぜそんなことまで知《し》っているのか本当《ほんとう》に謎《なぞ》なのだけれど。

いずれにせよ、そうだとしたら今《いま》この街《まち》で起《お》きていることと、大魔人《だいまじん》アモンの性質《せいしつ》はとても一致《いっち》しているように思《おも》えた。

この街《まち》で歪《ゆが》む夢《ゆめ》の力場《フィールド》。そしてその中心《ちゅうしん》に位置《いち》する病院《びょういん》。

そしてさらにその中心《ちゅうしん》は院長先生《いんちょうせんせい》。だとしたら――

「――おじさんが大魔人《だいまじん》アモンの宿主《やどぬし》なんじゃないですか？」

私《わたし》の言葉《ことば》に、おじさんは表情《ひょうじょう》を険《けわ》しくした。

＊

玄関前《げんかんまえ》の広場《ひろば》からおじさんが乗《の》った車《くるま》がゆっくりと走《はし》り出《だ》す。ウィンドウから右手《みぎて》を出《だ》して手《て》を振《ふ》ってくれたので、私《わたし》たちも手《て》を振《ふ》って返《かえ》す。海斗《かいと》と唯《ゆい》ちゃんは先《さき》に家《いえ》の中《なか》に戻《もど》っていく。私《わたし》と眞姫那《まきな》ちゃんと京子《みやこ》ちゃんは広場《ひろば》に残《のこ》って、坂《さか》の下《した》から上《あ》がってくる夜《よる》の海風《うみかぜ》に吹《ふ》かれた。

「はるかちゃん、びっくりしたよ。いきなり踏《ふ》み込《こ》むんだもん」

京子《みやこ》ちゃんはおじさんが去《さ》った道《みち》を眺《なが》めながら溜《た》め息《いき》を吐《は》いた。

おじさんが怒《おこ》り出《だ》さないか気《き》が気《き》じゃなかったらしい。

「ごめん、ごめん。だって、そうじゃないじゃないかなー、って思《おも》っちゃったんだもん」

「普通《ふつう》はそう思《おも》っても一旦《いったん》ブレーキを踏《ふ》むものだよ〜」

「だよねー」

でも、やっぱり、もしそうなら、少《すこ》しでも早《はや》く解決《かいけつ》したいから、遠回《とおまわ》りをするのは良《よ》くないって思《おも》ったんだ。

「大丈夫《だいじょうぶ》です。あのくらいでおじさんは怒《おこ》ったりはしませんよ。京子先輩《みやこせんぱい》、心配《しんぱい》しすぎです」

眞姫那《まきな》ちゃんがそう言《い》ってくれる。私《わたし》は頷《うなず》いた。

結局《けっきょく》、おじさんは私《わたし》の推理《すいり》に最後《さいご》まで頷《うなず》かなかった。

その言葉《ことば》を信《しん》じるなら、おじさんはアモンの宿主《やどぬし》ではない、ということになる。

「だけど、おじさんじゃないとしたら、誰《だれ》なんだろうね」

私《わたし》の呟《つぶや》きに、京子《みやこ》ちゃんが慌《あわ》てて言《い》った。

「はるかちゃん。まだおじさんが宿主《やどぬし》じゃないって決《き》まったわけじゃないよ？　うちだってウィルオーウィスプに取《と》り憑《つ》かれていた時《とき》に『自分《じぶん》が宿主《やどぬし》だ』って自覚《じかく》はあんまりなかったし。それにおじさんも取《と》り憑《つ》かれていても『はいそうです』とは言《い》わないない可能性《かのうせい》だってあるんじゃないかな」

「そっかー。そうだよねー」

星空《ほしぞら》の下《もと》で伸《の》びをする。

目《め》を閉《と》じて思《おも》い出《だ》す。前世《ぜんせ》であった戦《たたか》いの日々《ひび》を。

南《みなみ》の魔女《まじょ》を封印《ふういん》するための戦《たたか》いの旅《たび》。そこで戦《たたか》った相手《あいて》――大魔人《だいまじん》アモン。

思《おも》い出《だ》そうと頑張《がんば》ると、なんだか思《おも》い出《だ》せそうで、でもダメだった。

海斗《かいと》と理人《りひと》くんは覚《おぼ》えているけれど、私《わたし》は忘《わす》れていることがまだたくさんあるのだと思《おも》う。

「――先輩《せんぱい》」

その時《とき》、背中《せなか》から声《こえ》がして振《ふ》り返《かえ》ると、眞姫那《まきな》ちゃんが私《わたし》たちのことをじっと見《み》つめていた。

「どうしたの？　眞姫那《まきな》ちゃん？」

眞姫那《まきな》ちゃんは立《た》ったまま両手《りょうて》を握《にぎ》りしめると、視線《しせん》をゆっくりと星空《ほしぞら》へと移《うつ》した。

「私《わたし》、誰《だれ》が宿主《やどぬし》なのかわかったかもしれません。倒《たお》れてから、病院《びょういん》で感《かん》じていたこと、なんだか先輩《せんぱい》たちの話《はなし》を聞《き》いていると辻褄《つじつま》が合《あ》ってきた気《き》がします」

眞姫那《まきな》ちゃんの声《こえ》は静《しず》かで、それでいてどこか寂《さび》しげだった。

「――それは、誰《だれ》なの？　眞姫那《まきな》ちゃん？」

「今《いま》は秘密《ひみつ》です。明日《あす》の夜《よる》まで、待《ま》ってください。花火大会《はなびたいかい》が終《お》わったらきっと教《おし》えます。誰《だれ》がアモンの宿主《やどぬし》なのか」

眞姫那《まきな》ちゃんはゆっくりと星空《ほしぞら》から視線《しせん》を下《くだ》して、私《わたし》たちへと微笑《ほほえ》んだ。柔《やわ》らかく。静《しず》かに。

⑨ゴールデンウィーク・デート

今日《きょう》はいい天気《てんき》だ。夜《よる》の花火大会《はなびたいかい》に向《む》けて万全《ばんぜん》の青空《あおぞら》だった。

駅前《えきまえ》から続《つづ》く街中《まちなか》のショッピングモールは、大《おお》きくはない海辺《うみべ》の街《まち》で、地元《じもと》の中高生《ちゅうこうせい》にとって数少《かずすく》ないデートスポットなのだとか。

ゴールデンウィーク最中《さいちゅう》の土曜日《どようび》。いつもの人通《ひとどお》りに花火大会目当《はなびたいかいめあ》ての観光客《かんこうきゃく》も加《くわ》わって、ショッピングモールは賑《にぎ》わっていた。

その中《なか》で初々《ういうい》しい男《おとこ》の子《こ》と女《おんな》の子《こ》の二人組《ふたりぐみ》が歩《ある》いている。眞姫那《まきな》ちゃんと怜央《れお》くんだ。

アクセサリー店《てん》から出《で》てきて、人通《ひとどお》りの中《なか》を向《む》こうへと歩《ある》いていく。二人《ふたり》はエスカレーターで地下一階《ちかいっかい》まで下《お》りるとフードコートへ吸《す》い込《こ》まれていった。

「ちょっとみやこちゃん、見《み》えないよぉ～」

「はるかちゃん、そんなに顔出《かおだ》したらバレちゃうから、ダメだってば」

柱《はしら》の影《かげ》から見守《みまも》る私《わたし》たち。なんだか周《まわ》りの人《ひと》に怪訝《けげん》そうに見《み》られている気《き》がするけれど、気《き》にしてはいけない。

私《わたし》たちは今《いま》、怪《あや》しい中学一年生《ちゅうがくいちねんせい》カップルを尾行《びこう》しているのである。

昨日《きのう》の晩《ばん》、眞姫那《まきな》ちゃんは『私《わたし》、誰《だれ》が宿主《やどぬし》なのかわかったかもしれません』と言《い》った。

でも、まだ犯人《はんにん》の名前《なまえ》は秘密《ひみつ》のままだ。

そんな眞姫那《まきな》ちゃんが今日《きょう》は怜央《れお》くんと二人《ふたり》でお出《で》かけするというから、心配《しんぱい》になってこっそりとついてきた。先輩《せんぱい》として。心配《しんぱい》だからね。決《けっ》して後輩《こうはい》のデートを覗《のぞ》き見《み》したいとかそういう不純《ふじゅん》な理由《りゆう》じゃないんだよ！

「二人《ふたり》、いい雰囲気《ふんいき》だよね」

「昔《むかし》から仲良《なかよ》しだったって眞姫那《まきな》ちゃんも言《い》っていたもんね」

怜央《れお》くんには兄弟《きょうだい》もいなくて、いとこの眞姫那《まきな》ちゃんは男《おとこ》の子《こ》とか女《おんな》の子《こ》とかそういう区別《くべつ》なく、仲良《なかよ》しな存在《そんざい》なんだと思《おも》う。

だけど……

「やっぱり怜央《れお》くんは、眞姫那《まきな》ちゃんのこと、好《す》きなんだと思《おも》うな。……女の子《おんなこ》として」

怜央《れお》くんの方《ほう》が、眞姫那《まきな》ちゃんのことを好《す》きなのかもしれないというのは、こうやって尾行《びこう》しているとなんとなくわかった。怜央《れお》くんの目《め》はいつも眞姫那《まきな》ちゃんを追《お》っていたから。

長《なが》い間《あいだ》、入院生活《にゅういんせいかつ》を過《す》ごしている怜央《れお》くんにとって眞姫那《まきな》ちゃんは特別《とくべつ》な存在《そんざい》なのかもしれない。学校《がっこう》でも友達《ともだち》の多《おお》い眞姫那《まきな》ちゃんにとって、怜央《れお》くんが大切《たいせつ》な以上《いじょう》に。

ハンバーガーショップでポテトやアップルパイとドリンクを注文《ちゅうもん》した二人《ふたり》は商品《しょうひん》を受《う》け取《と》ると席《せき》についた。

「——私《わたし》たちも何《なに》か食《た》べる？」

「いいねえ、みやこちゃん。待《ま》ってました」

やっぱり甘《あま》いものは大切《たいせつ》ですよね。京子《みやこ》ちゃんと私《わたし》でそれぞれ甘《あま》いトッピング付《つ》きのドリンクを注文《ちゅうもん》すると、二人《ふたり》のできるだけ近《ちか》くで、ばれない程度《ていど》の距離《きょり》の場所《ばしょ》に席《せき》を確保《かくほ》した。

そして二人《ふたり》の会話《かいわ》に耳《みみ》を澄《す》ませる。

——かろうじて聞《き》こえるぞ。

「体調《たいちょう》は大丈夫《だいじょうぶ》なの？　昨日《きのう》は洞窟《どうくつ》でちょっと調子悪《ちょうしわる》そうだったけれど」

「僕《ぼく》？　僕《ぼく》は……大丈夫《だいじょうぶ》だよ？　むしろ洞窟《どうくつ》で調子悪《ちょうしわる》くなったのは眞姫那《まきな》じゃん。あれから宿《やど》に戻《もど》ってからも大丈夫《だいじょうぶ》だったの？」

「私《わたし》は大丈夫《だいじょうぶ》だよ。元々《もともと》、体調《たいちょう》が悪《わる》かったわけじゃないから」

そう言《い》って、眞姫那《まきな》ちゃんは一口《ひとくち》飲《の》み物《もの》を飲《の》んでから、ふっと息《いき》を吐《は》いて言《い》った。

「――怜央《れお》、最近《さいきん》は調子《ちょうし》いいんだね。いつから？」

「……四月《しがつ》くらいかな？　眞姫那《まきな》が中学《ちゅうがく》に入《はい》る前《まえ》にこっちにお見舞《みま》いに来《き》てくれたじゃん。それ以来《いらい》、調子《ちょうし》がいいんだ。去年《きょねん》の冬《ふゆ》だったら、絶対付《ぜったいつ》き添《そ》いなしで外出《がいしゅつ》なんてできなかったし。

だから、今日《きょう》はありがとう」

「どういたしまして」

笑顔《えがお》を見《み》せる怜央《れお》くんに、眞姫那《まきな》ちゃんは優《やさ》しい微笑《ほほえ》みを浮《う》かべた。

そんな時間《じかん》が永遠《えいえん》に続《つづ》けば、きっと二人《ふたり》とも幸《しあわ》せなんだろうなと思《おも》わせる光景《こうけい》だった。

だけどそれはどこか儚《はかな》い瞬間《しゅんかん》にも思《おも》えたのだ。どうしてだかわからないけれど。


やがて日《ひ》は傾《かたむ》いてくる。

花火大会《はなびたいかい》の時間《じかん》が近《ちか》づいてきた。

ショッピングモールを出《で》て駅前《えきまえ》の商店街《しょうてんがい》のアーケードを抜《ぬ》け海岸通《かいがんどお》りへと出《で》る。

太陽《たいよう》は西《にし》に沈《しず》み出《だ》して、空《そら》はちょっとずつ夜《よる》へと近《ちか》づいていた。

年《ねん》に一回《いちかい》の花火大会《はなびたいかい》。あの洞窟《どうくつ》の祠《ほこら》に祀《まつ》られていた海《うみ》の神様《かみさま》に感謝《かんしゃ》を届《とど》けるお祭《まつ》りだ。

お昼《ひる》にはなかった人通《ひとどお》りが海岸沿《かいがんぞ》いに増《ふ》えている。それは家族《かぞく》づれだったり、中学生《ちゅうがくせい》や高校生《こうこうせい》の友達同士《ともだちどうし》だったり、お兄《にい》さんお姉《ねえ》さんのカップルだったり色々《いろいろ》だ。きっと私《わたし》たちみたいに街《まち》の外《そと》からやってきた人《ひと》もたくさんいるんだろう。

海岸通《かいがんどお》り沿《ぞ》いの舗道《ほどう》に並《なら》ぶお店《みせ》には、テントを出《だ》して軒先《のきさき》でジュースや食《た》べ物《もの》を売《う》っているところもある。

海辺《うみべ》の街《まち》は人々《ひとびと》の熱気《ねっき》に満《み》ちていた。臨時《りんじ》で作《つく》られた観覧会場《かんらんかいじょう》が遠《とお》くに見《み》える。そちらからは何《なに》やらスピーカーで音楽《おんがく》やらアナウンスが流《なが》れてくる。徐々《じょじょ》にお祭《まつ》り感《かん》が増《ま》してきた。

怜央《れお》くんと眞姫那《まきな》ちゃんは、砂浜《すなはま》へと続《つづ》くコンクリートの防波堤《ぼうはてい》へ少《すこ》し降《お》りたところで腰《こし》をおろした。私《わたし》たちはその斜《なな》め後《うし》ろくらいにこっそり陣取《じんど》る。

「ねえ、怜央《れお》。今日《きょう》は楽《たの》しかった？」

「え？　花火大会《はなびたいかい》はこれからだよ？　楽《たの》しいのはこれからじゃん？」

「そうだけどさ。なんとなく、今聞《いまき》いておかないとチャンスがない気《き》がして」

三角座《さんかくずわ》りでお尻《しり》をコンクリートにつけ、膝《ひざ》に頰杖《ほおづえ》をついて眞姫那《まきな》ちゃんが言《い》う。

ちょっと不思議《ふしぎ》そうな顔《かお》をしていた怜央《れお》くんも、こくりと頷《うなず》いた。

「楽《たの》しかったよ。もちろん。だってずっと楽《たの》しみにしてたんだ。今日《きょう》の日《ひ》を。入院《にゅういん》してからずっと外《そと》に出《で》たかった。普《ふ》通《つう》の中学生《ちゅうがくせい》みたいに遊《あそ》びたかったんだ」

「――だよね。つまらないよね。一人《ひとり》なんて。入院《にゅういん》なんて」

「だから今日《きょう》はありがとう。文芸部《ぶんげいぶ》の合宿中《がっしゅくちゅう》だったのに、抜《ぬ》け出《だ》してもらっちゃって。大丈《だいじょう》夫《ぶ》だった？　先輩《せんぱい》に怒《おこ》られたりはしない？」

「先輩《せんぱい》は、大丈夫《だいじょうぶ》じゃないかな？」

――先輩《せんぱい》はこうやってこっそり尾行《びこう》を続《つづ》けております。ごめんなさい。

こっそり京子《みやこ》ちゃんと頭《あたま》を下《さ》げる。

もちろんそんな私《わたし》たちのことに気《き》づかないまま、二人《ふたり》の会話《かいわ》は続《つづ》いていた。

「ねえ、怜央《れお》。本当《ほんとう》にもう大丈夫《だいじょうぶ》なの？　病気《びょうき》、ちゃんとは治《なお》ってないんでしょ？」

「うん。治《なお》ってないんだって。全然《ぜんぜん》。でも、今日《きょう》は大丈夫《だいじょうぶ》だから」

「――じゃあどうして最近《さいきん》は調子《ちょうし》がいいの？」

「それは――」

怜央《れお》くんは、言《い》い淀《よど》んだ。それは「思《おも》い当《あ》たる節《ふし》がある」という感《かん》じだった。

気《き》になって腰《こし》を上《あ》げそうになったけれど、京子《みやこ》ちゃんに服《ふく》の裾《すそ》を掴《つか》まれて引《ひ》き戻《もど》された。

唇《くちびる》に人差《ひとさ》し指《ゆび》をつけて「しー！」ってされる。

私《わたし》は仕方《しかた》なく、聞《き》き耳《みみ》を立《た》て続《つづ》けた。

困《こま》った様子《ようす》の怜央《れお》くんの左手《ひだりて》に、眞姫那《まきな》ちゃんがそっと右手《みぎて》を添《そ》える。

眞姫那《まきな》ちゃんの手《て》が触《ふ》れると、怜央《れお》くんが驚《おどろ》いたようにその左手《ひだりて》を引《ひ》っ込《こ》めた。

それは照《て》れてそうしたというよりも、なんだか怯《おび》えたみたいな動《うご》きだった。

「どうしたの？　私《わたし》に触《ふ》れられるのが、手《て》をつなぐのが嫌《いや》なの？　怜央《れお》？」

「ご、――ごめん。嫌《いや》だとかそういうんじゃないんだ。ただ、怖《こわ》くて。また昨日《きのう》みたいなことになってしまうことが」

「――私《わたし》のエネルギーを吸《す》っちゃうことが？」

その言葉《ことば》に、怜央《れお》くんは弾《はじ》かれたように眞姫那《まきな》ちゃんの方《ほう》を向《む》いた。

――え？　どういうこと？

私《わたし》と京子《みやこ》ちゃんは思《おも》わず顔《かお》を見合《みあ》わせた。

「どうして、それを？」

「だって、当事者《とうじしゃ》だもん。なんとなくわかるよ」

「……いや、そうだよね。わかっちゃうか。昨日《きのう》は本当《ほんとう》にごめん。——眞姫那《まきな》から吸《す》う気《き》はなかったんだ。だけど体調《たいちょう》が悪《わる》くなって、苦《くる》しくなったらほとんど自動的《じどうてき》に。触《ふ》れてくれていた眞姫那《まきな》から吸《す》うことになっちゃったんだ。『エネルギーを吸《す》う』なんて言《い》っても信《しん》じてもらえないだろうけど……」

「ううん。私《わたし》は信《しん》じるよ。おじさんからも話《はなし》は聞《き》いたから。何《なに》か科学《かがく》で説明《せつめい》のつかないことでもない限《かぎ》り、どうして怜央《れお》が元気《げんき》なのかわからないって」

眞姫那《まきな》ちゃんはそこで両手《りょうて》を組《く》んで頭上《ずじょう》に押《お》し上《あ》げて伸《の》びをした。

私《わたし》はびっくりして、思《おも》わず腰《こし》を浮《う》かせる。

だけど、京子《みやこ》ちゃんに「はるかちゃん！　どうどうどう」と小声《こごえ》で腕《うで》を引《ひ》いて再《ふたた》び押《お》し止《と》められた。

「それに、実《じつ》は私《わたし》たちのまわりで、最近《さいきん》、変《か》わったことがあって、ちょっと魔物《まもの》とかの事件《じけん》はもう経験済《けいけんず》みなんだよね」

「魔物《まもの》？」

「そう、魔物《まもの》。怜央《れお》の中《なか》にもいるんでしょう？　魔物《まもの》が。しかもとびきり強《つよ》いやつ。――大魔《だいま》人《じん》アモンが」

眞姫那《まきな》ちゃんがその言葉《ことば》を口《くち》にした途端《とたん》、怜央《れお》くんは驚《おどろ》いたように立《た》ちあがった。

「どうしてそれを？　アモンのことは、誰《だれ》にも言《い》っていないのに！」

「やっぱりそうだったんだ。いるんだね。怜央《れお》の中《なか》に大魔人《だいまじん》アモンが」

「眞姫那《まきな》。もしかして、僕《ぼく》にかまをかけたの？　本当《ほんとう》は分《わ》かってなかったの？」

「ううん。ほとんどわかってたよ。洞窟《どうくつ》で怜央《れお》が苦《くる》しんでいた時《とき》。怜央《れお》に触《ふ》れる場所《ばしょ》から、自《じ》分《ぶん》の何《なに》かが抜《ぬ》かれていく気《き》がしたの。昨日《きのう》、先輩《せんぱい》たちから話《はなし》を聞《き》いて繋《つな》がった。――あれは怜央《れお》の夢《ゆめ》の世界《せかい》にいる大魔人《だいまじん》アモンが、私《わたし》からエネルギーを抜《ぬ》き取《と》って、怜央《れお》に与《あた》えたんだって」

その言葉《ことば》に、怜央《れお》くんはショックを受《う》けたようで。立《た》ったままうなだれた。

「――ごめん。あそこまで抜《ぬ》くつもりはなかったんだ。……ほとんど無意識《むいしき》で」

「ううん。私《わたし》は怒《おこ》ってないよ。むしろ怜央《れお》のこと助《たす》けられて良《よ》かったと思《おも》っている。そういう意味《いみ》で、私《わたし》から、エネルギーを抜《ぬ》いてもらうのは全然構《ぜんぜんかま》わない。いとこだし。幼馴染《おさななじみ》だし。だけど、見《み》ず知《し》らずの人《ひと》、怜央《れお》や私《わたし》たちとなんの関係《かんけい》もない人《ひと》からエネルギーを奪《うば》うのはダメだと思《おも》う」

そこまで言《い》うと、眞姫那《まきな》ちゃんもゆっくりと立《た》ち上《あ》がった。そしてスカートから砂《すな》を払《はら》うと、怜央《れお》くんに向《む》かい合《あ》った。

「怜央《れお》――ううん、アモンなんでしょ？　街中《まちなか》の人《ひと》から、病院《びょういん》の人《ひと》から少《すこ》しずつエネルギーを抜《ぬ》いているのは？　そうやってダメになりそうな病状《びょうじょう》をなんとか元気《げんき》に持《も》たせてるんでしょ？」

そう言《い》うことだったんだ！　眞姫那《まきな》ちゃんが言《い》っていた「誰《だれ》が宿主《やどぬし》なのかわかったかもしれません」の意味《いみ》が今《いま》はっきりとわかった。

思《おも》わず京子《みやこ》ちゃんの方《ほう》を見《み》ると、京子《みやこ》ちゃんも私《わたし》に頷《うなず》き返《かえ》した。

怜央《れお》くんは立《た》ったまま、俯《うつむ》いて、両手《りょうて》をぎゅっと握《にぎ》りしめている。

「……そうだよ。多分《たぶん》そうだよ。――僕《ぼく》の中《なか》の何《なに》かが突《つ》き動《うご》かすんだ。生《い》きたい、生《い》きろって。元気《げんき》なみんなから少《すこ》しずつ生命力《せいめいりょく》をもらって、生《い》きていけばいいじゃんって」

「でも、それじゃあ、泥棒《どろぼう》だよ？　悪《わる》いことだよ？　私《わたし》だけじゃない。それで倒《たお》れている人《ひと》も、退院《たいいん》が延《の》びた人《ひと》だっていっぱいいるんでしょ？　それじゃダメだよ」

眞姫那《まきな》ちゃんの言葉《ことば》に、今度《こんど》こそ怜央《れお》くんの顔色《かおいろ》が変《か》わった。

「眞姫那《まきな》に言《い》われなくても分《わ》かってる！　僕《ぼく》のやっていることが悪《わる》いことだって。だけど、どうすればいいんだよ！　僕《ぼく》は死《し》なないといけないの？　僕《ぼく》だけ知《し》らない世界《せかい》に行《い》かないといけないの？　そんなのおかしいよ！」

大《おお》きな声《こえ》をあげる怜央《れお》くん。

海岸《かいがん》に増《ふ》えてきた人《ひと》たちが、二人《ふたり》の口論《こうろん》に「どうしたんだろう？」と振《ふ》り返《かえ》った。

けれど、二人《ふたり》はそんなことすら気《き》にしていないように睨《にら》み合《あ》った。

「ダメだよ、怜央《れお》。私《わたし》は怜央《れお》に生《い》きていてほしい。だけどこれじゃ続《つづ》かない。怜央《れお》もおじさんもダメになっちゃう！　この街《まち》がダメになっちゃう！　叔父《おじ》さんの病院《びょういん》だってもたないし、叔《お》母《ば》さんだって望《のぞ》んでいないよ！」

「じゃあ、どうすればいいんだよ!?　——思《おも》っていたのに。眞姫那《まきな》は味方《みかた》だって。眞姫那《まきな》は僕《ぼく》の味方《みかた》だって！」

「私《わたし》は怜央《れお》の味方《みかた》だよ！　病気《びょうき》には負《ま》けてほしくない！　だけど魔物《まもの》の力《ちから》を借《か》りて、周《まわ》りの人《ひと》の迷惑《めいわく》になりつづけるなんて、病気《びょうき》への勝利《しょうり》じゃない。私《わたし》は怜央《れお》に、ちゃんと胸《むね》を張《は》って生《い》きてほしいの！　このままじゃ怜央《れお》は、怜央《れお》じゃなくなる！」

眞姫那《まきな》ちゃんがそう言《い》い放《はな》った時《とき》だった。

突然《とつぜん》、怜央《れお》くんから強烈《きょうれつ》な炎《ほのお》が立《た》ち上《のぼ》った。

——違《ちが》う。これは炎《ほのお》そのものではない。炎《ほのお》の気配《けはい》だ。きっと他《ほか》の人《ひと》には見《み》えない魔力《まりょく》の奔流《ほんりゅう》。ユメコネクトの力《ちから》を持《も》つ私《わたし》だから見《み》えるやつなんだ。

京子《みやこ》ちゃんが私《わたし》にささやく。

「——はるかちゃん。なんだか様子《ようす》がおかしいよ」

「うん。めっちゃ出《で》てる。怪《あや》しい炎《ほのお》が出《で》まくっている」

「そうなの？　私《わたし》には見《み》えないけど、そうなんだね」

その炎《ほのお》はまっすぐ上方向《じょうほうこう》に昇《のぼ》っていくだけじゃなくって、海岸全体《かいがんぜんたい》へと広《ひろ》がるように漏《も》れ出《だ》していく。

徐々《じょじょ》に怜央《れお》くんの雰囲気《ふんいき》自体《じたい》が変《か》わっていく。

怜央《れお》くんは唇《くちびる》の端《はし》を吊《つ》り上《あ》げると、にやりと微笑《ほほえ》みを浮《う》かべた。

邪悪《じゃあく》な笑《え》み。そして顔《かお》を上《あ》げる。

そこにあったのは眉《まゆ》を寄《よ》せた、怜央《れお》くんらしくない、意地悪《いじわる》そうな表情《ひょうじょう》だった。

『——聞《き》いたようなことを言《い》うな。——小娘《こむすめ》。この身体《からだ》の持《も》ち主《ぬし》らしさなど、この際《さい》、どうでもいいのだ。私《わたし》とこの少年《しょうねん》の利害《りがい》は一致《いっち》している。持《も》ちつ持《も》たれつの関係《かんけい》にあるのだ。だから私《わたし》たちは生《い》きる。——生《い》きるのだ』

cake.r

その瞳《ひとみ》には黒《くろ》い炎《ほのお》が揺《ゆ》れている。

眞姫那《まきな》ちゃんは驚《おどろ》いて、一歩《いっぽ》後《うし》ろへと下《さ》がった。

唯《ゆい》ちゃんがサラマンダーに支配《しはい》された時《とき》も、唯《ゆい》ちゃんが激情《げきじょう》に任《まか》せて叫《さけ》ぶみたいなことはあった。

だけど、こういう風《ふう》に人格《じんかく》が乗《の》っ取《と》られるみたいな、魔物《まもの》そのものとして現実世界《げんじつせかい》で話《はな》すなんてことはなかった。神沢先輩《かみさわせんぱい》のイフリートの時《とき》にだってなかった。

「――みやこちゃん！」

「うん」

私《わたし》たちは立《た》ち上《あ》がる。

もう尾行《びこう》なんて格好《かっこう》を取《と》る必要《ひつよう》はない。

このままじゃ眞姫那《まきな》ちゃんが危《あぶ》ない！

二人《ふたり》に向《む》かって駆《か》け出《だ》そうとした瞬間《しゅんかん》、大《おお》きな炎《ほのお》の波《なみ》が、怜央《れお》くんを中心《ちゅうしん》にしてぶぉんと音《おと》を立《た》てるように広《ひろ》がった。

なんだかんだ心《こころ》に重《おも》しが乗《の》ってくるみたいな感覚《かんかく》がする。

隣《となり》で京子《みやこ》ちゃんが膝《ひざ》をついた。

「大丈夫《だいじょうぶ》、みやこちゃん!?」

「あ、先輩《せんぱい》!?」

眞姫那《まきな》ちゃんも私《わたし》たちに気《き》づいて振《ふ》り返《かえ》る。その顔《かお》も苦《くる》しそうだ。

『ふははははは。この日《ひ》を待《ま》っていたぞ。祭《まつ》りの夜《よる》。街《まち》の中《なか》、街《まち》の外《そと》から無防備《むぼうび》な人間《にんげん》たちが集《あつ》まってくる。ここで十分《じゅうぶん》なエネルギーを食《た》べることができれば私《わたし》たちはまだ生《い》き延《の》びられる!』

嫌《いや》な気配《けはい》がして、私《わたし》は周囲《しゅうい》を見回《みまわ》す。すると、砂浜《すなはま》で、海岸通《かいがんどお》りで、次々《つぎつぎ》と頭《あたま》を押《お》さえてしゃがみ込《こ》む、倒《たお》れていく人々《ひとびと》の姿《すがた》が見《み》えた。

そこから立《た》ち上《のぼ》るゆらゆらとしたものが、怜央《れお》くんの姿《すがた》をした存在《そんざい》へと流《なが》れ込《こ》んでいくのがわかる。

怜央《れお》くんを包《つつ》む魔力《まりょく》の気配《けはい》は、やがて私《わたし》の目《め》には確《たし》かな姿《すがた》を形成《けいせい》していった。

黒《くろ》い身体《からだ》に二本《にほん》の角《つの》。そして背中《せなか》には大《おお》きくてコウモリみたいな羽根《はね》。

「――大魔人《だいまじん》アモン!」

⑩大魔人《だいまじん》アモン

うっすらとした魔人《まじん》の姿《すがた》が蜃気楼《しんきろう》のように揺《ゆ》れている。

それはきっと私《わたし》にしか見《み》えていない。ユメコネクトの向《む》こう側《がわ》にある姿《すがた》だ。

立《た》ったまま意識《いしき》を失《うしな》うみたいにして怜央《れお》くんの身体《からだ》が揺《ゆ》れている。

「――怜央《れお》！　どうしたの？　怜央《れお》！」

「眞姫那《まきな》ちゃん危《あぶ》ない！」

怜央《れお》くんの手《て》を取《と》った眞姫那《まきな》ちゃんが、ハッと気《き》づいたように、その手《て》を離《はな》す。顔色《かおいろ》はどこか青《あお》い。少《すこ》しの間《あいだ》、手《て》を繋《つな》いでいた間《あいだ》にもエネルギーを吸《す》われていたのかもしれない。

「はるかちゃん。……これって」

「うん、そう。きっと、これが大魔人《だいまじん》アモンの力《ちから》」

目《め》の前《まえ》で魔物《まもの》に身体《からだ》を乗《の》っ取《と》られた怜央《れお》くんがゆらりゆらりと揺《ゆ》れる。両手《りょうて》をぶらぶらさせながら。

「僕《ぼく》だって生《い》きたいんだ。みんなと一緒《いっしょ》に遊《あそ》びたいんだ。――どうして僕《ぼく》だけがひとりぼっちにならないといけないの？　――どうして僕《ぼく》だけがこんな思《おも》いをしなきゃいけないの？」

俯《うつむ》いたまま怜央《れお》くんはぼそぼそと呟《つぶや》く。

その間《ま》も彼《かれ》の身体《からだ》から怪《あや》しい波動《はどう》が砂浜《すなはま》へ、街《まち》へと広《ひろ》がっていく。

苦《くる》しそうな声《こえ》がそこらじゅうから上《あ》がっている。

砂浜《すなはま》ではいろんな人《ひと》が次々《つぎつぎ》と倒《たお》れていく。カップル、子づれのお母《かあ》さん、高校生《こうこうせい》らしいお姉《ねえ》さん。悲鳴《ひめい》が聞《き》こえてくる。

「怜央《れお》くん、――アモン。あなたたちが生《い》きたいのは構《かま》わない。みんな楽《たの》しく元気《げんき》に生《い》きたいよ！　でもね、そのために人《ひと》から何《なに》かを奪《うば》うのは間違《まちが》っている。みんなにはみんなの、大切《たいせつ》なものがあるんだから！」

私《わたし》は立《た》ち上《あ》がる。そして一歩《いっぽ》、前《まえ》へと進《すす》む。

「――はるかちゃん⁉」

後《うし》ろで京子《みやこ》ちゃんが心配《しんぱい》そうな声《こえ》をあげる。

私《わたし》は「心配《しんぱい》しないで」という意味《いみ》を乗《の》せて、後《うし》ろに向《む》けてピースサインを返《かえ》した。

ゴールデンウィークの文芸部合宿《ぶんげいぶがっしゅく》。星ヶ丘中学校《ほしがおかちゅうがっこう》から遠《とお》く離《はな》れて、初《はじ》めてやってきた海辺《うみべ》の街《まち》で、まさか戦《たたか》うことになるなんて思《おも》ってもみなかったけれど。仕方《しかた》ないよね。

きっと、私《わたし》は正義《せいぎ》の味方《みかた》なんだから。私《わたし》が、白《しろ》の騎士《きし》エレナ・ローゼンマイヤーなんだから！

海斗《かいと》はいない。理人《りひと》くんだっていない。

でも、ポケットの中《なか》でクリスタルのチャームを掴《つか》んだ。

そしてそれを手《て》のひらの上《うえ》に載《の》せて掲《かか》げる。光《ひかり》が放出《ほうしゅつ》されて、私《わたし》を包《つつ》み込《こ》んだ。

『――お前《まえ》！　その光《ひかり》は⁉　まさか⁉』

怜央《れお》くんの声《こえ》がする。尻《しり》もちをついた眞姫那《まきな》ちゃんが私《わたし》を見上《みあ》げる。背中《せなか》に京子《みやこ》ちゃんの視《し》線《せん》を感《かん》じる。

私《わたし》は思《おも》い切《き》って一歩《いっぽ》を踏《ふ》み出《だ》すと、怜央《れお》くんの左腕《ひだりうで》を掴《つか》んだ。

「――ユメコネクト！」

＊

クリスタルから光《ひかり》が放出《ほうしゅつ》されて、視界《しかい》が輝《かがや》きで満《み》たされていく。

私《わたし》の身体《からだ》が宙《ちゅう》に浮《う》かんで、不思議《ふしぎ》な光《ひかり》で地面《じめん》が消《き》える。

包《つつ》みこむ光《ひかり》が私《わたし》の周囲《しゅうい》を駆《か》け抜《ぬ》けて、世界《せかい》は回転《かいてん》を始《はじ》めた。

真《ま》っ白《しろ》な光《ひかり》がうっすらとベールみたいに私《わたし》の身体《からだ》を包《つつ》んでかたどっていく。

肩当《かたあ》て。胸当《むねあ》て。腰当《こしあ》て。白《しろ》の騎士《きし》の姿《すがた》へと変幻《へんげん》していく。

左《ひだり》の腰《こし》には剣《けん》のさや。私《わたし》の白《しろ》い剣《けん》《ヴァイス・シュフィアート》。

そう、私《わたし》は――『白《しろ》の騎士《きし》』エレナ・ローゼンマイヤー！

やがて光《ひかり》が遠《とお》のいて、私《わたし》は七色《なないろ》の光《ひかり》からゆっくりと解放《かいほう》されていった。

一度《いちど》身体《からだ》がふわりと浮《う》かんでから、白《しろ》いブーツが地面《じめん》についた。


そこは不思議《ふしぎ》な空間《くうかん》だった。これまでのイフリートやサラマンダーと戦《たたか》った世界《せかい》ともどこか違《ちが》う。霧《きり》のようなもやがうっすらと充満《じゅうまん》して、幻想的《げんそうてき》な世界《せかい》が広《ひろ》がっていた。

その向《む》こう側《がわ》に人影《ひとかげ》が見《み》える。地面《じめん》に座《すわ》った少年《しょうねん》の姿《すがた》。両足《りょうあし》を抱《かか》えて三角座《さんかくずわ》りで、ひとりぼっちで寂《さび》しそうに、少年《しょうねん》が佇《たたず》んでいる。

「――怜央《れお》くん！」

私《わたし》は呼《よ》びかける。だけどその声《こえ》は届《とど》かないみたいで、怜央《れお》くんは振《ふ》り向《む》くこともなかった。

その右方向《みぎほうこう》に巨大《きょだい》な気配《けはい》を感《かん》じる。視線《しせん》を動《うご》かす。魔力《まりょく》の流《なが》れを感《かん》じる。一目瞭然《いちもくりょうぜん》だった。

そこに立《た》っていた黒《くろ》い姿《すがた》。尋《たず》ねるまでもなくわかる。それが――大魔人《だいまじん》アモンなのだと。

背筋《せすじ》に寒気《さむけ》が走《はし》り、私《わたし》は生唾《なまつば》を一《ひと》つ飲《の》み込《こ》んだ。

もしかしたら私《わたし》はまた早《はや》まってしまったのかもしれない。

彼《かれ》から放出《ほうしゅつ》される魔力《まりょく》の量《りょう》はイフリートやサラマンダーと比《くら》べても桁違《けたちが》いだ。

『そうか。そういうことか。誰《だれ》かと思《おも》えば白《しろ》の騎士《きし》エレナ・ローゼンマイヤーじゃないか。私《わたし》のことは覚《おぼ》えているかな？　向《む》こうの世界《せかい》じゃ、随分《ずいぶん》と世話《せわ》になったのだが』

低《ひく》くて太《ふと》い声《こえ》。

その男《おとこ》は頭《あたま》から二本《にほん》の角《つの》を生《は》やしていた。背中《せなか》には巨大《きょだい》なコウモリみたいな羽根《はね》。全身《ぜんしん》は真《ま》っ黒《くろ》な色《いろ》に染《そ》まっていた。

「――大魔人《だいまじん》アモン！」

『光栄《こうえい》だね。ちゃんと覚《おぼ》えていてもらって。南《みなみ》の魔女《まじょ》ミカエラ・ローエ様《さま》と一緒《いっしょ》に、お前《まえ》たちには向《む》こうの世界《せかい》では煮《に》え湯《ゆ》を飲《の》まされた。特《とく》に白《しろ》の騎士《きし》。お前《まえ》にはいつか復讐《ふくしゅう》したいと思《おも》っていたよ』

そう言《い》ってアモンはにやりと唇《くちびる》の端《はし》を上《あ》げた。

背中《せなか》がぞわぞわとする。身体《からだ》が警報《けいほう》を鳴《な》らしている。この魔物《まもの》は危険《きけん》だと。

そもそもこれまでの魔物《まもの》とは見《み》た目《め》からして随分《ずいぶん》と違《ちが》う。

これまでの魔物《まもの》たちはみんな動物《どうぶつ》だったり、精霊《せいれい》だったり、なんだか人間《にんげん》とは違《ちが》う存在《そんざい》だった。

だけどアモンは角《つの》と羽根《はね》は生《は》えていても、ものすごく人間《にんげん》っぽい。

私《わたし》は剣《けん》に手《て》をやりながらも、アモンに答《こた》えた。

「ごめんなさい。本当《ほんとう》はあまり覚《おぼ》えていないの。リリアンヌやシャリフと違《ちが》って、私《わたし》は転生《てんせい》する前《まえ》の記憶《きおく》がそんなになくて。あなたのこともみんなに聞《き》いただけなんだ」

私《わたし》がそう言《い》うと、アモンは眉《まゆ》を寄《よ》せて、一瞬《いっしゅん》怒《いか》りの感情《かんじょう》を露《あら》わにするが、すぐに表情《ひょうじょう》を戻《もど》した。

『そうか。お前《まえ》たちにもいろいろあったのだろうな。きっとあれから随分《ずいぶん》と時間《じかん》も経《た》った。だが、一度《いちど》は私《わたし》を打《う》ち破《やぶ》り、あの方《かた》を封印《ふういん》した。その意味《いみ》でおまえの存在《そんざい》は、私《わたし》たちの過去《かこ》にとって決定的《けっていてき》だったのだ。――それを今更《いまさら》、忘《わす》れた、などと言《い》われても困《こま》るのだよ！』

「そんなこと言《い》われたって、知《し》らないよ。今《いま》の私《わたし》は、みんなを守《まも》りたいだけ。今《いま》の怜央《れお》くんを。今《いま》の眞姫那《まきな》ちゃんを。今《いま》の世界《せかい》を！」

『知《し》らないと言《い》うか？　私《わたし》の時間《じかん》を。私《わたし》とあの方《かた》の時間《じかん》を。忘《わす》れたと言《い》うのか？　あの世界《せかい》での出来事《できごと》を！』

大魔人《だいまじん》アモンの右手《みぎて》にまた魔力《まりょく》が集《あつ》まる。あっという間《ま》に赤《あか》い光《ひかり》が形成《けいせい》されて、放《はな》たれた。

一撃《いちげき》、二撃《にげき》、三撃《さんげき》、――連射《れんしゃ》！

手元《てもと》に飛《と》んできた一発《いちはつ》を白《しろ》い剣《けん》で受《う》け止《と》めて、方向《ほうこう》を逸《そ》らす。

じんとした痛《いた》みが腕《うで》に伝《つた》わる。魔力《まりょく》を込《こ》めた剣《けん》で受《う》け止《と》めてこれだ。こんなの何発《なんはつ》も耐《た》えられない。横《よこ》に何度《なんど》もジャンプして、次《つぎ》に飛《と》んできた赤《あか》い光《ひかり》の球《たま》をかわす。

「――痛《いた》いっ！」

全《すべ》て避《さ》けたつもりが、最後《さいご》の一《ひと》つが左足《ひだりあし》をかすった。思《おも》わず痛《いた》みで体勢《たいせい》を崩《くず》す。

睨《にら》み上《あ》げると、アモンは私《わたし》を睨《にら》みつけていた。

『どうした、白《しろ》の騎《き》士《し》よ。逃《に》げてばかりか？　お前《まえ》はそれほどまでに弱《よわ》かったのか？　私《わたし》のあの方《かた》はこんな奴《やつ》に負《ま》けたのか。こんな奴《やつ》のために今《いま》まで――』

「逃《に》げてばっかりじゃないよ。私《わたし》は救《すく》わなくちゃいけないんだ。怜《れ》央《お》くんを。この街《まち》の人《ひと》を」

『――どうやって？』

「こうやって！」

私《わたし》は地面《じめん》を蹴《け》る。

白《しろ》の騎《き》士《し》エレナ・ローゼンマイヤー。

夢《ゆめ》の世界《せかい》で私《わたし》は魔物《まもの》を倒《たお》すんだ。それがみんなを救《すく》うことだから！

神沢先輩《かみさわせんぱい》からイフリートを追《お》い出《だ》した時《とき》だって、唯《ゆい》ちゃんからサラマンダーを追《お》い出《だ》した時《とき》だって、その後《あと》、みんな自分《じぶん》を取《と》り戻《もど》して、それから自分《じぶん》らしく生活《せいかつ》している。

唯《ゆい》ちゃんは、まだあの時《とき》のことを気《き》にしているみたいだけど、それでも魔物《まもの》たちに振《ふ》り回《まわ》されているよりかはきっと良《よ》かった。だから怜央《れお》くんも、私《わたし》が助《たす》けるんだ。

「白光剣舞一閃《はっこうけんぶいっせん》！《ヴァイス・シュレークシュトリッヒ》」

一気《いっき》にアモンに詰《つ》め寄《よ》った私《わたし》が剣《けん》を振《ふ》るう。

その額《ひたい》に白《しろ》い剣《けん》が迫《せま》った瞬間《しゅんかん》、両目《りょうめ》を閉《と》じたアモンが呪文《じゅもん》を口《くち》にする。

『赤光時空障壁《しゃっこうじくうしょうへき》《ロートリヒト・ラウムツァイトバリエーレ》』

アモンの正面《しょうめん》に突如現《とつじょあらわ》れた赤《あか》い光《ひかり》が障壁《しょうへき》を形成《けいせい》する。

光《ひかり》に剣先《けんさき》が触《ふ》れた途端《とたん》、私《わたし》の右手《みぎて》が、剣《けん》で鋼鉄《こうてつ》でも叩《たた》いたみたいな強烈《きょうれつ》な衝撃《しょうげき》を覚《おぼ》えた。

「――うわっ！」

弾《はじ》き飛《と》ばされた私《わたし》は、地面《じめん》に転《ころ》がる。衝撃《しょうげき》で上半身《じょうはんしん》に痛《いた》みが走《はし》る。

なんとか白《しろ》い剣《けん》は離《はな》さずに握《にぎ》りしめている。

改《あらた》めて感《かん》じたのは、圧倒的《あっとうてき》な魔力差《まりょくさ》だった。

こんなに簡単《かんたん》に弾《はじ》き飛《と》ばされるなんて！

『**——どうした、もう終《お》わりか？　白《しろ》の騎士《きし》よ。仲間《なかま》がいなければ、宝玉《ほうぎょく》がなければ、結局《けっきょく》は何《なに》もできないのか。いつも良《よ》いのは威勢《いせい》だけだな**』

「宝玉《ほうぎょく》？」

『**そうだ、宝玉《ほうぎょく》だ。南《みなみ》の魔女《まじょ》ミカエラ・ローエ様《さま》を封印《ふういん》するのに使《つか》った宝玉《ほうぎょく》だ。——そんなことさえも忘《わす》れたのか。——これは本当《ほんとう》に警戒《けいかい》する必要《ひつよう》すらなかったかもしれないな**』

話《はな》しながらアモンは私《わたし》へと近《ちか》づいてくる。

視界《しかい》の向《む》こう側《がわ》には変《か》わらず両手《りょうて》で膝《ひざ》を抱《かか》えている怜央《れお》くんがいる。

——待《ま》っててね。きっと助《たす》けるから。

「大魔人《だいまじん》アモン。あなたは何《なに》がしたいの？　どうして街《まち》の人《ひと》から、眞姫那《まきな》ちゃんからエネルギーを吸《す》うの？　怜央《れお》くんのことをどうしたいの？」

私《わたし》は上体《じょうたい》を起《お》こして、アモンを見上《みあ》げる。

アモンはすぐ近《ちか》くまできて、私《わたし》のことを見下《みお》ろしている。

『**どうして？　何《なに》がしたい？　愚問《ぐもん》だ。——もちろん生《い》きたいからだ。願《ねが》わくばあのお方《かた》と共《とも》に。向《む》こうの世界《せかい》がダメならば、代《か》わりにこの世界《せかい》で。それは当《あ》たり前《まえ》の願《ねが》いだろう？**』

「でも、そのために、みんなを傷《きず》つけるなんて、違《ちが》うと思《おも》うよ！」

『綺麗事《きれいごと》だな、白《しろ》の騎士《きし》よ。誰《だれ》も傷《きず》つかない世界《せかい》なんて本当《ほんとう》にあると思《おも》うのか？　お前《まえ》の正義《せいぎ》を通《とお》すために、道《みち》を譲《ゆず》らねばならない存在《そんざい》があるとは思《おも》わないのか？』

アモンは私《わたし》を見下《みお》ろしながら、目《め》を細《ほそ》めた。

「どういうこと!?」

私《わたし》は力《ちから》を振《ふ》り絞《しぼ》ると、剣《けん》を右手《みぎて》にアモンの足元《あしもと》から飛《と》び退《の》いた。左足《ひだりあし》に痛《いた》みを覚《おぼ》えながら。

そして再《ふたた》び剣《けん》を構《かま》える。

そんな私《わたし》の様子《ようす》を、まるで面白《おもしろ》いものでも見《み》るようにアモンは見《み》つめている。

『怜央《れお》を助《たす》ける——か。私《わたし》を倒《たお》せばこの少年《しょうねん》が助《たす》かるとでも思《おも》っているのか？』

「もちろん、そう思《おも》っているけど」

私《わたし》は両手《りょうて》で剣《けん》を握《にぎ》りしめ、アモンに向《む》き合《あ》う。

だけどアモンは私《わたし》の言葉《ことば》に肩《かた》をすくめた。

『まだ分《わ》かっていなかったみたいだな、白《しろ》の騎士《きし》よ。少年《しょうねん》は私《わたし》に生《い》かされているのだよ』

「——え？」

『この少年《しょうねん》の病状《びょうじょう》が良《よ》くないのは知《し》っているだろう？　彼《かれ》はずっと入院《にゅういん》していた。ひとりぼっ

ちだった。私《わたし》を内側《うちがわ》に宿《やど》すことによって彼《かれ》は元気《げんき》になった。他《ほか》の人《ひと》のエネルギーを吸《す》うことによって、彼《かれ》は生《い》きられるようになったのだよ。だからお前《まえ》たちとも遊《あそ》ぶことができた。——私《わたし》は彼《かれ》やその周囲《しゅうい》から感謝《かんしゃ》さえされても、非難《ひなん》されるようなことはないと思《おも》うのだけれどね』

「でも、それは偽《いつわ》りの元気《げんき》なんでしょ？　他《ほか》の人《ひと》の元気《げんき》を奪《うば》って生《い》きていくのは、間違《まちが》っている！」

私《わたし》の頭《あたま》の中《なか》に、昨日《きのう》、意識《いしき》を失《うしな》って救急車《きゅうきゅうしゃ》で運《はこ》ばれた眞姫那《まきな》ちゃんや、砂浜《すなはま》で倒《たお》れていく街《まち》の人々《ひとびと》のイメージが浮《う》かぶ。

『だったら私《わたし》を倒《たお》すか？　もし私《わたし》を倒《たお》せば、この少年《しょうねん》は昔《むかし》の入院生活《にゅういんせいかつ》に逆戻《ぎゃくもど》りだぞ？　——死《し》を待《ま》つだけの入院生活《にゅういんせいかつ》に』

その言葉《ことば》に弾《はじ》かれたように顔《かお》を上《あ》げる。そして怜央《れお》くんへと視線《しせん》を走《はし》らせる。

白《しろ》い空間《くうかん》の向《む》こう側《がわ》で、三角座《さんかくずわ》りをしたまま顔《かお》を上《あ》げない少年《しょうねん》は、どんどん小《ちい》さくなっているように見《み》えた。

『知《し》らなかったのか？　あの少年《しょうねん》にもう本来《ほんらい》の生命力《せいめいりょく》はない。病巣《びょうそう》が小《ちい》さくなることはなく、このままだと後《あと》は死《し》を待《ま》つだけだ。いなくなったあいつの母親《ははおや》と同《おな》じように』

「——そんな」

『そこに現《あらわ》れたのが私《わたし》——大魔人《だいまじん》アモン様《さま》さ。私《わたし》が吸引《きゅういん》するエネルギーで、少年《しょうねん》は生《い》きられる。そして私《わたし》も魔力《まりょく》を貯《た》められる。来《きた》るべき南《みなみ》の魔女《まじょ》ミカエラ・ローエ様《さま》の復活《ふっかつ》に向《む》けて』

アモンを倒《たお》したら、怜央《れお》くんが死《し》んじゃう？

——それは、ダメだ！　それじゃ、怜央《れお》くんを助《たす》けたことにならない。

恐怖《きょうふ》で、右手《みぎて》の白《しろ》い剣《けん》がカタカタと揺《ゆ》れた。

じゃあ、どうすればいいの？

大魔人《だいまじん》アモンを倒《たお》せば全部解決《ぜんぶかいけつ》するって思《おも》っていた。だから一人《ひとり》でも無謀《むぼう》を承知《しょうち》で飛《と》び込《こ》んだんだ。でもこれじゃあ、身動《みうご》きが取《と》れないよ！

『ふふふふふ。どうした？　今更《いまさら》、自分《じぶん》の愚《おろ》かさに気《き》づいたか。だが、もし私《わたし》を倒《たお》してしまったら少年《しょうねん》が命《いのち》を落《お》とすかもしれないから戦《たたか》えない、などと考《かんが》えているならば、それは要《い》らぬ心配《しんぱい》だぞ。そもそもお前《まえ》が一人《ひとり》で私《わたし》を倒《たお》すなど、できるわけがないのだ』

大魔人《だいまじん》アモンはまた私《わたし》へと右手《みぎて》を掲《かか》げた。

恐《おそ》ろしい気配《けはい》を感《かん》じて私《わたし》は後方《こうほう》へと跳躍《ちょうやく》する。

アモンの手《て》に赤《あか》い光《ひかり》が集《あつ》まっていく。そしてそれはさっきよりも大《おお》きな塊《かたまり》になった。

『——終《お》わりだ。白《しろ》の騎士《きし》よ』

両手《りょうて》で剣《けん》を握《にぎ》りしめる。防御《ぼうぎょ》のための魔力《まりょく》を限界《げんかい》まで聖剣《せいけん》へと溜《た》め込《こ》む。

「――私《わたし》は負《ま》けない！」

『寝言《ねごと》は寝《ね》てから言《い》うんだな、公女《こうじょ》よ！　――喰《く》らうがいい！　赤光砲撃連射《しゃっこうほうげきれんしゃ》《ロートリヒト・ザルヴェンゲシュッツ》！』

その手《て》のひらからいくつもの赤《あか》い光弾《こうだん》が放《はな》たれる。

それはすごいスピードで私《わたし》のもとへと迫《せま》ってくる。

受《う》け止《と》め切《き》れるか、耐《た》えられるか、かわしきれるか!?

迫《せま》り来《く》る魔力《まりょく》の大《おお》きさに、絶望《ぜつぼう》にも似《に》た感情《かんじょう》が身体《からだ》の奥《おく》から湧《わ》いてくる。

だけど覚悟《かくご》を決《き》めて、私《わたし》は剣《けん》を構《かま》える、その全《すべ》てを薙《な》ぎ払《はら》うために。

「白光剣舞一閃《はっこうけんぶいっせん》《ヴァイス・シュレークシュトリッヒ》――」

その時《とき》だった。空《そら》の上《うえ》からこの世界《せかい》に声《こえ》が響《ひび》いた。

――ユメディスコネクト！

強制的《きょうせいてき》に私《わたし》の体《からだ》はその空間《くうかん》から引《ひ》き離《はな》され、やがて世界《せかい》が反転《はんてん》した。

⑪神様《かみさま》のほこら

「大丈夫《だいじょうぶ》か？　遙香《はるか》!?」

「——あれ？　海斗《かいと》」

目《め》を覚《さ》ますとすぐ近《ちか》くに海斗《かいと》の顔《かお》があった。

あれ？　私《わたし》、どうしちゃったんだろう？　さっきまでアモンと戦《たたか》っていて。

そうだ。怜央《れお》くんを、怜央《れお》くんを助《たす》けなくっちゃ——

「先輩《せんぱい》！　遙香先輩《はるかせんぱい》！　無事《ぶじ》なんですね？　良《よ》かったぁ！」

「眞姫那《まきな》ちゃん。みやこちゃん」

隣《となり》には二人《ふたり》もいた。

「怜央《れお》くんは？　——アモンは？」

「なんとか大丈夫《だいじょうぶ》。大丈夫《だいじょうぶ》って言《い》いたいけれど、よくわからない。でも、先生《せんせい》たちが駆《か》けつけてくれて、今《いま》はなんとか動《うご》きを止《と》めてくれているみたい」

みやこちゃんが向《む》く方向《ほうこう》を見《み》ようとする。だけどそこで初《はじ》めて私《わたし》は、自《じ》分《ぶん》の体《からだ》が抱《だ》きかかえられていることに気《き》づいた。海斗《かいと》に。あれ？　……ええええええ？

「——ちょっと、海斗《かいと》!?　えっと、えっと」

「ん？　どうした？」

「動《うご》けないんだけど……」

そこまで来《き》て、ようやく海斗《かいと》は思《おも》い出《だ》したみたいに、「ご、ごめん！」と私《わたし》の体《からだ》を京子《みやこ》ちゃんへと押《お》し付《つ》けた。触《ふ》れていた海斗《かいと》の身体《からだ》が離《はな》れていく。

「う、ううん。ありがとう。大丈夫《だいじょうぶ》」

「べ、別《べつ》に支《ささ》えていただけだし。砂《すな》がつかないように」

そんな私《わたし》たちを見《み》て京子《みやこ》ちゃんは、握《にぎ》った手《て》を口元《くちもと》に当《あ》てて笑《わら》っている。

「海斗《かいと》くん、駆《か》けつけてくれたんだよ。苦《くる》しそうにしているはるかちゃんを見《み》て、すぐにユメコネクトしようとしたんだけど、先生《せんせい》たちに止《と》められて。海斗《かいと》くん、めちゃくちゃ必死《ひっし》だったんだから」

「必死《ひっし》なんかじゃねーよ。……大《おお》げさに言《い》うのやめてくれ。西野《にしの》」

海斗《かいと》はそう言《い》うと恥《は》ずかしそうに視線《しせん》を横《よこ》にそらした。

だけど、ありがとう。

私《わたし》だって少《すこ》し恥《は》ずかしいけど、なんだか嬉《うれ》しい。

でも、今《いま》はそんな場合《ばあい》じゃない。

先生《せんせい》たちが動《うご》きを止《と》めてるって、どういうこと⁉

「先生《せんせい》たちって？」

「あっちです。先輩《せんぱい》」

眞姫那《まきな》ちゃんの視線《しせん》を追《お》うように海岸《かいがん》の方《ほう》に視線《しせん》を走《はし》らせる。

そこには砂浜《すなはま》をゆらゆらと歩《ある》く怜央《れお》くんの姿《すがた》があった。その全身《ぜんしん》を包《つつ》むように放《はな》たれる膨大《ぼうだい》な魔力《まりょく》は、アモンの姿《すがた》を形作《かたちづく》っているように見《み》える。

ユメコネクトする前《まえ》だと、「その姿《すがた》が大魔人《だいまじん》アモンなのかな？」と疑問形《ぎもんけい》で思《おも》っていた。けれど、夢《ゆめ》の中《なか》で姿《すがた》を見《み》てきた今《いま》ならはっきりと、あれが大魔人《だいまじん》アモンの姿《すがた》そのものだってわかる。

その前《まえ》には、黒《くろ》ずくめの服装《ふくそう》が二人《ふたり》。御堂先生《みどうせんせい》とスメラギさん。

先生《せんせい》の頭《あたま》に帽子《ぼうし》はなくて、学校《がっこう》で見《み》せるのと同《おな》じボブヘアの綺麗《きれい》な髪《かみ》が海風《うみかぜ》で揺《ゆ》れていた。

二人《ふたり》は怜央《れお》くんに向《む》けて両手《りょうて》をかざしている。まるで何《なに》かの力《ちから》で彼《かれ》の動《うご》きを封《ふう》じ込《こ》めているみたい。

ユメコネクトの力《ちから》で感《かん》じる魔力《まりょく》の流《なが》れみたいなものが、先生《せんせい》とスメラギさんの両手《りょうて》からも見《み》えた。二人《ふたり》は一体何者《いったいなにもの》なの？

でも、先生《せんせい》とスメラギさんが、私《わたし》を助《たす》けてくれたことは間違《まちが》いないみたい。

「御堂先生《みどうせんせい》！」

「――結女《ゆめ》さん。気《き》がついたのね」

私《わたし》が声《こえ》をかけると、先生《せんせい》は半身《はんしん》で振《ふ》り返《かえ》った。右手《みぎて》は怜央《れお》くんの方《ほう》へと向《む》けたままだ。そしてスメラギさんとアイコンタクト。

「君《きみ》は子《こ》どもたちを連《つ》れて、避難《ひなん》するんだ。ここは私一人《わたしひとり》で大丈夫《だいじょうぶ》だ。――しばらくはな」

「わかりました。スメラギさん。無理《むり》はしないでくださいよ」

「――失礼《しつれい》だな。私《わたし》を誰《だれ》だと思《おも》っている」

ニヤリと笑《わら》う長身《ちょうしん》の黒《くろ》ずくめ――スメラギさん。御堂先生《みどうせんせい》は「もちろん信《しん》じていますよ」とウィンクを返《かえ》して、上《あ》げていた右手《みぎて》もおろした。

スメラギさんはまた両手《りょうて》を怜央《れお》くんに向《む》けると両手《りょうて》から放出《ほうしゅつ》する魔力《まりょく》みたいなものの量《りょう》を増《ふ》やした。

「先生《せんせい》！　怜央《れお》くんは、大丈夫《だいじょうぶ》なんですか？　スメラギさん一人《ひとり》に任《まか》せておいて」

私《わたし》たちのもとへ駆《か》け寄《よ》った先生《せんせい》は疲《つか》れているように見《み》えた。

そういえば、他《ほか》のみんなもそうだ。京子《みやこ》ちゃんも、眞姫那《まきな》ちゃんも。

「大丈夫《だいじょうぶ》といえば、大丈夫《だいじょうぶ》。スメラギさんだから。――でも、大丈夫《だいじょうぶ》じゃないといえば、全然大丈夫《ぜんぜんだいじょうぶ》じゃないわ。彼《かれ》がいまやっているのは一時《いちじ》しのぎの結界《けっかい》みたいなものだから」

「結界《けっかい》……ですか？」

「そう、結界《けっかい》。昨日話《きのうはな》したけれど、大魔人《だいまじん》アモンはみんなの魔力《まりょく》を吸《す》うわ。だから放《ほう》っておくと街《まち》の人《ひと》の、みんなのエネルギーを奪《うば》っていってしまうの。もちろん夢《ゆめ》の中《なか》のアモンを倒《たお》せればいいんだけど、私《わたし》たちだけじゃ倒《たお》せない。だからせめてアモンがみんなからエネルギーを吸《す》い取《と》るのだけは止《と》めようとしているの。そういう意味《いみ》での、結界《けっかい》」

そうなんだ。そういうことか。

「――怜央《れお》」

じっと海岸《かいがん》の方《ほう》を見《み》る眞姫那《まきな》ちゃん。その目《め》はとても不安《ふあん》げだ。

「……眞姫那《まきな》ちゃん」

京子《みやこ》ちゃんがその横顔《よこがお》を心配《しんぱい》そうに見《み》つめる。

私《わたし》は二人《ふたり》を見《み》てから、先生《せんせい》に視線《しせん》を戻《もど》した。

「じゃあ、一刻《いっこく》もはやくユメコネクトして、アモンを倒《たお》さないと！」

「ちょっと待《ま》てよ、遙香《はるか》。お前《まえ》も学習《がくしゅう》しろよ。このまま行《い》ってもまた返《かえ》り討《う》ちにされるだけだろ？」

「それなら海斗《かいと》は、このまま怜央《れお》くんがアモンに取《と》り憑《つ》かれているのを見《み》ていろって言《い》うの⁉

街《まち》の人《ひと》たちのエネルギーが吸《す》われていくのを」

「だから落《お》ち着《つ》けって。誰《だれ》もそんなこと言《い》っていないだろ」

「リリアンヌならきっと一緒《いっしょ》に戦《たたか》ってくれるのに！」

「それを言《い》うならエレナならもうちょっと聞《き》き分《わ》けが良《よ》かったと思《おも》うぞ⁉」

「はいはい、はいはいはいっ！」

京子《みやこ》ちゃんは、近《ちか》づいていた私《わたし》と海斗《かいと》の顔《かお》の間《あいだ》に両手《りょうて》を差《さ》し込《こ》んだ。

「『夫婦喧嘩《ふうふげんか》は犬《いぬ》も食《く》わない』って言《い》うでしょ！　二人《ふたり》とも落《お》ち着《つ》いて！」

「「夫婦《ふうふ》じゃないし！」」

思《おも》わずハモってしまう、私《わたし》たち。

ちらりと見《み》ると海斗《かいと》はなんだか必死《ひっし》な表情《ひょうじょう》。妙《みょう》に顔《かお》が赤《あか》いぞ。大丈夫《だいじょうぶ》？

「あなた達《たち》の夫婦漫才《めおとまんざい》、いつまでも聞《き》いていたいのは山々《やまやま》だけど、移動《いどう》するわよ。スメラギさんの結界《けっかい》もいつまでもつかわからないし、私《わたし》たちまでエネルギーを奪《うば》われて倒《たお》れてしまったら、アモンを止《と》められる存在《そんざい》がいなくなっちゃう」

心《こころ》のなかでは突《つ》っ込《こ》んでいたけれど、それを言《い》うとまた話《はなし》の腰《こし》を折《お》ってしまうからぐっと堪《こら》えて、先生《せんせい》の指示《しじ》に従《したが》う。

「でも、逃《に》げたって一緒《いっしょ》じゃないんですか？　私《わたし》とリリアンヌで戦《たたか》えば！」

そう言《い》うと、海斗《かいと》が今度《こんど》こそ真面目《まじめ》な顔《かお》で私《わたし》を見《み》た。

「エレナとリリアンヌだけで勝《か》てそうな相手《あいて》だったか？」

「……わからないけど、やってみなくちゃ！」

「やってみて完敗《かんぱい》したらどうする？　俺《おれ》たちまで身動《みうご》きできなくなったら、誰《だれ》がこの街《まち》を……

怜央《れお》くんを救《すく》うんだ？」

「……それは、そうだけど。――じゃあ、海斗《かいと》はどうしろって言《い》うのよ？　ただ逃《に》げろって言《い》うの？」

海斗《かいと》は「だから、お前《まえ》なぁ。なんでそんなに単純《たんじゅん》なんだよ？」と漏《も》らしながら額《ひたい》に右手《みぎて》を当《あ》てた。

「うちが思《おも》うに、先生《せんせい》がおっしゃっているのは、態勢《たいせい》を立《た》て直《なお》そうってことですよね？　具体《ぐたい》的《てき》には……理人《りひと》くんが合流《ごうりゅう》するまで待《ま》つ？」

京子《みやこ》ちゃんの言葉《ことば》に、御堂先生《みどうせんせい》は頷《うなず》いた。

「そうね。氷河《ひょうが》くん――シャリフが来《く》るのを待《ま》ちましょう」

ちらりと隣《となり》を見《み》ると、海斗《かいと》も「そういうこと」と頷《うなず》いた。

「理人《りひと》くんは来《き》てくれるんですか？　この場所《ばしょ》、わかるかな？」

「だから今《いま》、捜《さが》してもらっているのよ。木辻唯《きつじゆい》ちゃんと院長先生《いんちょうせんせい》……怜央《れお》くんのお父《とう》さんに」

唯《ゆい》ちゃんの顔《かお》を思《おも》い浮《う》かべる。一生懸命《いっしょうけんめい》になって、理人《りひと》くんを捜《さが》してくれている姿《すがた》が目《め》に浮《う》かんだ。

先週《せんしゅう》、文芸部室前《ぶんげいぶしつまえ》で理人《りひと》くんを見《み》つけて、不審者《ふしんしゃ》だと言《い》って指《ゆび》さしていた唯《ゆい》ちゃん。

自分自身《じぶんじしん》がサラマンダーに侵《おか》されて、シャリフと私《わたし》たちによって解放《かいほう》された唯《ゆい》ちゃん。

そんな唯《ゆい》ちゃんが今《いま》はみんなのために理人《りひと》くんを探《さが》しに行《い》ってくれている。

今《いま》はもうみんな仲間《なかま》なんだ。なんだか胸《むね》に熱《あつ》いものを感《かん》じた。

「わかりました。待《ま》ちます！　私《わたし》、唯《ゆい》ちゃんを、理人《りひと》くんを待《ま》ちます」

全員《ぜんいん》が頷《うなず》く。そして私《わたし》たちは立《た》ち上《あ》がった。

「でも先生《せんせい》。避難《ひなん》するといってもどこへ移動《いどう》するんですか？　この勢《いきお》いだと少《すこ》し離《はな》れたくらいだと、アモンの魔力《まりょく》から逃《のが》れられないように思《おも》いますけど」

「そこは、とっておきの場所《ばしょ》があるのよ」

そう言《い》って、御堂先生《みどうせんせい》はとびっきりのウィンクをしてみせた。

＊

「ここって、この街《まち》、最大《さいだい》のパワースポット？」

「それですね。先輩《せんぱい》」

そこは昨日訪《きのうおとず》れたパワースポットの洞窟《どうくつ》だった。その洞窟《どうくつ》の中《なか》に身体《からだ》を入《い》れた時《とき》に、周《まわ》りの空気《くうき》がすっと涼《すず》やかなものに変《か》わっていくのを感《かん》じた。

それはきっと、日陰《ひかげ》で気温《きおん》が低《ひく》いというだけではない。きっと、夢《ゆめ》の力場《フィールド》の影響《えいきょう》だ。海斗《かいと》も何《なに》か変化《へんか》を感《かん》じた様子《ようす》だ。

昨日《きのう》も感《かん》じたけれど、今日《きょう》は昨日《きのう》よりもはっきりとそれを感《かん》じた。

「結女《ゆめ》さん、桐島《きりしま》くん、感《かん》じた？　明《あき》らかに変化《へんか》があるでしょ？」

「はい。なんだか空気《くうき》が違《ちが》います。これはなんなんですか？　先生《せんせい》？」

質問《しつもん》する私《わたし》。その会話《かいわ》に、京子《みやこ》ちゃんは興味深《きょうみぶか》そうな顔《かお》をしている。

京子《みやこ》ちゃんはユメコネクトの力《ちから》を持《も》たないから、この空気《くうき》を感《かん》じないのだと思《おも》う。

海斗《かいと》はやはり同《おな》じ感覚《かんかく》を得《え》ているのか、私《わたし》の質問《しつもん》に呼応《こおう》して頷《うなず》いた。

「不思議《ふしぎ》な場所《ばしょ》よね。どうやらこの空間《くうかん》だけ魔物《まもの》による夢《ゆめ》の力場《フィールド》への影響《えいきょう》が穏《おだ》やかになるみたいなの。ある種《しゅ》の自然《しぜん》の結界《けっかい》みたいなものかしら」

そう言《い》って先生《せんせい》は洞窟内《どうくつない》の岩盤《がんばん》に触《ふ》れた。

昨日《きのう》来《き》たときも、なんだかとても神聖《しんせい》な雰囲気《ふんいき》がしたし、どこか心地《ここち》よさを覚《おぼ》えた。

それはそういうことだったのかもしれない。

「だからしばらくはここに避難《ひなん》しておきましょう。木辻《きつじ》さんにも氷河《ひょうが》くんをこの洞窟《どうくつ》まで連《つ》れてきてくれるようにお願《ねが》いしてあるから」

「――もう来《き》ていますよ。先生《せんせい》」

「理人《りひと》くん！」

洞窟《どうくつ》の奥《おく》から現《あらわ》れたさらりとした髪《かみ》をなびかせた少年《しょうねん》。それはまぎれもなく理人《りひと》くんだった。

そしてその背後《はいご》にも見知《みし》った姿《すがた》が二《ふた》つ。

「唯《ゆい》ちゃん！　おじさん！」

眞姫那《まきな》ちゃんが二人《ふたり》へと駆《か》け寄《よ》る。おじさんはそんな眞姫那《まきな》ちゃんの身体《からだ》を受《う》け止《と》めた。唯《ゆい》ちゃんはその隣《となり》でもじもじとしている。京子《みやこ》ちゃんはそっとその隣《となり》まで移動《いどう》すると、唯《ゆい》ちゃんのあたまを何度《なんど》か撫《な》でた。「お疲《つか》れ様《さま》」と労《ろう》をねぎらうみたいに。

「こんな場所《ばしょ》があるなんてね。この世界《せかい》にも」

「わかるの？　理人《りひと》くん」

「ああ、わかるよ。こういう感《かん》じの神聖《しんせい》な場所《ばしょ》っていうのは向《む》こうの世界《せかい》でもあった。土地《とち》には時々不思議《ときどきふしぎ》な力《ちから》が宿《やど》る。ままあることさ」

そういうものかな、と思《おも》いながら、奥《おく》の祠《ほこら》に視線《しせん》をやった。

昔《むかし》、怜央《れお》くんのお母《かあ》さんが怜央《れお》くんと眞姫那《まきな》ちゃんをよく連《つ》れてきてくれていたという祠《ほこら》だ。そこは眞姫那《まきな》ちゃんや怜央《れお》くんにとって特別《とくべつ》な場所《ばしょ》だったわけだけれど、それは本当《ほんとう》の意味《いみ》で特別《とくべつ》な場所《ばしょ》だったんだ。

「これで全員揃《ぜんいんそろ》ったわね。じゃあ、これからの作戦《さくせん》を考《かんが》えましょう」

御堂先生《みどうせんせい》が両腕《りょううで》を胸《むね》の前《まえ》で組《く》んだ。

少《すこ》し移動《いどう》して祠《ほこら》の前《まえ》で私《わたし》たちは腰《こし》を下《お》ろしている。

海斗《かいと》と理人《りひと》くんは立《た》ったまま岩肌《いわはだ》に背《せ》を預《あず》けていて、おじさんは洞窟《どうくつ》の入口《いりぐち》に近《ちか》いところで、外《そと》を見《み》ている。きっと怜央《れお》くんのことが心配《しんぱい》なんだと思《おも》う。

「うーん、ホワイトボードがあれば、分《わ》かりやすく図解《ずかい》できるんだけど、仕方《しかた》ないわね。今日《きょう》は口頭《こうとう》の説明《せつめい》で我慢《がまん》してね」

「全然大丈夫《ぜんぜんだいじょうぶ》です！　先生《せんせい》！」

「そ、……そう？」

図解《ずかい》してくれたって、先生《せんせい》の絵《え》に現《あらわ》れるのは微妙《びみょう》な絵心《えごころ》の棒人間《ぼうにんげん》たちなのだ。なんてったってサラマンダーがコッペパンになる人《ひと》ですからね。まぁ、あってわかりにくくなることもないのだけれど、なくても全然大丈夫《ぜんぜんだいじょうぶ》だと思《おも》います！

先生《せんせい》の作戦《さくせん》というのはとてもシンプルだった。

しばらくはスメラギさんが食《く》い止《と》めてくれるけれど、そのうち結界《けっかい》を維持《いじ》できなくなって、この洞窟《どうくつ》まで後退《こうたい》してくる。

その時《とき》まで私《わたし》たちは体力《たいりょく》を回復《かいふく》し、エレナとリリアンヌ、シャリフの三人《さんにん》で迎《むか》え撃《う》つというものだ。

私《わたし》たちは目配《めくば》せをして、うなずき合《あ》う。海斗《かいと》は真剣《しんけん》な表情《ひょうじょう》で。理人《りひと》くんは飄々《ひょうひょう》とした表情《ひょうじょう》で。

ふと隣《となり》を見《み》る。眞姫那《まきな》ちゃんの表情《ひょうじょう》が少《すこ》し暗《くら》い。

そこで私《わたし》は大切《たいせつ》なことを思《おも》い出《だ》した。

――そうだ、この戦《たたか》いは、ただ誰《だれ》かの心《こころ》に巣食《すく》って悪《わる》さをする魔物《まもの》を倒《たお》せばその人《ひと》を助《たす》けられるとか、そういう単純《たんじゅん》なものじゃないんだ！

「先生《せんせい》！　一《ひと》つ質問《しつもん》があります。ううん、相談《そうだん》しないといけないことがあります」

「何《なに》かしら？　結女《ゆめ》さん」

私《わたし》は立《た》ち上《あ》がる。そしてみんなの顔《かお》を見回《みまわ》す。そして眞姫那《まきな》ちゃんとおじさんの顔《かお》も。おじさんは私《わたし》の言《い》おうとすることに気《き》づいたようで、ちょっと複雑《ふくざつ》そうな表情《ひょうじょう》を浮《う》かべた。

「みんなに相談《そうだん》したいのは、本当《ほんとう》にアモンを倒《たお》しちゃっていいのかってこと。もちろん三人《さんにん》で倒《たお》せるかわからないほど強《つよ》い相手《あいて》だから、そこが倒《たお》せないとダメなんだけど。でも、今聞《いまき》きたいのはそういうことじゃなくって。アモンを倒《たお》してしまったら……」

「――倒《たお》してしまったら、どうなるって言《い》うんだ？」

言《い》い淀《よど》んだ私《わたし》の言葉《ことば》の続《つづ》きを、海斗《かいと》が促《うなが》した。

「倒《たお》してしまったら、アモンは街《まち》の人《ひと》からエネルギーを吸《す》えなくなる。ここのところ怜央《れお》くんが元気《げんき》なのはそのエネルギーに支《ささ》えられているから。もしそれが途絶《とだ》えたら、怜央《れお》くんは入院《にゅういん》生活《せいかつ》に逆戻《ぎゃくもど》り。……ううん、最悪《さいあく》、それ以上《いじょう》のことになる、かもしれなくて……」

そっと視線《しせん》を眞姫那《まきな》ちゃんとおじさんの方《ほう》へと動《うご》かす。

眞姫那《まきな》ちゃんもそれに気《き》づいていたのだろう。複雑《ふくざつ》そうな表情《ひょうじょう》で頷《うなず》いた。

叔父《おじ》さんは膝《ひざ》の上《うえ》で両手《りょうて》を組《く》んでいる。

「眞姫那《まきな》ちゃんは……それでも大丈夫《だいじょうぶ》？」

みんなの視線《しせん》が集《あつ》まる。眞姫那《まきな》ちゃんはしばらく静《しず》かにじっと黙《だま》っていたけれど、ふと顔《かお》を上《あ》げた。

「――実《じつ》は私《わたし》、気《き》づいていたんです。怜央《れお》の不思議《ふしぎ》な力《ちから》に。私《わたし》、昨日《きのう》、倒《たお》れちゃったじゃないですか。あの時《とき》、実《じつ》は先《さき》に調子《ちょうし》が悪《わる》くなったのは怜央《れお》の方《ほう》だったんです」

眞姫那《まきな》ちゃんは訥々《とつとつ》と話《はな》し出《だ》す。

私《わたし》は昨日《きのう》の情景《じょうけい》を思《おも》い出《だ》す。確《たし》かにそんな流《なが》れだった。

怜央《れお》くんの調子《ちょうし》が悪《わる》くなって、祠《ほこら》の前《まえ》で二人《ふたり》が休《やす》んでいる間《あいだ》に、私《わたし》と海斗《かいと》は洞窟《どうくつ》の奥《おく》に行《い》って海《うみ》を見《み》ていた。その時《とき》に、悲鳴《ひめい》があがり、戻《もど》ってくると、眞姫那《まきな》ちゃんの方《ほう》が倒《たお》れていたのだ。

「あの時《とき》、怜央《れお》に触《ふ》れて、介抱《かいほう》していたんですけれど、その怜央《れお》に触《ふ》れている手《て》のひらから、急《きゅう》に力《ちから》が抜《ぬ》けていくみたいな感《かん》じがしたんです。それが進《すす》むにつれて、怜央《れお》はどんどん元気《げんき》になっていって、私《わたし》は最終的《さいしゅうてき》には貧血《ひんけつ》を起《お》こすみたいに気《き》を失《うしな》ってしまって。正直《しょうじき》、『こいつ私《わたし》からなんか奪《うば》ってやがんな！』って思《おも》っていました」

そう言《い》って彼女《かのじょ》は悪戯《いたずら》っぽく笑《わら》った。最後《さいご》はなんだか眞姫那《まきな》ちゃんらしい言《い》い回《まわ》しだった。

「でも、それならどうしてうちらに言《い》ってくれなかったの？　言《い》ってくれたら、今日《きょう》のことだって事前《じぜん》に防《ふせ》げたかもしれないのに」

京子《みやこ》ちゃんの質問《しつもん》に、眞姫那《まきな》ちゃんはすっと半分《はんぶん》まぶたをおろして、目《め》を細《ほそ》くした。

「だって言《い》っちゃったら、私《わたし》が今日《きょう》、怜央《れお》とデートするのも花火大会《はなびたいかい》に行《い》くのも止《と》めていたでしょ？　先輩《せんぱい》？　――怜央《れお》、本当《ほんとう》に楽《たの》しみにしていたから。今日《きょう》のこと」

「……眞姫那《まきな》ちゃん」

その言葉《ことば》はどこか覚悟《かくご》めいたものを滲《にじ》ませるものだった。

これが最後《さいご》になるかもしれない。そういう覚悟《かくご》だった。

怜央《れお》くんの病状《びょうじょう》は、本当《ほんとう》はそこまで危《あぶ》ないものなのだろう。

「ダメなんでしょ？　怜央《れお》が生《い》きていけても、この街《まち》の人《ひと》のエネルギーを吸《す》い続《つづ》けて、病院《びょういん》の入院《にゅういん》している人《ひと》のエネルギーを吸《す》い続《つづ》けて行《い》きていくのは、……やっぱり」

眞姫那《まきな》ちゃんはそう言《い》って、どこか吹《ふ》っ切《き》れたような表情《ひょうじょう》を浮《う》かべた。気丈《きじょう》な笑顔《えがお》。

眞姫那《まきな》ちゃんはアモンを倒《たお》すことを受《う》け入《い》れたんだ、と伝《つた》わってくる。

それでも、「じゃあやろう！」なんて言《い》いきれもせず、洞窟《どうくつ》に重《おも》たい空気《くうき》が落《お》ちる。

その時《とき》だった。

「――実《じつ》は、怜央《れお》には助《たす》かる道《みち》がなくはないんだ」

うつむいたままおじさんがポツリと漏《も》らした。

みんなの視線《しせん》がおじさんへと集《あつ》まる。

「そう……なんですか？」

眞姫那《まきな》ちゃんが尋《たず》ねると、おじさんは「ああ」と頷《うなず》いた。

私《わたし》たちはおじさんの周《まわ》りへと集《あつ》まる。

おじさんは顔《かお》をあげると洞窟《どうくつ》の出口《でぐち》の方《ほう》に視線《しせん》を向《む》けてぽつりぽつりと話《はな》し始《はじ》めた。

「本当《ほんとう》は怜央《れお》には助《たす》かる方法《ほうほう》があるんだ。ただし確実《かくじつ》ではないし、失敗《しっぱい》する確率《かくりつ》もそれなりにある。海《うみ》の向《む》こう側《がわ》――海外《かいがい》での手術《しゅじゅつ》と一年以上《いちねんいじょう》の入院《にゅういん》が必要《ひつよう》になるんだ。一年間《いちねんかん》ものことだから、僕自身《ぼくじしん》がずっと付《つ》き添《そ》うわけにはいかない。怜央《れお》は一人《ひとり》で海外《かいがい》の病院《びょういん》に入院《にゅういん》しないといけないことになる」

私《わたし》たちは目《め》を見開《みひら》き、おじさんを見《み》つめる。

おじさんは俯《うつむ》きつつ言葉《ことば》を続《つづ》けた。

「もちろん手術《しゅじゅつ》の失敗《しっぱい》が怖《こわ》いのもあると思《おも》う。だけど、きっと怜央《れお》が怖《こわ》がっているのは『一人《ひとり》になること』だと思《おも》うんだ。眞姫那《まきな》ちゃんは知《し》っているように、怜央《れお》には母親《ははおや》がいない……私《わたし》以外《いがい》に家族《かぞく》がいないんだ。だから一人《ひとり》ぼっちになることを、とても怖《こわ》がっている。一人《ひとり》で海外《かいがい》の病院《びょういん》に入院《にゅういん》するくらいなら今《いま》のままでいい。変《か》わらなくていい。変《か》わりたくない。――そういう風《ふう》に思《おも》っているのだと思《おも》う」

「――きっと、そこにつけこんだのが大魔人《だいまじん》アモンってことでしょうね。アモンが巣食《すく》うことで、他《ほか》の人《ひと》のエネルギーを吸《す》い、『普通《ふつう》の生活《せいかつ》』ができるようになってしまった。だから余計《よけい》に現状維持《げんじょういじ》に心《こころ》が向《む》いてしまうようになった。それがいけないことだ、おかしなことだとわかっていても」

そう推測《すいそく》を口《くち》にしたのは御堂先生《みどうせんせい》だった。おじさんは無言《むごん》で頷《うなず》く。

「でもそれって医者《いしゃ》としてどうなのかしら？　息子《むすこ》さんが周《まわ》りからエネルギーを吸《す》い続《つづ》けて生《い》き続《つづ》けるのを許《ゆる》すのは。院長先生《いんちょうせんせい》？」

厳《きび》しい言葉《ことば》を投《な》げかけられて、おじさんは顔《かお》を上《あ》げる。

その顔《かお》には苦笑《くしょう》が浮《う》かんでいた。

「おっしゃるとおりですよ。だから、昨日《きのう》、あなたがたに院長室《いんちょうしつ》で詰《つ》め寄《よ》られた時《とき》は気《き》が動転《どうてん》してしまったのだと思《おも》います。――申《もう》し訳《わけ》ない」

そう言《い》っておじさんは私《わたし》たちに頭《あたま》をさげた。そんなことをする必要《ひつよう》なんて全然《ぜんぜん》ないのに。

「おじさんは悪《わる》くないよ」

眞姫那《まきな》ちゃんが独《ひと》り言《ごと》みたいに言《い》う。

「うちもそう思《おも》います。――それでおじさんはどうしたいんですか？　今《いま》のままにしてほしいとか、アモンを倒《たお》してしまってほしいとか？」

京子《みやこ》ちゃんが優《やさ》しい声《こえ》で尋《たず》ねると、おじさんは大《おお》きく息《いき》を吸《す》ったあと、はっきりと答《こた》えた。

「怜央《れお》に勇気《ゆうき》を持《も》ってほしい。手術《しゅじゅつ》を受《う》ける勇気《ゆうき》を。――だから、その魔物《まもの》のことは倒《たお》してもらえるならありがたい。死《し》んだ妻《つま》も、きっとそれを望《のぞ》んでいる。あの子《こ》が、勇気《ゆうき》を持《も》って、胸《むね》を張《は》って、生《い》きていくことを」

眞姫那《まきな》ちゃんがすくりと立《た》ち上《あ》がる。そして大《おお》きく頷《うなず》いた。

「私《わたし》もそう思《おも》う。おばさんいつも言《い》っていたもん。この祠《ほこら》にお参《まい》りに来《き》た時《とき》、私《わたし》にも怜央《れお》にも『勇気《ゆうき》をもちなさい。挑戦《ちょうせん》しなさい』って。きっとおばさんの願《ねが》っていることは、怜央《れお》がこんな風《ふう》に周《まわ》りに迷惑《めいわく》をかけながら、ぐずぐずしていることじゃない。挑戦《ちょうせん》することだよ！」

「――眞姫那《まきな》ちゃん」

私《わたし》に向《む》かって、眞姫那《まきな》ちゃんが微笑《ほほえ》む。思《おも》い出《で》の祠《ほこら》の前《まえ》で息《いき》を吸《す》って、彼女《かのじょ》は言《い》った。

「だけど、その勇気《ゆうき》が、いまちょっとだけ足《た》りないなら。私《わたし》が背中《せなか》を押《お》してあげる。おばさんの代《か》わりにはなれないけれど、大切《たいせつ》ないとこだもん。大切《たいせつ》な幼馴染《おさななじみ》だもん！」

眞姫那《まきな》ちゃんのその言葉《ことば》は私《わたし》の胸《むね》の中《なか》にすっと入《はい》っていった。

きっとみんなの心《こころ》のなかにも、それは染《し》み込《こ》んでいった。

海斗《かいと》がどん、と自分《じぶん》の胸《むね》を叩《たた》く。

「そうだよな。頑張《がんば》ろうぜ。あいつのことを応《おう》

援《えん》するために」

「いいこと言《い》うじゃん、海斗《かいと》！　私《わたし》もがんばるよ！　眞姫那《まきな》ちゃん！」

眞姫那《まきな》ちゃんに向《む》き直《なお》る。

その横《よこ》で京子《みやこ》ちゃんも唯《ゆい》ちゃんも頷《うなず》く。私《わたし》たちは立《た》ち上《あ》がった。

心《こころ》は決《き》まった。やるべきことは一《ひと》つになった。

——まずは大魔人《だいまじん》アモンを倒《たお》す！　そして私《わたし》たちは怜央《れお》くんの応援団《おうえんだん》になるんだ！

その時《とき》、洞窟《どうくつ》の入口《いりぐち》の方《ほう》から声《こえ》がした。理人《りひと》くんだ。

「その誰《だれ》かさんがこっちに向《む》かってきているみたいだよ。魔力《まりょく》の流《なが》れがどんどん大《おお》きくなっている」

砂浜《すなはま》の方角《ほうがく》を見《み》つめる理人《りひと》くんは、少《すこ》し物憂《ものう》げに目《め》を細《ほそ》めた。

「そのとおりだ、少年《しょうねん》。——君《きみ》たち、準備《じゅんび》はできたか？」

続《つづ》いて現《あらわ》れたのは、黒《くろ》ずくめの男《おとこ》——スメラギさんだった。

エグゼ・フォン・スメラギ。ユメコネクトーム研究所《けんきゅうしょ》の最高研究責任者《さいこうけんきゅうせきにんしゃ》。御堂先生《みどうせんせい》の本当《ほんとう》の上司《じょうし》。

洞窟《どうくつ》の入口近《いりぐちちか》くまで移動《いどう》していた理人《りひと》くんの肩《かた》をぽんっと叩《たた》いて、中《なか》へと入《はい》ってきた。

「スメラギさん。状況《じょうきょう》は？」

「想定通《そうていどお》りさ。結界《けっかい》で抑《おさ》えていたけれど、案《あん》の定《じょう》、時間切《じかんき》れ。あいつはこっちに向《む》かっている。――この洞窟《どうくつ》の中《なか》にお目当《めあ》ての相手《あいて》でもいるのかもしれない」

スメラギさんは私《わたし》と海斗《かいと》、そして眞姫那《まきな》ちゃんの方《ほう》を順番《じゅんばん》に見《み》た。

臨戦態勢《りんせんたいせい》。なんだか緊張感《きんちょうかん》が洞窟内《どうくつない》に立《た》ち込《こ》めてくる。

「――大丈夫《だいじょうぶ》？　結女《ゆめ》さん、桐島《きりしま》くん、氷河《ひょうが》くん？」

「はい！」

「大丈夫《だいじょうぶ》です」

「もちろん」

氷河《ひょうが》くんもこっちにやってきて、三人《さんにん》で並《なら》ぶ。

「でも、どうやって怜央《れお》くんにユメコネクトしよう？　近《ちか》づいていって三人《さんにん》で怜央《れお》くんの手《て》を繋《つな》ぐ？　――でも、この状況《じょうきょう》だと、ちょっと怖《こわ》いよね？」

なんだかアモンに取《と》り憑《つ》かれた怜央《れお》くんは本当《ほんとう》に操《あやつ》られているみたいに歩《ある》いてくるのだ。それに触《ふ》れたら昨日《きのう》の眞姫那《まきな》ちゃんみたいにエネルギーを吸《す》われてしまう可能性《かのうせい》だってある。

さっきの戦《たたか》いでは勢《いきお》いでやってしまったけれど、ユメコネクトする前《まえ》に意識《いしき》を失《うしな》わされたりしたら一巻《いっかん》の終《お》わりだ。

私《わたし》の質問《しつもん》に答《こた》えたのはスメラギさんだった。

「いや、触《ふ》れる必要《ひつよう》はない。ユメコネクトには必《かなら》ずしも身体的接触《しんたいてきせっしょく》は必要《ひつよう》ではないんだ。もちろん触《ふ》れていた方《ほう》が成功率《せいこうりつ》は高《たか》いが、重要《じゅうよう》なのは夢《ゆめ》の力場《フィールド》だ。自然《しぜん》の結界《けっかい》のある洞窟《どうくつ》の外《そと》で、今日《きょう》みたいに異常《いじょう》なレベルで夢《ゆめ》の力場《フィールド》が形成《けいせい》されている状況《じょうきょう》なら特《とく》に。きっと触《ふ》れなくても彼《かれ》の夢《ゆめ》の世界《せかい》へと入《い》れるはずだ」

御堂先生《みどうせんせい》の顔《かお》を見《み》ると、先生《せんせい》も同意《どうい》するように小《ちい》さく頷《うなず》いた。

海斗《かいと》と理人《りひと》くんを見《み》る。二人《ふたり》も準備万端《じゅんびばんたん》といった顔《かお》だ。

「じゃあ行《い》こうか！　海斗《かいと》！　理人《りひと》くん！」

「おう！　やってやろうぜ！　遙香《はるか》！」

「貴女《あなた》の言葉《ことば》のままに」

それぞれに決意《けつい》の言葉《ことば》を述《の》べ、私《わたし》たちは洞窟《どうくつ》の入口《いりぐち》へと向《む》かう。

その入口《いりぐち》からは砂浜《すなはま》と海岸線《かいがんせん》が見《み》えた。

花火大会《はなびたいかい》の会場《かいじょう》にいる人々《ひとびと》一人《ひとり》ひとりの様子《ようす》や表情《ひょうじょう》は見《み》えないけれど、そこが異様《いよう》な雰囲気《ふんいき》に包《つつ》まれていることは、よくわかった。

その中《なか》を、一人《ひとり》の少年《しょうねん》がゆっくりと、こちらに向《む》かって歩《ある》いてくる。一歩《いっぽ》ずつ。
私《わたし》たちは見《み》つめる。
眞姫那《まきな》ちゃんの幼馴染《おさななじみ》の少年《しょうねん》を。
重《おも》い病気《びょうき》に苦《くる》しみ続《つづ》けた少年《しょうねん》を。
そして今《いま》、魔物《まもの》に取《と》り憑《つ》かれてしまっている少年《しょうねん》を。
ポケットの中《なか》のクリスタルを握《にぎ》りしめる。
——私《わたし》たちに勇気《ゆうき》を。あなたにも勇気《ゆうき》を。
目《め》を閉《と》じて祈《いの》る。海《うみ》の神様《かみさま》に。向《む》こうの世界《せかい》の神様《かみさま》にも。
やがて、私《わたし》たちは洞窟《どうくつ》の結界《けっかい》を飛《と》び出《だ》した。
怜央《れお》くんの姿《すがた》がすぐ向《む》こう側《がわ》まで迫《せま》っている。
私《わたし》たちを荒波《あらなみ》みたいな夢《ゆめ》の力場《フィールド》が包《つつ》み込《こ》む。
三人《さんにん》で目配《めくば》せをする。そして私《わたし》たちはクリスタルを天《てん》に掲《かか》げた。

「「「——ユメコネクト！」」」

⑫もういちど、ユメコネクト！

『現《あら》れたか、白《しろ》の騎士《きし》エレナ・ローゼンマイヤー』

白《しろ》い霧《きり》に覆《おお》われた空間《くうかん》。その悪魔《あくま》はまっすぐに立《た》っていた。

魔物《まもの》だけどイフリートやサラマンダーたちとは違《ちが》う、まるで貴族《きぞく》のような気品《きひん》さえ感《かん》じさせる。

その背後《はいご》にはまだ怜央《れお》くんがうずくまっていた。

「アモン！　待《ま》たせたわね！　さっきは一方的《いっぽうてき》にやられちゃったけれど、今度《こんど》はそうはいかないわよ」

『ククク。一方的《いっぽうてき》にやられたと認《みと》めるのだな。最後《さいご》に邪魔《じゃま》が入《はい》って取《と》り逃《に》がしてしまったが、まあいい。こうやって再《ふたた》び現《あらわ》れたのだからな』

大魔人《だいまじん》アモンの身体《からだ》からゆらゆらと魔力《まりょく》が蒸気《じょうき》のように立《た》ち上《あ》がる。

『何度《なんど》やっても同《おな》じこと。お前《まえ》だけでは私《わたし》を倒《たお》すことはできない』

その魔力《まりょく》はさっき戦《たたか》ったときよりも、より濃《こ》くて大《おお》きくなっているように見《み》えた。

——もしかしてさっきよりもパワーアップしている？

それもそうかもしれない。あの時《とき》からアモンは花火大会《はなびたいかい》に集《あつ》まった人《ひと》たちのエネルギーをさらに吸《す》っていったのだから。

だけどこっちだって一人《ひとり》で戦《たたか》ったさっきと同《おな》じではない。

「私《わたし》だけでは——ね！　私《わたし》は一人《ひとり》で戦《たたか》うことにこだわったりしない。私《わたし》には仲間《なかま》がいるんだから！」

私《わたし》の背後《はいご》に現《あらわ》れた二人《ふたり》の姿《すがた》に大魔人《だいまじん》アモンは目《め》を細《ほそ》める。

黒《くろ》の騎士《きし》——リリアンヌ・フェルシュタット。

氷結《ひょうけつ》の魔術師《まじゅつし》——シャリフ・アイスウィンド。

向《む》こうの世界《せかい》では一緒《いっしょ》に南《みなみ》の魔女《まじょ》を倒《たお》す旅《たび》をした。

『ほう。また懐《なつ》かしい顔《かお》ぶれだな。覚《おぼ》えているぞ。黒《くろ》の騎士《きし》と氷結《ひょうけつ》の魔術師《まじゅつし》。確《たし》かに厄介《やっかい》な存在《そんざい》だな』

「アモン。久《ひさ》しぶりだな。南《みなみ》の魔女《まじょ》の側近中《そっきんちゅう》の側近《そっきん》だったお前《まえ》を倒《たお》すには苦労《くろう》した。だけど、最終的《さいしゅうてき》に勝《か》ったのは私《わたし》たちだ。今回《こんかい》もそれを繰《く》り返《かえ》させてもらう」

リリアンヌが右《みぎ》の腰《こし》から黒《くろ》い長剣《ちょうけん》を抜《ぬ》き放《はな》つ。

黒光《くろびか》りする刀身《とうしん》は白《しろ》い霧《きり》の中《なか》でもつややかに輝《かがや》いた。

『ほざけ。あの時《とき》は不覚《ふかく》をとったが、二度同《にどおな》じ失敗《しっぱい》を犯《おか》すほど、私《わたし》も愚《おろ》かではない。――大魔人《だいまじん》アモン様《さま》を軽《かる》く見《み》ない方《ほう》がいいぞ。小娘《こむすめ》』

アモンがその両手《りょうて》をかざす。

「葬《ほうむ》ってやろう三人共《さんにんとも》。――赤光砲撃連射《しゃっこうほうげきれんしゃ》《ロートリヒト・ザルヴェンゲシュッツ》！！」

その両手《りょうて》に白《しろ》に包《つつ》まれた空間《くうかん》から湧《わ》き出《だ》した赤《あか》い光《ひかり》が渦《うず》をまいてまとまっていく。

そして一呼吸《いちこきゅう》の内《うち》にそれらは勢《いきお》い良《よ》く私《わたし》たちに向《む》かって発射《はっしゃ》された。

私《わたし》も剣《けん》を抜《ぬ》き、魔力《まりょく》を込《こ》める。今回《こんかい》は守《まも》りのためじゃなくて、攻《せ》めるためだ。

だって私《わたし》たちには守《まも》りを任《まか》せられるとびっきりの魔術師《まじゅつし》がいるんだから！

みるみると迫《せま》る真《ま》っ赤《か》な光球《こうきゅう》。

背中《せなか》で声《こえ》がする。

「――氷結結界《ひょうけつけっかい》《アイスゲフローネ・バリエーレ》」

シャリフが掲《かか》げた錫杖《しゃくじょう》から白《しろ》い光《ひかり》が放《はな》たれる。それは氷《こおり》の壁《かべ》となって私《わたし》たちの前《まえ》へと現《あらわ》れ出《で》た。その壁《かべ》が、アモンの赤《あか》い光球《こうきゅう》を次々《つぎつぎ》と受《う》け止《と》める。サラマンダーの火《ひ》の玉《たま》だって全《まった》く寄《よ》せ付《つ》けなかった氷《こおり》の結界《けっかい》だ。

『知《し》っているさ。貴様《きさま》の氷《こおり》の力《ちから》はな。しかし、それが無敵《むてき》ではないということもまた知《し》っている。――赤光砲撃連射《しゃっこうほうげきれんしゃ》《ロートリヒト・ザルヴェンゲシュッツ》!!』

さらなる光球《こうきゅう》が発射《はっしゃ》される。それは氷《こおり》の壁《かべ》にぶつかっては、幾度目《いくどめ》かの衝撃《しょうげき》で各々《おのおの》の場所《ばしょ》の氷《こおり》の障壁《しょうへき》にひびを入《い》れ、いくつかの場所《ばしょ》で砕《くだ》け散《ち》らせた。

「――シャリフ!」

「大丈夫《だいじょうぶ》! エレナ! 駆《か》け抜《ぬ》けろ!」

シャリフがそう言《い》って、ちらりとこちらを見《み》る。

額《ひたい》に汗《あせ》をかいているけれど、表情《ひょうじょう》は涼《すず》やかな笑《え》みのままだ。

「これはただの魔力勝負《まりょくしょうぶ》さ。もちろん無敵《むてき》じゃないし、ダメージを受《う》けたら砕《くだ》ける。だけどそれは向《む》こうだって同《おな》じ。奴《やつ》の砲撃《ほうげき》だって魔力《まりょく》を使《つか》わないわけじゃないんだ。――そして魔《ま》力量勝負《りょくりょうしょうぶ》になったら、僕《ぼく》はきっと大魔人《だいまじん》にだって負《ま》けない!」

リリアンヌがそれを見《み》て、にっと笑《わら》う。

「頼《たの》もしいな! じゃあまかせたよ、シャリフ! いくぞ、エレナ!」

「――うん!」

リリアンヌが掛《か》け声《ごえ》に頷《うなず》いて駆《か》け出《だ》した。大魔人《だいまじん》アモンのもとへとまっすぐに。

アモンは光弾《こうだん》を放《はな》っていた両手《りょうて》を一度《いちど》閉《と》じて、そして新《あら》たに開《ひら》く。

『お前《まえ》たちは私《わたし》に触《ふ》れることなどできないのだ。——赤光時空障壁《しゃっこうじくうしょうへき》《ロートリヒト・ラウムツァイトバリエーレ》』

「——うわっ！」

突然現《とつぜんあらわ》れる赤《あか》い光《ひかり》の障壁《しょうへき》。それに身体《からだ》がぶつかった衝撃《しょうげき》で、私《わたし》は吹《ふ》き飛《と》ばされた。岩壁《がんぺき》にでも身体《しんたい》をぶつけたみたいだ。

リリアンヌも反応《はんのう》しきれずに、地面《じめん》へと崩《くず》れ落《お》ちる。

アモンは赤《あか》い壁《かべ》の向《む》こう側《がわ》でニヤリと笑《え》みを浮《う》かべた。

『これはただ赤《あか》い光《ひかり》の力《ちから》で障壁《しょうへき》を作《つく》っているのではない。時空《じくう》を折《お》り曲《ま》げて、そこに壁《かべ》を作《つく》っている。ただの光《ひかり》や炎《ほのお》の力《ちから》を超《こ》えた力《ちから》だ。お前《まえ》たちは私《わたし》に指一本《ゆびいっぽん》触《ふ》れることはできない』

私《わたし》は膝《ひざ》をついて、剣《けん》を支《ささ》えに、なんとか立《た》ち上《あ》がる。

私《わたし》たちを庇《かば》うように、シャリフが一歩前《いっぽまえ》に出《で》た。

「僕《ぼく》の氷結結界《ひょうけつけっかい》《アイスゲフローネ・バリエーレ》についても同《おな》じようなことさ。だけどアモン、君《きみ》は僕《ぼく》の結界《けっかい》を破《やぶ》った。だったら、その逆《ぎゃく》が起《お》きないとどうして信《しん》じられるのかな？」

『人間風情《にんげんふぜい》が知《し》ったようなことをほざくな。それはただ私《わたし》の力《ちから》――この大魔人《だいまじん》アモンの力《ちから》が貴《き》様《さま》らを優越《ゆうえつ》しているだけのこと』

「――果《は》たしてそうかな？」

『なんだと？』

シャリフが錫杖《しゃくじょう》を掲《かか》げる。

「氷結砲撃連射《ひょうけつほうげきれんしゃ》《アイスゲフローネ・ザルヴェンゲシュッツ》！」

空中《くうちゅう》に幾《いく》つもの氷《こおり》のかたまりが現出《げんしゅつ》し、まっすぐ前方《ぜんぽう》へと飛《と》んでいった。

それは赤《あか》い光《ひかり》の障壁《しょうへき》へとぶつかると鈍《にぶ》い音《おと》を立《た》てて砕《くだ》けていく。

『ふ、何《なに》かと思《おも》えば、ただの氷《こおり》のかたまりで私《わたし》の時空《じくう》の障壁《しょうへき》が敗《やぶ》れるわけもなかろう』

「それはどうかな。さっきの言葉《ことば》、そのままお返《かえ》しすることになるよ」

もう一度《いちど》シャリフが錫杖《しゃくじょう》を掲《かか》げる。

「氷結砲撃連射《ひょうけつほうげきれんしゃ》《アイスゲフローネ・ザルヴェンゲシュッツ》!! 三倍《ドライファッハ》!!」

空中《くうちゅう》に氷《こおり》のかたまりが生《う》まれる。だけど今回《こんかい》はさっきの量《りょう》ではない。言葉《ことば》の通《とお》り三倍《ドライファッハ》の量《りょう》の氷塊《ひょうかい》が空《そら》を埋《う》め尽《つ》くす。

「行《い》け！　僕《ぼく》の氷《こおり》たち！　打《う》ち破《やぶ》れ！　時空《じくう》の障壁《しょうへき》を！」

『——なんだと!?』

氷《こおり》が次々《つぎつぎ》と赤《あか》い壁《かべ》にぶつかる。

それらは、徐々《じょじょ》に赤《あか》い光《ひかり》にひびを入《い》れはじめる。

アモンは障壁《しょうへき》の向《む》こうで、両手《りょうて》を掲《かか》げる。シャリフも手《て》を緩《ゆる》めない。

『——赤《あか》い光《ひかり》よ！』

「——氷《こおり》の精《せい》よ！」

それは激《はげ》しく空中《くうちゅう》でぶつかって、やがて赤《あか》い障壁《しょうへき》が砕《くだ》け散《ち》った。

アモンはそれらのぶつかり合《あ》いによって、私《わたし》たちに手《て》を出《だ》すことができていない。私《わたし》とリリアンヌは態勢《たいせい》を立《た》て直《なお》し、微笑《ほほえ》み合《あ》った。

「やるじゃん、シャリフ！」

「さすが異端《いたん》の王子様《おうじさま》ってとこだな」

耳《みみ》を覆《おお》いたくなる爆音《ばくおん》の中《なか》、私《わたし》たちは自分《じぶん》の役割《やくわり》を理解《りかい》する。

私《わたし》は右手《みぎて》に細剣《ほそけん》を、リリアンヌは左手《ひだりて》に長剣《ちょうけん》を構《かま》える。

「いくよ、リリアンヌ！」

「わかっているさ、エレナ！」

声《こえ》を合《あ》わせる。

「「――ゴー！」」

大魔人《だいまじん》アモンに向《む》かって、地面《じめん》を蹴《け》る。

その時《とき》、頭《あたま》の中《なか》でイメージが弾《はじ》けた。奥底《おくそこ》に眠《ねむ》っていた記憶《きおく》が蘇《よみがえ》る。

南《みなみ》の魔女《まじょ》の封印《ふういん》に向《む》かった最後《さいご》の戦《たたか》い。南《みなみ》の魔女《まじょ》の居城《きょじょう》。

広々《ひろびろ》とした彼女《かのじょ》の居城《きょじょう》で、私《わたし》たちを待《ま》ち構《かま》えていたのが大魔人《だいまじん》アモンだった。

彼《かれ》は必死《ひっし》だった。南《みなみ》の魔女《まじょ》を守《まも》るために。

私《わたし》たちも決《けっ》して後《あと》に引《ひ》くわけに行《い》かなかった。王国《おうこく》のみんなを守《まも》るために。

「――アモン！　――ここはお前《まえ》の居場所《いばしょ》なんかじゃない！　怜央《れお》くんの身体《からだ》を引《ひ》き渡《わた》せ！

黒闇疾風斬撃《こくあんしっぷうざんげき》《ドンクラー・シュトーミッヒ》」

リリアンヌが剣《けん》を振《ふ》るう。その斬撃《ざんげき》を見《み》て、アモンが一度《いちど》飛《と》びのく。

『剣《けん》での決着《けっちゃく》が望《のぞ》みならばっ！』

アモンの両手《りょうて》に二本《にほん》の剣《けん》が現《あらわ》れる。光《ひかり》の束《たば》は輝《かがや》く赤《あか》い剣《けん》となった。

黒《くろ》と赤《あか》がぶつかり合《あ》い、衝撃《しょうげき》が空間《くうかん》に広《ひろ》がる。

『まだまだ！　黒《くろ》の騎士《きし》！　そのような魔力《まりょく》で私《わたし》を傷《きず》つけることなどできないぞ！』

「リリアンヌだけじゃないんだから！　白光剣舞一閃《はっこうけんぶいっせん》《ヴァイス・シュレークシュトリッヒ》！」

『――ぬん！』

私《わたし》の剣《けん》がアモンに向《む》かう。その一撃《いちげき》をアモンが左手《ひだりて》の剣《けん》で受《う》け流《なが》す。

リリアンヌと私《わたし》は後《うし》ろに跳《と》んで距離《きょり》を取《と》った。

『次《つぎ》はこちらからいくぞっ！』

次《つぎ》の瞬間《しゅんかん》には、アモンの身体《からだ》が眼《め》の前《まえ》にあった。

「──なっ！」

大《おお》きな両手《りょうて》から繰《く》り出《だ》される剣戟《けんげき》を私《わたし》は必死《ひっし》に防《ふせ》ぐ。白《しろ》い剣《けん》で受《う》け止《と》めるごとに身体《からだ》にずしんとした痛《いた》みが響《ひび》いた。私《わたし》の左《ひだり》ではリリアンヌも同《おな》じく剣《けん》を受《う》け止《と》めて、顔《かお》をしかめている。

『これだけか？　この程度《ていど》の力《ちから》だったか？　あのお方《かた》を──南《みなみ》の魔女《まじょ》ミカエラ・ローエさまを封印《ふういん》した白《しろ》と黒《くろ》の騎士《きし》の力《ちから》は？』

やっぱり大魔人《だいまじん》アモンは強《つよ》い。私《わたし》たちはまた距離《きょり》を取《と》るために走《はし》りだした。

同時《どうじ》でだめなら、タイミングをずらすしかない！

「──氷結砲撃連射《ひょうけつほうげきれんしゃ》《アイスゲフローネ・ザルヴェンゲシュッツ》！」

『赤光砲撃連射《しゃっこうほうげきれんしゃ》《ロートリヒト・ザルヴェンゲシュッツ》！　撃《う》ち落《お》とせ！』

援護射撃《えんごしゃげき》で放《はな》たれたシャリフの氷結魔法《ひょうけつまほう》が、ことごとく赤《あか》い光《ひかり》に撃《う》ち落《お》とされる。

それでも、移動《いどう》するのには間《ま》に合《あ》った。

「いくよ！　リリアンヌ！」

「言《い》われなくても！」

アモンを中心《ちゅうしん》に渦《うず》を巻《ま》くように駆《か》け抜《ぬ》けて、私《わたし》とリリアンヌの剣《けん》が交互《こうご》にアモンへと向《む》かう。

私《わたし》が前《まえ》から打《う》てば、今度《こんど》はリリアンヌが後《うし》ろから。

リリアンヌが右《みぎ》から打《う》てば、今度《こんど》は私《わたし》が左《ひだり》から。

だけど、アモンはそれらを全《すべ》て、両手《りょうて》の剣《けん》で弾《はじ》き返《かえ》した。

光《ひかり》が走《はし》り、音《おと》が鳴《な》り、剣戟《けんげき》の応酬《おうしゅう》が続《つづ》く。

お互《たが》いに一歩《いっぽ》も退《しりぞ》かない消耗戦《しょうもうせん》だ。

息《いき》が上《あ》がってくる。リリアンヌも肩《かた》を上下《じょうげ》させている。

だけど、アモンはまだ涼《すず》しい顔《かお》をしている。その魔力《まりょく》が尽《つ》きる気配《けはい》もない。

それは元々彼《もともとかれ》の持《も》つ魔力《まりょく》かもしれないし、街中《まちなか》の人《ひと》から吸《す》い取《と》ったものかもしれない。

いずれにせよまだその底《そこ》が見《み》えない。

『――どうした、もう終《お》わりか？　白《しろ》と黒《くろ》の騎士《きし》よ？』

距離《きょり》をとって並《なら》んで剣《けん》を構《かま》えた私《わたし》たちに、一歩一歩《いっぽいっぽ》、アモンが近《ちか》づいてくる。

私《わたし》たちの背中《せなか》にはシャリフが立《た》つ。私《わたし》たちを背後《はいご》から守《まも》るみたいに。

錫杖三本分《しゃくじょうさんぼんぶん》ほどの距離《きょり》の場所《ばしょ》で立《た》ち止《ど》まったアモンは、顔《かお》をあげ、私《わたし》たちを見下《みお》ろした。

『リリアンヌ。さっき私《わたし》にここは私《わたし》の居場所《いばしょ》じゃないと言《い》ったな。――その言葉《ことば》、お前《まえ》たちには言《い》われたくはないぞ。向《む》こうの世界《せかい》で私《わたし》たちを追《お》い払《ばら》い。その居場所《いばしょ》を奪《うば》い取《と》ったお前《まえ》たちにはな』

その言葉《ことば》にリリアンヌは眉《まゆ》を寄《よ》せる。

「奪《うば》い取《と》った？　——どういうことだ？」

私《わたし》にもわからない。

背《せ》の高《たか》いアモンの顔《かお》を、私《わたし》たちは見上《みあ》げる。黒《くろ》い身体《からだ》。コウモリみたいな大《おお》きな羽根《はね》。そして頭《あたま》から伸《の》びた二本《にほん》の角《つの》。それが前世《ぜんせ》での彼《かれ》の姿《すがた》に重《かさ》なった。

あの旅《たび》で、私《わたし》たちは南《みなみ》の魔女《まじょ》を封印《ふういん》した。

それは、もちろん魔物《まもの》を倒《たお》すためだった。

だけど、どうして魔物《まもの》を倒《たお》さないといけなかったんだっけ？

頭《あたま》の中《なか》の問《と》いには誰《だれ》も答《こた》えを出《だ》してくれなくて、私《わたし》は剣《けん》を持《も》ったまま固《かた》まる。

それを見《み》て、アモンが目《め》を細《ほそ》めた。

『そうか。こう言《い》っても伝《つた》わらないか。人間《にんげん》は、しょせんどこまでいっても人間《にんげん》ということだな。——あの方《かた》だけが特別《とくべつ》なのだ。あの方《かた》だけが』

それは好《す》きな相手《あいて》に恋《こ》い焦《こ》がれる少年《しょうねん》のような表情《ひょうじょう》だった。

けれど彼《かれ》が目《め》を閉《と》じ、次《つぎ》に開《ひら》いた時《とき》にはもう、瞳《ひとみ》には決意《けつい》のような炎《ほのお》が揺《ゆ》れていた。

『ただし、戦《たたか》いは戦《たたか》いだ。私《わたし》たちは敗《やぶ》れた。昔《むかし》のことをあれこれ言《い》うのはよそう。大切《たいせつ》なのは

今《いま》だ。南《みなみ》の魔女《まじょ》ミカエラ・ローエ様《さま》はこの地《ち》に降臨《こうりん》され、私《わたし》たちをこの世界《せかい》の人々《ひとびと》の夢《ゆめ》の世界《せかい》へとお導《みちび》きになられた』

アモンの言葉《ことば》。その中《なか》の一《ひと》つのフレーズが私《わたし》は気《き》になった。

それはずっと気《き》になっていたことだったから。

「――降臨《こうりん》？　それって『南《みなみ》の魔女《まじょ》』がこの世界《せかい》に転生《てんせい》しているってこと？」

私《わたし》の言葉《ことば》に彼《かれ》はぴくりと眉《まゆ》を動《うご》かす。

『やはり気《き》づいていなかったか。――それはそうだろうな。まだあのお方《かた》は真《しん》の覚醒《かくせい》を迎《むか》えておられない。だから気付《きづ》かぬのも仕方《しかた》のないことだろう。そのとおり。ミカエラ・ローエさまはすでにこの世《よ》に転生《てんせい》されている』

「だとしたら見《み》つけ出《だ》さないといけないですね」

シャリフが淡々《たんたん》と答《こた》える。

私《わたし》もその答《こた》えに頷《うなず》いた。

「――だけど、その前《まえ》にやることは、一《ひと》つでは？　大魔人《だいまじん》アモン。君《きみ》をここで倒《たお》すこと」

『その言葉《ことば》、そっくりそのまま返《かえ》してやるぞ。氷結《ひょうけつ》の魔術師《まじゅつし》シャリフ・アイスウィンド。そして、白《しろ》と黒《くろ》の騎士《きし》よ！』

「絶対《ぜったい》に負《ま》けないんだから！」

刹那《せつな》、アモンを中心《ちゅうしん》にして魔力《まりょく》の渦《うず》が生《しょう》じる。それはこれまで感《かん》じたこともない魔力《まりょく》の奔《ほん》流《りゅう》だった。

すっと顔《かお》を上《あ》げると、アモンは忘《わす》れていたことを思《おも》い出《だ》すように口《くち》を開《ひら》いた。

『――そういえば、いいのか？　私《わたし》を倒《たお》しても。もし私《わたし》がいなくなれば、この少年《しょうねん》、海野怜央《うみのれお》は私《わたし》の助《たす》けを失《うしな》う。他《ほか》の誰《だれ》かから力《ちから》を分《わ》け与《あた》えられることはなく、衰《おとろ》えて、やがて死《し》を迎《むか》えることになるぞ？　それでもお前《まえ》たちは魔物《まもの》としての私《わたし》を討《う》つことを優先《ゆうせん》するのか？　ただ私《わたし》が魔物《まもの》であるという、それだけの理由《りゆう》で』

アモンが問《と》いを突《つ》きつける。大魔人《だいまじん》らしい悪魔《あくま》みたいな選択《せんたく》を。

私《わたし》たちはお互《たが》いに目配《めくば》せをする。そして頷《うなず》きあった。

「ええ、そのとおりですよ。アモン。たしかに病気《びょうき》にかかって、ずっと一人《ひとり》っきりになるのは怖《こわ》いし、つらいし、寂《さび》しい。誰《だれ》かの助《たす》けがないと、――応援《おうえん》がないと心《こころ》が折《お》れそうになる。それでも本当《ほんとう》に大切《たいせつ》なものは手放《てばな》してはダメなんですよ。愛《あい》も、勇気《ゆうき》も、誇《ほこ》りもね」

シャリフがそっと目《め》を細《ほそ》めた。遠《とお》い過去《かこ》に思《おも》いを馳《は》せるみたいに。

私《わたし》も小《ちい》さく頷《うなず》いて、前《まえ》を向《む》く。

「だから私《わたし》たちはここに怜央《れお》くんを応援《おうえん》に来《き》たの。勇気《ゆうき》を持《も》って手術《しゅじゅつ》に挑戦《ちょうせん》してほしいって。一人《ひとり》になることを恐《おそ》れずに海外《かいがい》でだって頑張《がんば》ってほしいって」

それから再《ふたた》び、アモンをまっすぐ睨《にら》みつけた。

「――確《たし》かにあなたを倒《たお》せば、怜央《れお》くんは病院《びょういん》に戻《もど》らないといけないかもしれない。だけど、今《いま》のままじゃダメ。他《ほか》の人《ひと》から大切《たいせつ》なものを奪《うば》って、それで生《い》きていくのって、絶対《ぜったい》に長続《ながつづ》きしないよ！　本当《ほんとう》は怜央《れお》くんだって、そんなことを望《のぞ》んでいない。寂《さび》しかったから、眞姫那《まきな》ちゃんと会《あ》いたかったから、少《すこ》しの間《あいだ》だけ、縋《すが》ってしまっただけ。甘《あま》えてしまっただけ。――そうだよね！　怜央《れお》くんっ！」

私《わたし》は叫《さけ》ぶ。声《こえ》よ届《とど》けと。アモンに意識《いしき》を奪《うば》われて、心《こころ》を閉《と》ざし白《しろ》い空間《くうかん》の中《なか》で小《ちい》さくなる怜《れ》央《お》くんに届《とど》けって。

アモンの向《む》こう側《がわ》でじっとしていた怜央《れお》くんが膝《ひざ》に埋《う》めていた顔《かお》を少《すこ》しだけ上《あ》げる。

「怜央《れお》くん！」

「怜央《れお》ッ！」

その表情《ひょうじょう》に少《すこ》し変化《へんか》が起《お》きたように見《み》えた。

何《なに》かを取《と》り戻《もど》し始《はじ》めたみたいに思《おも》えた。

だけどそれはアモンが放《はな》つ魔力《まりょく》の奔流《ほんりゅう》によってかき消《け》された。

自《みずか》らが巣《す》くう宿主《やどぬし》の微妙《びみょう》な心《こころ》の揺《ゆ》らぎを覆《おお》い隠《かく》すように、大魔人《だいまじん》アモンは魔力量《まりょくりょう》をこれでもかと増大《ぞうだい》させていく。

『ええい！　まやかしおって！　良《よ》かろう！　では全《すべ》ての力《ちから》をもって、貴様《きさま》ら三人《さんにん》をここで葬《ほうむ》ってやる！　そして近《ちか》く覚醒《かくせい》されるわが主君《しゅくん》――南《みなみ》の魔女《まじょ》ミカエラ・ローエさまへの手向《たむ》けにしてやるわ！』

「――それはこっちのセリフ！　決着《けっちゃく》をつけてやる！」

赤《あか》い光《ひかり》がアモンを包《つつ》み込《こ》む。

それは彼《かれ》に手《て》のひらの前《まえ》を超《こ》えて、彼自身《かれじしん》を包《つつ》み込《こ》むように大《おお》きくなった。

私《わたし》たちは剣《けん》を構《かま》えなおして魔力《まりょく》を込《こ》める。シャリフも錫杖《しゃくじょう》を構《かま》えた。

『――喰《く》らうがいい。これが私《わたし》のあの方《かた》より授《さず》かった魔法《まほう》の力《ちから》！　赤光砲撃連射《しゃっこうほうげきれんしゃ》《ロートリヒト・ザルヴェンゲシュッツ》最大《さいだい》《マクシマール》!!　ほとばしれっ!!』

さっきまでの砲撃《ほうげき》とは比《くら》べ物《もの》にならない大《おお》きさの赤《あか》い光《ひかり》の球《たま》が飛《と》んでくる。

それも一《ひと》つじゃなくて、いくつもいくつも。

「――ここは任《まか》せて！」

同時《どうじ》に小《ちい》さな声《こえ》で、シャリフが囁《ささや》く。私《わたし》とリリアンヌは大《おお》きく頷《うなず》いた。

「「わかった！」」

シャリフが錫杖《しゃくじょう》を構《かま》える。背中《せなか》からとんでもない量《りょう》の魔力《まりょく》の流《なが》れを感《かん》じる。アモンにも負《ま》けない魔力量《まりょくりょう》かもしれない。シャリフはアモンと違《ちが》って街《まち》の人《ひと》の魔力《まりょく》を吸《す》ったりしていないはずなのに。やっぱり魔術《まじゅつ》の天才《てんさい》は、転生《てんせい》しても本当《ほんとう》に天才《てんさい》なのだ。

やがて彼《かれ》の口《くち》から守《まも》りの言葉《ことば》が放《はな》たれる。公爵家《こうしゃくか》の息子《むすこ》らしい、気品《きひん》に満《み》ちた声《こえ》が。

「――氷結結界《ひょうけつけっかい》《アイスゲフローネ・バリエーレ》!!　弾《はじ》き飛《と》ばせ!!」

私《わたし》たちの前《まえ》に分厚《ぶあつ》い氷《こおり》の障壁《しょうへき》が展開《てんかい》される。

赤《あか》い光《ひかり》が氷《こおり》の壁《かべ》にぶつかり、凄《すご》い音《おと》を立《た》てる。そこかしこで氷《こおり》の砕《くだ》ける音《おと》がする。

『――魔力比《まりょくくら》べか？　面白《おもしろ》い。果《は》たして持《も》つかな、シャリフ？　私《わたし》の魔力量《まりょくりょう》は底《そこ》なしだぞ？』

アモンは絶《た》やすことなく赤《あか》い砲撃《ほうげき》を撃《う》ってくる。

展開《てんかい》した氷《こおり》の障壁《しょうへき》が徐々《じょじょ》に削《けず》られていく。けれど、今度《こんど》こそ焦《あせ》らない。

シャリフは私《わたし》たちにこう言《い》ったから。

「障壁《しょうへき》が打《う》ち破《やぶ》られるのは時間《じかん》の問題《もんだい》です。――だけどその時《とき》こそがチャンス。エレナ、リリアンヌ、思《おも》いっきりぶち込《こ》んであげてください」

その言葉《ことば》の通《とお》り氷《こおり》の障壁《しょうへき》が打《う》ち破《やぶ》られた瞬間《しゅんかん》、アモンへとつながる空間《くうかん》が生《う》まれる。

そこを通《とお》してぶつけるのだ。ありったけの力《ちから》で私《わたし》たちの本当《ほんとう》の力《ちから》——私《わたし》たちの閃光《せんこう》を。

『フハハハハ！　どうしたらシャリフ！　その程度《ていど》か!?　このままでは貴様《きさま》の自慢《じまん》の氷《こおり》の障壁《しょうへき》に穴《あな》が開《ひら》くのも時間《じかん》の問題《もんだい》だぞ！』

大魔人《だいまじん》アモンから放《はな》たれる光弾《こうだん》の勢《いきお》いは衰《おとろ》えない。

だけどその数《すう》は少《すこ》しずつまばらになってきているようにも見《み》えた。

そして、その時《とき》がやってきた。

私《わたし》たちの正面《しょうめん》。展開《てんかい》されていた氷《こおり》の壁《かべ》が砕《くだ》け散《ち》った。

そこにぽっかりと穴《あな》が広《ひろ》がる。そしてその向《む》こうにアモンの姿《すがた》が見《み》える。

「今《いま》です！　エレナ！　リリアンヌ！」

突《つ》き出《だ》した白《しろ》の剣《けん》。重《かさ》ねられた黒《くろ》の剣《けん》。

体《からだ》を寄《よ》せる。同《おな》じ方向《ほうこう》を見《み》る。

私《わたし》は白《しろ》の騎士《きし》エレナ・ローゼンマイヤー。

そして一《ひと》つになるのは、私《わたし》のパートナー、黒《くろ》の騎士《きし》リリアンヌ・フェルシュタット。

息《いき》を吸《す》う。そして声《こえ》を合《あ》わせる。

「『白《しろ》と黒《くろ》の閃光《せんこう》《ヴァイス・シュバルツ・リヒトヴェーラ》』」

私《わたし》たちの剣先《けんさき》から白《しろ》と黒《くろ》の光《ひかり》が渦《うず》を巻《ま》いて放《はな》たれた。氷《こおり》の壁《かべ》に開《ひら》いた穴《あな》の向《む》こう側《がわ》に立《た》つ、アモンに向《む》かってまっすぐ。

――これで決《き》める！　最後《さいご》の一撃《いちげき》だ！

『……残念《ざんねん》だったな。それは読《よ》んでいたよ。――赤光時空障壁《しゃっこうじくうしょうへき》《ロートリヒト・ラウムツァイトバリエーレ》』

「――なっ⁉」

「そんな！」

瞬時《しゅんじ》に時空《じくう》の防壁《ぼうへき》が展開《てんかい》される。

その光《ひかり》の壁《かべ》に吸収《きゅうしゅう》されるみたいに私《わたし》たちの閃光《せんこう》が打《う》ち消《け》されていく。

――どうしよう！　これが止《と》められてしまったら、今《いま》の私《わたし》たちには、次《つぎ》の手《て》はない。

このままじゃ勝《か》てない！

アモンの表情《ひょうじょう》にも「勝《か》った」と言《い》わんばかりの嘲笑《ちょうしょう》が浮《う》かんだように思《おも》えた。

その時《とき》、私《わたし》の方《ほう》に手《て》が触《ふ》れた。シャリフだ。

振《ふ》り返《かえ》ると彼《かれ》は悪戯《いたずら》っぽい笑《え》みを浮《う》かべていた。そして一歩前《いっぽまえ》に出《で》ると、錫杖《しゃくじょう》を掲《かか》げた。

「その言葉《ことば》、そのままお返《かえ》ししますよ、アモン。今度《こんど》こそ終《お》わりです。——氷結砲撃連射《ひょうけつほうげきれんしゃ》《アイスゲフローネ・ザルヴェンゲシュッツ》！　その障壁《しょうへき》を打《う》ち砕《くだ》けっ!!」

『——なんだと!?』

上空《じょうくう》に氷《こおり》の塊《かたまり》が現《あらわ》れ出《で》る。さっきよりも、さらに多《おお》く、大《おお》きな氷《こおり》の数々《かずかず》。どれだけの魔力《まりょく》をシャリフは隠《かく》し持《も》っていたのだろうか。それらが一斉《いっせい》にアモンの障壁《しょうへき》へと突《つ》き進《すす》む。

私《わたし》たちの閃光《せんこう》が受《う》け止《と》められている障壁《しょうへき》の一点《いってん》を狙《ねら》って。金属《きんぞく》と金属《きんぞく》をぶつけたみたいな音《おと》が次々《つぎつぎ》に鳴《な》り響《ひび》く。

『——貴様《きさま》ぁ！　氷結《ひょうけつ》の魔術師《まじゅつし》ぃ！』

「終《お》わりだ、——アモン」

やがて道《みち》は開《ひら》いた。洞窟《どうくつ》の入《い》り口《ぐち》みたいに

ぽっかりと穴《あな》が開《ひら》く。

だから私《わたし》たちはもう一度《いちど》叫《さけ》んだ。

「「――白《しろ》と黒《くろ》の閃光《せんこう》《ヴァイス・シュバルツ・リヒトヴェーラ》！！！！」」

勢《いきお》いを増《ま》した閃光《せんこう》が氷《こおり》の壁《かべ》に開《ひら》いた穴《あな》を抜《ぬ》けて、赤《あか》い光《ひかり》の障壁《しょうへき》に入《はい》った割《わ》れ目《め》を抜《ぬ》けて、大《だい》魔人《まじん》アモンに到達《とうたつ》する。

大魔法《だいまほう》を立《た》て続《つづ》けに放《はな》った後《あと》で、彼自身《かれじしん》を守《まも》る魔力《まりょく》の鎧《よろい》は限《かぎ》りなく薄《うす》くなっていた。

私《わたし》たちの閃光《せんこう》を防《ふせ》ぎきれないほどに。

だから今度《こんど》こそ終《お》わりだ。

『――おおおおお。二度《にど》も、二度《にど》もこの私《わたし》が破《やぶ》れるとは！　しかし、私《わたし》が集《あつ》めた力《ちから》は南《みなみ》の魔《ま》女《じょ》ミカエラ・ローエ様《さま》の覚醒《かくせい》へと捧《ささ》げられた！　私《わたし》がこの地《ち》に降《お》り立《た》ったことは無駄《むだ》ではなかった！　――後《あと》は貴方《あなた》のこの地《ち》での生《せい》が良《よ》き生《せい》であらんことを！　ミカエラ様《さま》！　次《つぎ》に生《う》まれた時《とき》もまた貴女《あなた》のお側《がわ》に……！』

渦《うず》を巻《ま》く光《ひかり》が黒《くろ》い魔人《まじん》を包《つつ》み込《こ》む。

光《ひかり》が消《き》えた時《とき》、アモンの姿《すがた》はまだそこにあった。

そして気《き》を失《うしな》ったように、後方《こうほう》へと仰向《あおむ》けに倒《たお》れ込《こ》んだ。

やがてその体《からだ》から光《ひかり》のかけらが少《すこ》しずつ空《そら》へと昇《のぼ》っていく。

きっとすぐにアモンもまた消《き》えていくのだろう。

イフリートや、サラマンダーが、そうであったように。

真《ま》っ白《しろ》だった空間《くうかん》が晴《は》れていく。霧《きり》は消《き》え、私《わたし》たちの視界《しかい》には新《あたら》しい風景《ふうけい》が広《ひろ》がっていった。

それはいつか旅《たび》した異国《いこく》の地《ち》。南《みなみ》の魔女《まじょ》が住《す》んでいたお城《しろ》の周囲《しゅうい》の風景《ふうけい》によく似《に》ていた。

その時《とき》、上空《じょうくう》から声《こえ》が響《ひび》いた。


『――ユメディスコネクト！』

⑬戦《たたか》いのあとに

白《しろ》い霧《きり》は晴《は》れて、その空間《くうかん》には青《あお》い空《そら》が広《ひろ》がっていた。

昔《むかし》、大魔人《だいまじん》アモンが暮《く》らしていた南《みなみ》の魔女《まじょ》の居城《きょじょう》。その前《まえ》に広《ひろ》がる草原《そうげん》だ。

白《しろ》と黒《くろ》の騎士《きし》から放《はな》たれた閃光《せんこう》を浴《あ》びた彼《かれ》の身体《からだ》からは魔力《まりょく》の膜《まく》が消《き》えて、少《すこ》しずつ光《ひかり》の粒《りゅう》子《し》になって空《そら》へと還《かえ》っていく。

彼《かれ》を滅《ほろ》ぼした三人《さんにん》の勇者《ゆうしゃ》たちの姿《すがた》はそこにはもうない。

大魔人《だいまじん》アモンは自分《じぶん》がまた消《き》えていく瞬間《しゅんかん》を穏《おだ》やかな気持《きも》ちで待《ま》っていた。

ただ一《ひと》つの心残《こころのこ》りがあるとすれば、あの人《ひと》に会《あ》えなかったことだろうか。

敬愛《けいあい》する彼《かれ》の主君《しゅくん》に。――南《みなみ》の魔女《まじょ》ミカエラ・ローエ。

その時《とき》、頭上《ずじょう》から声《こえ》がした。

「――アモン。お疲《つか》れ様《さま》。よくやってくれたわ、ありがとう。――それから久《ひさ》しぶり。元気《げんき》だった？」

それは褐色《かっしょく》の髪《かみ》の女性《じょせい》だった。長《なが》い髪《かみ》は背中《せなか》まで伸《の》びている。赤《あか》い情熱的《じょうねつてき》な色《いろ》のローブは炎《ほのお》を司《つかさど》る彼女《かのじょ》の魔法属性《まほうぞくせい》を象徴《しょうちょう》していた。

気《き》の強《つよ》そうな瞳《ひとみ》とすっと伸《の》びた目尻《めじり》。その目《め》が今《いま》は穏《おだ》やかな表情《ひょうじょう》を作《つく》っていた。

『――ミカエラ様《さま》。――ミカエラ・ローエ様《さま》』

それは彼《かれ》が焦《こ》がれた姿《すがた》だった。あの日《ひ》、守《まも》れなかった主君《しゅくん》の姿《すがた》。

彼女《かのじょ》はそっと仰向《あおむ》けに倒《たお》れるアモンの顔《かお》の横《よこ》にしゃがみ込《こ》む。

「やられちゃったんだね。アモン」

『申《もう》し訳《わけ》ありません。ミカエラ様《さま》。私《わたし》が不甲斐《ふがい》ないばかりに、先《さき》にあやつらに滅《ほろ》ぼされることになってしまい……』

「ううん。ありがとう、アモン。――お前《まえ》のおかげで私《わたし》も覚醒《かくせい》するのに十分《じゅうぶん》な魔力《まりょく》を得《え》ることができた。――感謝《かんしゃ》するぞ、私《わたし》の側近《そっきん》」

『そう言《い》っていただけると、この少年《しょうねん》の体《からだ》に宿《やど》り、この街《まち》で頑張《がんば》った甲斐《かい》があったというものです。――今《いま》は去《さ》り行《ゆ》くことを、お許《ゆる》しください』

「ああ、そうだな。また、呼《よ》び寄《よ》せることがあるかもしれない。――それまでは、安《やす》らかに眠《ねむ》れ。私《わたし》のアモン」

彼女《かのじょ》の手《て》がアモンの頰《ほお》に触《ふ》れる。彼《かれ》は目《め》をつぶったまま、口元《くちもと》に笑《え》みを浮《う》かべた。

やがて漆黒《しっこく》の肉体《にくたい》は光《ひかり》の粒子《りゅうし》となり、空《そら》へと舞《ま》い上《あ》がっていった。

褐色《かっしょく》の髪《かみ》の女性《じょせい》は立《た》ち上《あ》がり、その美《うつく》しい煌《きら》めきをそっと眺《なが》めていた。

南《みなみ》の魔女《まじょ》――ミカエラ・ローエ。

四方《しほう》を守護《しゅご》する四大魔女《よんだいまじょ》の一人《ひとり》。

赤《あか》いローブを翻《ひるがえ》すと、彼女《かのじょ》はアモンのいた場所《ばしょ》に背《せ》を向《む》けて呟《つぶや》いた。

「――ユメディスコネクト」

次《つぎ》の瞬間《しゅんかん》、その世界《せかい》から彼女《かのじょ》の姿《すがた》は消《き》えていた。

＊

「はるかちゃん！　海斗《かいと》くん！　目《め》を覚《さ》ました！　良《よ》かった」

目《め》を覚《さ》ますと京子《みやこ》ちゃんが隣《となり》でほっとしたような表情《ひょうじょう》を浮《う》かべていた。その隣《となり》で御堂先生《みどうせんせい》も
うんうんと頷《うなず》いている。そして「よくやったわね」と私《わたし》と海斗《かいと》の頭《あたま》を軽《かる》く撫《な》でてくれた。

御堂先生《みどうせんせい》がいつもの白衣《はくい》じゃなくて、黒服《くろふく》なのはちょっと違和感《いわかん》だけど。私《わたし》と海斗《かいと》は顔《かお》を合《あ》わせて、笑顔《えがお》を交《か》わした。お疲《つか》れ様《さま》――って。

今回《こんかい》も危《あぶ》なかったけれど、シャリフに――理《り》人《ひと》くんに助《たす》けられた。その理人《りひと》くんの姿《すがた》を探《さが》すと少《すこ》し向《む》こう側《がわ》の岩場《いわば》に腰掛《こしか》けていた。その隣《となり》には黒《くろ》ずくめのスメラギさんが立《た》っている。

私《わたし》は立《た》ち上《あ》がる。そして砂浜《すなはま》に目《め》をやった。怜央《れお》くんが倒《たお》れている。

さっきまで大魔人《だいまじん》アモンに取《と》り憑《つ》かれていた怜央《れお》くんが。

おじさんと眞姫那《まきな》ちゃんがその顔《かお》を心配《しんぱい》そうに覗《のぞ》き込《こ》んでいた。

「――大丈夫《だいじょうぶ》かな、……怜央《れお》くん」

「アモンは追《お》い払《はら》った。だから精神《せいしん》の支配《しはい》は解《と》けているはず。あとはあいつ次第《しだい》なんじゃないかな」

海斗《かいと》は少《すこ》し心配《しんぱい》そうに目《め》を細《ほそ》めた。

「だよね。だけど、今回《こんかい》は難《むずか》しかった。まだ答《こた》えは出《で》ていないんだと思《おも》う。アモンを倒《たお》せたことが、怜央《れお》くんのためになったのかどうか」

「――そうだな。確《たし》かにアモンは魔物《まもの》だった。でも、この数《すう》ヶ月《げつ》、あいつ――海野怜央《うみのれお》が元気《げんき》に生《い》きてこれたのはアモンのおかげかもしれない」

「そうだよね」

考《かんが》えさせられる。

ウィルオーウィスプは、京子《みやこ》ちゃんのやる気《き》に火《ひ》をつけて夜更《よふ》かしさせた。

イフリートは、神沢先輩《かみさわせんぱい》が吉野先生《よしのせんせい》を好《す》きっていう気持《きも》ちを暴走《ぼうそう》させた。

サラマンダーは、唯《ゆい》ちゃんの自分《じぶん》の居場所《いばしょ》を守《まも》りたいっていう気持《きも》ちを助《たす》けた。

そしてアモンは、怜央《れお》くんの元気《げんき》に生《い》きたい、眞姫那《まきな》ちゃんと遊《あそ》びたいって願《ねが》いを叶《かな》えてくれていたのだ。

色々《いろいろ》トラブルは巻《ま》き起《お》こすし、サラマンダーやアモンは他《た》の人《ひと》まで巻《ま》き込《こ》んじゃうし、ダメなのは間違《まちが》いない。

だけど、それでも魔物《まもの》たちの存在《そんざい》は、ただ悪者《わるもの》だというだけでは片付《かたづ》けられない面《めん》があるような気《き》がした。

「……う、……ううん」

「──怜央《れお》!? 大丈夫《だいじょうぶ》? 怜央《れお》?」

隣《となり》にしゃがみ込《こ》む眞姫那《まきな》ちゃんの前《まえ》で仰向《あおむ》けに倒《たお》れていた怜央《れお》くんが目《め》を覚《さ》ました。

おじさんは胸《むね》を撫《な》で下《お》ろしている。

「──ここは? ──海岸《かいがん》、──洞窟《どうくつ》の前《まえ》。──僕《ぼく》は」

その顔《かお》はどこか青白《あおじろ》い。今日《きょう》と昨日《きのう》の元気《げんき》だった怜央《れお》くんがアモンの力《ちから》によるもので、本当《ほんとう》はきっとずっとこんな状態《じょうたい》だったんだろう。

私《わたし》たちは元気《げんき》な怜央《れお》くんしか知《し》らなかった。おじさんと眞姫那《まきな》ちゃんの顔《かお》を見《み》ると、この顔《かお》色《いろ》の良《よ》くない怜央《れお》くんが、本当《ほんとう》の怜央《れお》くんなのだとなんとなくわかった。

「怜央《れお》は夢《ゆめ》を見《み》ていたんだよ。ちょっと変《か》わった夢《ゆめ》をね」

その頰《ほお》に、眞姫那《まきな》ちゃんがそっと右手《みぎて》を触《ふ》れる。

「夢《ゆめ》か。そうかもしれない。……僕《ぼく》はきっと、ずるい夢《ゆめ》を見《み》ていたんだ。——でも、また眞《ま》姫那《きな》と遊《あそ》べたのは嬉《うれ》しかった。みんなとはしゃげて楽《たの》しかった。だけど、夢《ゆめ》は夢《ゆめ》。続《つづ》かないよね」

怜央《れお》くんは頰《ほお》に触《ふ》れる眞姫那《まきな》ちゃんの手《て》に、自分《じぶん》の左手《ひだりて》を重《かさ》ねた。

眞姫那《まきな》ちゃんが辛《つら》そうに眉《まゆ》を寄《よ》せる。

「そういえば夢《ゆめ》の中《なか》に女《おんな》の人《ひと》が現《あらわ》れたんだ。褐色《かっしょく》の髪《かみ》の赤《あか》い服《ふく》の女性《じょせい》。僕《ぼく》の中《なか》のアモンを見《み》送《おく》っていたよ。綺麗《きれい》な人《ひと》だった。——眞姫那《まきな》にちょっと似《に》ていたかも」

「——そう？　それって私《わたし》のこと綺麗《きれい》だって言《い》っている？」

「眞姫那《まきな》はきっと美人《びじん》になるよ。今《いま》はただのおてんばだけどね」

「怜央《れお》〜？」

「痛《いた》い痛《いた》い。優《やさ》しくしてよ、僕《ぼく》は病人《びょうにん》なんだからさ」

怜央《れお》くんはそう言《い》うと、何度《なんど》か咳《せ》き込《こ》んだ。

「——でも、それだったら、尚更《なおさら》、怜央《れお》にはしっかり治療《ちりょう》を受《う》けてもらって、ちゃんと生《い》きてもらわないとね。私《わたし》がちゃんと美人《びじん》になるところを見届《みとど》けてもらわなくっちゃ」

「それはそうだね。……僕《ぼく》も見《み》たいよ、大人《おとな》になったら眞姫那《まきな》の姿《すがた》を」

そう言《い》って怜央《れお》くんは穏《おだ》やかに笑《わら》った。

刹那《せつな》、海《うみ》の方角《ほうがく》から高《たか》い音《おと》を立《た》てて、上昇《じょうしょう》する光《ひかり》が、夜空《よぞら》を割《わ》ってまっすぐに伸《の》びた。やがてその光《ひかり》は弾《はじ》けて、大輪《たいりん》の花《はな》を咲《さ》かせるように大《おお》きな光《ひかり》の輪《わ》を広《ひろ》げた。

「花火《はなび》だ！」

「綺麗《きれい》……」

思《おも》わず叫《さけ》んでしまう。隣《となり》で京子《みやこ》ちゃんがうっとりと見上《みあ》げた。

砂浜《すなはま》の向《む》こう側《がわ》からは大《おお》きな歓声《かんせい》が聞《き》こえてくる。大魔人《だいまじん》アモンに掻《か》き乱《みだ》された花火大会《はなびたいかい》も予定《よてい》を少《すこ》し繰《く》り下《さ》げて、スタートできたみたいだ。

真《ま》っ赤《か》な牡丹《ぼたん》みたいな花火《はなび》が空《そら》を彩《いろど》り、続《つづ》けて青《あお》、緑《みどり》、黄色《きいろ》の光《ひかり》が順《じゅん》に空《そら》を彩《いろど》っていく。弾《ひ》けるたびに少《すこ》し遅《おく》れて低《ひく》い音《おと》が海岸《かいがん》いっぱいに広《ひろ》がった。

おじさんと眞姫那《まきな》ちゃんに肩《かた》を借《か》りて、怜央《れお》くんも立《た》ち上《あ》がる。

三人《さんにん》は一緒《いっしょ》に夜空《よぞら》を見上《みあ》げた。夜空一面《よぞらいちめん》に広《ひろ》がる大《おお》きな光《ひかり》の輪《わ》を。

気《き》づくと理人《りひと》くんも海斗《かいと》も唯《ゆい》ちゃんも近《ちか》くに来《き》ていた。

みんなで夜空《よぞら》を見上《みあ》げる。

うっとりと空《そら》を見上《みあ》げていた怜央《れお》くんが誰《だれ》に言《い》うでもなく口《くち》を開《ひら》いた。

「ごめんなさい。僕《ぼく》のせいでお父《とう》さんに眞姫那《まきな》に、みんなに迷惑《めいわく》をかけてごめんなさい。――だけど見《み》たかったんだ。この花火《はなび》を。一人《ひとり》じゃなくて病院《びょういん》の中《なか》じゃなくて、眞姫那《まきな》と一緒《いっしょ》に」

泣《な》きそうな顔《かお》になる怜央《れお》くんの頭《あたま》を眞姫那《まきな》ちゃんはくしゃりと握《にぎ》って「馬鹿《ばか》じゃん」って唇《くちびる》を尖《とが》らせた。悪戯《いたずら》っぽい笑顔《えがお》を浮《う》かべながら。

「でもそう言《い》うことなら、感謝《かんしゃ》なのかもね、大魔人《だいまじん》さんとやらに。あと、ごめんだけじゃなくて、ちゃんと感謝《かんしゃ》するんだよ、怜央《れお》に元気《げんき》を分《わ》けてくれた街《まち》のみんなにも、私《わたし》にもね！」

「そうだね。――その通《とお》りだと思《おも》う」

そう言《い》って二人《ふたり》は夜空《よぞら》を見上《みあ》げた。

二人《ふたり》の瞳《ひとみ》には大《おお》きな光《ひかり》の花《はな》が、いくつもいくつも反射《はんしゃ》して輝《かがや》いては消《き》えていった。

⑭本当《ほんとう》のラストバトル

戦《たたか》いは終《お》わった。

……と、思《おも》っていたんだけどなぁぁぁぁ！

「はるかちゃん、眞姫那《まきな》ちゃん。明日《あす》はいよいよ最終日《さいしゅうび》です。花火大会《はなびたいかい》も終《お》わって事件《じけん》も解決《かいけつ》したから、ここからが文芸部合宿《ぶんげいぶがっしゅく》のラストスパートだよ。明日帰《あすかえ》るまでに絶対一作品《ぜったいいちさくひん》書くんだよぉ～！」

「ひえぇ～！　みやこちゃん、鬼《おに》コーチだぁ！」

合宿中《がっしゅくちゅう》の眞姫那《まきな》ちゃんの別荘《べっそう》に戻《もど》って一旦全員《いったんぜんいん》がお風呂《ふろ》に入《はい》ると、文芸部員《ぶんげいぶいん》プラス一名《いちめい》は広間《ひろま》へと集《あつ》められた。

前《まえ》には先生二人《せんせいふたり》――もとい京子《みやこ》ちゃんと唯《ゆい》ちゃんが立《た》っている。小説執筆経験者組《しょうせつしっぴつけいけんしゃくみ》。

もう一人《ひとり》の経験者《けいけんしゃ》、理人《りひと》くんはというと、ソファでティーカップを傾《かたむ》けている。

え？　その紅茶《こうちゃ》どこにあったの？　ていうかどうして一人《ひとり》で紅茶飲《こうちゃの》んでいるの？　淹《い》れるんだったら、私《わたし》にもちょうだいよ～。

海斗《かいと》は「え、これ、俺《おれ》は関係《かんけい》ないよな？」と心配《しんぱい》そう。

関係《かんけい》ないと思《おも》うけど、ここまで来《き》たら巻《ま》き込《こ》んでやりたい気《き》もする。

「鬼《おに》コーチって、酷《ひど》いよぉ～、はるかちゃん。そもそもこういうことは部長《ぶちょう》が言《い》うべきことなのに……」

顔《かお》を覆《おお》った両手《りょうて》の指《ゆび》の間《あいだ》を開《ひら》いて、京子《みやこ》ちゃんがちらっとその目《め》をのぞかせる。

うっ！　なんてベタで、なんてお茶目《ちゃめ》な！　京子《みやこ》ちゃんめ！

「——部長《ぶちょう》かぁ。文芸部《ぶんげいぶ》の部長《ぶちょう》って、誰《だれ》だっけ？」

すっとぼけた様子《ようす》で、海斗《かいと》が尋《たず》ねる。ちらりとこちらを見《み》ながら。

私《わたし》は小《ちい》さく「私《わたし》です」と右手《みぎて》を上《あ》げた。

悪戯《いたずら》っぽくニンマリ笑《わら》う海斗《かいと》。意地悪《いじわる》しないでよ、もう。

「そもそも文芸部合宿《ぶんげいぶがっしゅく》で一作品《いちさくひん》書《か》くって言《い》うのは最初《さいしょ》の目標《もくひょう》だったじゃない？　結局《けっきょく》いろいろ事件《じけん》があって、怜央《れお》くんのこともあって、あんまり執筆時間《しっぴつじかん》取《と》れなかったけれど、うちはやっぱり最初《さいしょ》の目標《もくひょう》は達成《たっせい》できた方《ほう》がいいと思《おも》うの。ここでちゃんとはるかちゃんと、眞姫那《まきな》ちゃんが一本《いっぽん》書《か》いてくれるかどうかって、これからの文芸部《ぶんげいぶ》にとって大《おお》きい気《き》がするから」

京子《みやこ》ちゃんがそう言《い》うと、隣《となり》で唯《ゆい》ちゃんも小《ちい》さく頷《うなず》いた。

言《い》わんとすることは、なんとなく私《わたし》にもわかる。

私《わたし》だってそのつもりだったし、いい加減《かげん》に「小説《しょうせつ》を書《か》いたことのない文芸部部長《ぶんげいぶぶちょう》」の看板《かんばん》は下《お》ろして、胸《むね》をはれるようになりたいのだ。これは、結構《けっこう》、本気《ほんき》で。

「残《のこ》された時間《じかん》は今夜《こんや》これからと、明日《あす》の午前中《ごぜんちゅう》だけか〜。……これだけの時間《じかん》があったら短《たん》編《ぺん》って書《か》けるものなの？　みやこちゃん？」

私《わたし》の質問《しつもん》に、京子《みやこ》ちゃんと唯《ゆい》ちゃんが顔《かお》を見合《みあ》わせる。

そしてこちらに向《む》き直《なお》ると両手《りょうて》をぐっと握《にぎ》りしめて「……がんばれば」と頷《うなず》いた。

——それ、明《あき》らかに、ハードモードなやつじゃん！

ちなみに私《わたし》と眞姫那《まきな》ちゃん以外《いがい》はそれぞれそれなりに執筆《しっぴつ》を進《すす》められているらしい。

確《たし》かに、昨日《きのう》も今日《きょう》も出《で》かけっぱなしだったのは、私《わたし》と眞姫那《まきな》ちゃんだけだった。……不覚《ふかく》。

「あれ？　——眞姫那《まきな》ちゃん？」

そういえば、さっきから一言《ひとこと》も喋《しゃべ》っていないぞ。

見《み》ると、テーブルに頬杖《ほおづえ》を突《つ》いてぼうっとしていた。近《ちか》づいて肩《かた》をつんつんと突《つ》く。

「眞姫那《まきな》ちゃん？」

「え？　あ、はい！　先輩《せんぱい》！」

「——どうしたの？　大丈夫《だいじょうぶ》？　小説書《しょうせつか》く話《はなし》、……大丈夫《だいじょうぶ》そう？」

「あ、はい。——それは、……その、小説《しょうせつ》の前《まえ》に、怜央《れお》のことがやっぱりちょっと心配《しんぱい》っていうか、……気《き》になっちゃって」

眞姫那《まきな》ちゃんはそう言《い》って俯《うつむ》いた。

ユメコネクトの戦《たたか》いによって、怜央《れお》くんから大魔人《だいまじん》アモンは去《さ》った。

だけどそれで全《すべ》て解決《かいけつ》したわけではない。春《はる》から今《いま》まで怜央《れお》くんの体調《たいちょう》が良《よ》かったのはアモンが巣食《すく》っていたからだ。

おじさんにも背中《せなか》を押《お》されてアモンは倒《たお》した。怜央《れお》くんには海外《かいがい》で手術《しゅじゅつ》を受《う》けてほしくて。

戦《たたか》う勇気《ゆうき》を持《も》ってほしくて。

だけど怜央《れお》くんがその勇気《ゆうき》を持《も》ってくれるかどうかはわからない。

もし怜央《れお》くんがそれを持《も》ってくれなかったら、私《わたし》たちは怜央《れお》くんを救《すく》うことが出来《でき》たと言《い》えるのだろうか。白《しろ》の騎士《きし》として魔物《まもの》は倒《たお》した。だけど魔物《まもの》を倒《たお》せば全《すべ》てが解決《かいけつ》するわけじゃない。

私《わたし》たちの本当《ほんとう》の戦《たたか》いは、まだ終《お》わっていないのかもしれない。

じゃあ、怜央《れお》くんを勇気《ゆうき》づけるために、怜央《れお》くんを助《たす》けるために、私《わたし》たちに何《なに》ができるんだろう？

「――あのっ！　聞《き》いてください！」

その時《とき》、みんなの前《まえ》で、勇気《ゆうき》を振《ふ》り絞《しぼ》るみたいに、大《おお》きな声《こえ》をあげたのは唯《ゆい》ちゃんだった。

私《わたし》は思《おも》わず振《ふ》り返《かえ》る。

唯《ゆい》ちゃんのこんな大《おお》きな声《こえ》、初《はじ》めて聞《き》いたかもしれない。

「私《わたし》、思《おも》ったんです。誰《だれ》かの心《こころ》を、勇気《ゆうき》づけたい時《とき》、元気《げんき》にしたい時《とき》、そういう時《とき》にこそ大切《たいせつ》なのが物語《ものがたり》なんじゃないかって！　だから、眞姫那《まきな》ちゃん！　みなさん！　――怜央《れお》くんを勇《ゆう》気《き》づける物語《ものがたり》を書《か》いてみませんか！」

「――唯《ゆい》ちゃん」

両手《りょうて》を強《つよ》く握《にぎ》りながら真剣《しんけん》な表情《ひょうじょう》で訴《うった》える唯《ゆい》ちゃんの姿《すがた》に、眞姫那《まきな》ちゃんも目《め》を開《ひら》く。なんだか胸《むね》を打《う》たれたみたいに。だけど、それからためらいがちに視線《しせん》を逸《そ》らした。

「でも、私《わたし》、……ちゃんと小説《しょうせつ》なんて書《か》いたことないし。そんな怜央《れお》のこと勇気《ゆうき》づけられる物語《ものがたり》なんて書《か》けるかな？」

「大丈夫《だいじょうぶ》！　私《わたし》が全力《ぜんりょく》でサポートするから」

唯《ゆい》ちゃんは断言《だんげん》すると、一歩《いっぽ》ずつ眞姫那《まきな》ちゃんのそばへと近《ちか》づいていく。

「私《わたし》、この前《まえ》、サラマンダー事件《じけん》でみんなに迷惑《めいわく》をかけました。それでも先輩《せんぱい》も眞姫那《まきな》ちゃんも私《わたし》のこと全然《ぜんぜん》責《せ》めないで、文芸部合宿《ぶんげいぶがっしゅく》にも一緒《いっしょ》に連《つ》れてきてくれて、嬉《うれ》しかったです。何《なに》かを返《かえ》したいなぁ、って思《おも》っていたけれど、私《わたし》は遙香先輩《はるかせんぱい》、桐島先輩《きりしませんぱい》、氷河先輩《ひょうがせんぱい》みたいに戦《たたか》ったりできるわけじゃないし、京子先輩《みやこせんぱい》みたいに頭《あたま》も回《まわ》らないし、眞姫那《まきな》ちゃんみたいにしっかりしてないし。――だから、ここで手伝《てつだ》わせてほしいの。――私《わたし》には物語《ものがたり》を書《か》くくらいしかできないから！」

唯《ゆい》ちゃんはそう言《い》って、ぎゅっと眞姫那《まきな》ちゃんの両手《りょうて》を握《にぎ》った。

眞姫那《まきな》ちゃんはちょっと照《て》れくさそう。

「馬鹿《ばか》だなぁ、唯《ゆい》ちゃんは。そんなこと気《き》にしなくていいのに。――でも、ありがとう。唯《ゆい》ちゃんがサポートしてくれるなら、心強《こころづよ》い。じゃあ、書《か》いちゃおうかな？　あいつを勇気《ゆうき》づけちゃうお話《はなし》を！」

『海《うみ》の向《む》こうにはきっと素敵《すてき》なことが待《ま》っている。だから勇気《ゆうき》を出《だ》して漕《こ》ぎ出《で》そう。そして待《ま》つ者《もの》は無事《ぶじ》を信《しん》じて待《ま》とう。神様《かみさま》はきっとそれを叶《かな》えてくれる』

それは怜央《れお》くんの亡《な》くなったお母《かあ》さんがいつも言《い》っていた海《うみ》の神様《かみさま》の言葉《ことば》。

本当《ほんとう》に大切《たいせつ》なのは勇気《ゆうき》を持《も》つこと。勇気《ゆうき》を持《も》って挑戦《ちょうせん》すること。

何《なに》かを否定《ひてい》するだけじゃなくて、変化《へんか》を拒《こば》むだけじゃなくて、何《なに》かを大切《たいせつ》にして、何《なに》かを生《う》み出《だ》すこと。

だからきっと、これが本当《ほんとう》の戦《たたか》いなんだ。私《わたし》たちみんなの。

「よーし、じゃあ、書《か》くぞぉーーー！」

「「「おーっ！！」」」

私《わたし》たちは広間《ひろま》で右手《みぎて》を高々《たかだか》と突《つ》き上《あ》げた。


海辺《うみべ》の街《まち》で出会《であ》った出来事《できごと》が私《わたし》たちに思《おも》いをくれる。

そして思《おも》いが物語《ものがたり》に変《か》わる。

私《わたし》たちが海辺《うみべ》の街《まち》でえがく物語《ものがたり》は届《とど》くだろうか。

誰《だれ》かに勇気《ゆうき》を与《あた》えられたらいいなと思《おも》う。

そんな物語《ものがたり》をかけたらいいなと思《おも》う。

⑮未来《みらい》への勇気《ゆうき》

病院《びょういん》の廊下《ろうか》からは青《あお》い海《うみ》が見《み》えた。海岸線《かいがんせん》の向《む》こうに水平線《すいへいせん》まで続《つづ》く海《うみ》。海辺《うみべ》の洞窟《どうくつ》は見《み》えなかったけれど、打《う》ち上《あ》がった花火《はなび》をみんなで見上《みあ》げた砂浜《すなはま》が遠《とお》くに広《ひろ》がっている。お祭《まつ》りから一夜明《いちやあ》けて、砂浜《すなはま》に、人《ひと》の姿《すがた》はまばらだ。

「――遥香先輩《はるかせんぱい》、置《お》いていきますよ〜」

「あ、待《ま》って、待《ま》ってよ、眞姫那《まきな》ちゃん」

ゴールデンウィークの最終日《さいしゅうび》の昼下《ひるさ》がり、私《わたし》たちはおじさんに迎《むか》えに来《き》てもらって、一度《いちど》病院《びょういん》に立《た》ち寄《よ》っていた。あれからまた入院《にゅういん》してしまった怜央《れお》くんを見舞《みま》うために。

合宿最終日《がっしゅくさいしゅうび》の今日《きょう》、タイムリミットのお昼《ひる》までに、全員《ぜんいん》が小説《しょうせつ》を書《か》き上《あ》げた。

案《あん》の定《じょう》、ギリギリになったのは、私《わたし》と眞姫那《まきな》ちゃんだった。

だけど書《か》き上《あ》げたのだ。私《わたし》も眞姫那《まきな》ちゃんも。

ノックしてから引《ひ》き戸《ど》を開《ひら》いて病室《びょうしつ》を覗《のぞ》くと「どうぞ」と怜央《れお》くんの声《こえ》がした。眞姫那《まきな》ちゃんと顔《かお》を合《あ》わせて、中《なか》へと入《はい》っていく。唯《ゆい》ちゃんや京子《みやこ》ちゃんも続《つづ》く。海斗《かいと》と理人《りひと》くんはその後《うし》ろ。

ベッドの上《うえ》の怜央《れお》くんの顔《かお》は昨日《きのう》までよりも少《すこ》しやつれていた。

本当《ほんとう》に病人《びょうにん》なんだなって思《おも》うぐらいに、顔色《かおいろ》が悪《わる》い。

初《はじ》めて会《あ》った時《とき》、怜央《れお》くんについておじさんがする病状《びょうじょう》の説明《せつめい》の歯切《はぎ》れが悪《わる》かったのを思《おも》い出《だ》す。

本当《ほんとう》はこのくらい体調《たいちょう》が悪《わる》いはずだったのに、昨日《きのう》までの彼《かれ》が元気《げんき》すぎたということなのだろう。

「――調子《ちょうし》はどう？」

「あんまり良《よ》くないかな。見《み》ての通《とお》りだよ」

そう言《い》って怜央《れお》くんは力《ちから》なく笑《わら》った。

「でも、ありがとう。眞姫那《まきな》とみんなが来《き》てくれてゴールデンウィークは楽《たの》しかったよ」

「それなら良《よ》かった。私《わたし》もゴールデンウィークに先輩《せんぱい》たちを連《つ》れてきた甲斐《かい》があったよ」

「もう、帰《かえ》っちゃうんだよね？」

名残惜《なごりお》しそうに怜央《れお》くんが尋《たず》ねる。眞姫那《まきな》ちゃんは「うん」と小《ちい》さな声《こえ》で頷《うなず》いた。

「そっか。次《つぎ》はいつ会《あ》えるかな？　もう一度《いちど》会《あ》えるのかな？」

「会《あ》えるに決《き》まっているでしょ？　生《い》きている限《かぎ》り。だから怜央《れお》には生《い》きてもらわなくちゃ困《こま》るの。怜央《れお》が元気《げんき》になってくれないと私《わたし》が困《こま》るんだから」

眞姫那《まきな》ちゃんがどこか照《て》れくさそうにそう言《い》うと、少《すこ》しの間《あいだ》、怜央《れお》くんはきょとんとした表情《ひょうじょう》を浮《う》かべたあと、その顔《かお》はだんだんと嬉《うれ》しそうになっていった。

「それでね」

眞姫那《まきな》ちゃんはカバンをガサゴソとさぐり始《はじ》めた。

彼女《かのじょ》は紙《かみ》の束《たば》を取《と》り出《だ》すと、それを怜央《れお》くんのベッドに備《そな》え付《つ》けられたテーブルの上《うえ》に置《お》く。

「はい、これ。私《わたし》たちから、怜央《れお》くんへ」

「――え、何《なに》、これ？」

その紙《かみ》の束《たば》に手《て》を伸《の》ばしながら、怜央《れお》くんが不思議《ふしぎ》そうに尋《たず》ねる。

質問《しつもん》に眞姫那《まきな》ちゃんは恥《は》ずかしそうに視線《しせん》をそらした。両手《りょうて》を腰《こし》の後《うし》ろで組《く》んで、手《て》のひらを指先《ゆびさき》でこすりながら小《ちい》さく呟《つぶや》く。

「……小説《しょうせつ》」

「え？　小説《しょうせつ》？　何《なん》の？　誰《だれ》の？」

「私《わたし》が書《か》いた、小説《しょうせつ》。私《わたし》が、初《はじ》めて書《か》いた小説《しょうせつ》。——読《よ》んでも笑《わら》わないでよね」

両手《りょうて》を手《て》に取《と》り、怜央《れお》くんは目《め》を輝《かがや》かせる。

「眞姫那《まきな》が書《か》いたの？　すごい！　読《よ》んでいいの？」

「いいよ。でも、絶対《ぜったい》に、笑《わら》わないでよね」

「笑《わら》わないよ。笑《わら》ったりしないよ。——絶対《ぜったい》に笑《わら》ったりしない」

そう言《い》って、怜央《れお》くんは、手元《てもと》で原稿《げんこう》をめくりはじめた。

驚《おどろ》いたように眞姫那《まきな》ちゃんがそれを静止《せいし》する。

「わあわあわあ！　今読《いまよ》まないで！」

「え？　どうして？」

「恥《は》ずかしいからに決《き》まっているでしょ。後《あと》から一人《ひとり》で読《よ》んでくれたらいいから。それで、また、あとでメッセージででも感想教《かんそうおし》えてくれたら、いいから」

「——わかった」

怜央《れお》くんは原稿《げんこう》を机《つくえ》の上《うえ》に戻《もど》す。宝物《たからもの》を扱《あつか》うみたいに、そっと。

「もちろん怜央《れお》くんに読《よ》んでもらいたいメインは眞姫那《まきな》ちゃんの小説《しょうせつ》なんだけど、眞姫那《まきな》ちゃんの物語《ものがたり》だけじゃなくて、私《わたし》たちのお話《はなし》もついているから、良《よ》かったら読《よ》んでみてね」

私《わたし》が眞姫那《まきな》ちゃんの後《うし》ろから顔《かお》を出《だ》して言《い》うと、怜央《れお》くんは無言《むごん》で頷《うなず》いた。

その瞳《ひとみ》は純粋《じゅんすい》な光《ひかり》で輝《かがや》いていた。

*

それから私《わたし》たちはおじさんに駅《えき》まで送《おく》ってもらった。

お世話《せわ》になったので何度《なんど》もお礼《れい》を言《い》うと、おじさんは「お礼《れい》を言《い》わないと行《い》けないのはこっちの方《ほう》だよ。ありがとう」と優《やさ》しい笑顔《えがお》を浮《う》かべた。

怜央《れお》くんの健康状態《けんこうじょうたい》をごまかすみたいに支《ささ》えていた大魔人《だいまじん》アモンは消《き》えた。

だから怜央《れお》くんはこれからまた病気《びょうき》と闘《たたか》わないといけない。おじさんだって苦《くる》しいはず。だけどおじさんも戦《たたか》っていくって決《き》めたんだ。

ううん、きっと始《はじ》めから決《き》めていたんだ。それが辛《つら》くて険《けわ》しい旅路《たびじ》であっても。

私《わたし》たちは改札口《かいさつこう》で大《おお》きく手《て》を振《ふ》って、おじさんに別《わか》れを告《つ》げた。

やがて電車《でんしゃ》がやってきて、私《わたし》たちは車両《しゃりょう》へと乗《の》り込《こ》んだ。

「――ねえ、眞姫那《まきな》ちゃん。言《い》わなくて良《よ》かったの？　怜央《れお》くんに、『海外《かいがい》に行《い》ってちゃんと手術《しゅじゅつ》を受《う》けてほしい』って？」

帰《かえ》りの電車《でんしゃ》は行《い》きと違《ちが》って、疲《つか》れが噴《ふ》き出《だ》してきて、寝《ね》ちゃいそうになる。

斜《なな》め前《まえ》ではすでに唯《ゆい》ちゃんがうとうとと眠《ねむ》りに落《お》ちていた。眞姫那《まきな》ちゃんの執筆《しっぴつ》につきっきりで、多分《たぶん》、昨夜《さくや》はほとんど寝《ね》ていないのだ。自分《じぶん》の原稿《げんこう》もあったのにね。

私《わたし》の眼《め》の前《まえ》で、頬杖《ほおづえ》を突《つ》いて外《そと》の景色《けしき》を眺《なが》めていた眞姫那《まきな》ちゃんは、ちらりとこちらに視線《しせん》を動《うご》かすと、また外《そと》を見《み》て独《ひと》り言《ごと》みたいに答《こた》えた。

「いいんです。――そういうことってはっきり口《くち》にしちゃうと、なんだか命令《めいれい》みたいで、応援《おうえん》にはならないのかなって。なんかそういう風《ふう》に思《おも》っちゃって」

少《すこ》し考《かんが》えてみて、なるほど、と眞姫那《まきな》ちゃんの言《い》いたいことの雰囲気《ふんいき》はわかる気《き》がした。

「ああ、なんとなく、わかるかも。親《おや》とかに『○○しなさい』みたいに言《い》われると、ムカッとしたり、逆《ぎゃく》にやりたくなくなったりする、みたいなやつ？」

「それです、それ」

私《わたし》の手元《てもと》には怜央《れお》くんに渡《わた》したのと同《おな》じ原稿《げんこう》がある。

怜央《れお》くんに渡《わた》したものの他《ほか》にも、全員分《ぜんいんぶん》のコピーを取《と》ってあるのだ。

京子《みやこ》ちゃん曰《いわ》く、本当《ほんとう》ならみんなの原稿《げんこう》を読《よ》み合《あ》って、講評会《こうひょうかい》をやるまでが文芸部合宿《ぶんげいぶがっしゅく》の予定《よてい》だったんだけど、時間切《じかんき》れで、それは宿題《しゅくだい》になったのだ。

「――海《うみ》の向《む》こうにはきっと素敵《すてき》なことが待《ま》っている。だから勇気《ゆうき》を出《だ》して漕《こ》ぎ出《で》そう。そして待《ま》つ者《もの》は無事《ぶじ》を信《しん》じて待《ま》とう。神様《かみさま》はきっとそれを叶《かな》えてくれる」

私《わたし》は眞姫那《まきな》ちゃんの書《か》いた物語《ものがたり》の最後《さいご》の方《ほう》のフレーズを読《よ》み上《あ》げる。眞姫那《まきな》ちゃんは「ちょっと先輩《せんぱい》！」と恥《は》ずかしそうに止《と》めに入《はい》ったので、「あ、ごめん」と左手《ひだりて》で口《くち》を押《お》さえた。

だけどこの部分《ぶぶん》は胸《むね》に染《し》み込《こ》んだ。それと同時《どうじ》に既視感《きしかん》のようなものも覚《おぼ》えたのだ。

「ねえ、このフレーズって、怜央《れお》くんのお母《かあ》さんが言《い》ってたあの言葉《ことば》？」

私《わたし》がそう尋《たず》ねると、眞姫那《まきな》ちゃんはチロリと舌《した》を出《だ》した。

「……あ、ばれちゃいました？　その通《とお》りです。おばさんが洞窟《どうくつ》の祠《ほこら》に私《わたし》たちを連《つ》れて行《い》ってくれた時《とき》に言《い》ってくれていた言葉《ことば》です。――私《わたし》が書《か》きたかった物語《ものがたり》に一番《いちばん》しっくりと来《き》たので、最後《さいご》にそのまま使《つか》っちゃいました」

私《わたし》たちは読《よ》み終《お》えた眞姫那《まきな》ちゃんの物語《ものがたり》を、もう一度《いちど》、ぱらぱらとめくる。

それは初《はじ》めて書《か》いたとは思《おも》えない、とても素敵《すてき》なお話《はなし》だった。

「いいと思《おも》うよ。なんだかとてもしっくりくる。これが、怜央《れお》くんへのメッセージなんだね」

眞姫那《まきな》ちゃんは窓《まど》の外《そと》を見《み》たまま、無言《むごん》でこくりと頷《うなず》いた。

その瞳《ひとみ》はどこか、涙《なみだ》で潤《うる》んでいるみたいに見《み》えた。気《き》のせいかもしれないけれど。


そのお話《はなし》はファンタジー世界《せかい》のお話《はなし》。

その世界《せかい》は私《わたし》がエレナとして生《い》きていた場所《ばしょ》によく似《に》ていた。

主人公《しゅじんこう》は魔法使《まほうつか》いの少女《しょうじょ》。彼女《かのじょ》には仲良《なかよ》しの少年《しょうねん》がいる。

少年《しょうねん》には使命《しめい》があって、海《うみ》の向《む》こうへと旅立《たびだ》たないといけない。少女《しょうじょ》の住《す》んでいる世界《せかい》を守《まも》るために。

魔法使《まほうつか》いの少女《しょうじょ》はその土地《とち》に縛《しば》られていて一緒《いっしょ》に行《い》くことはできない。

だから彼女《かのじょ》は少年《しょうねん》に魔法《まほう》をかける、力《ちから》を授《さず》ける。彼《かれ》の中《なか》に彼女《かのじょ》の魔法《まほう》の力《ちから》を託《たく》すのだ。

そして背中《せなか》を押《お》すのだ。だから勇気《ゆうき》をもちなさい。新《あたら》しい場所《ばしょ》に行《い》ってもしっかり挑戦《ちょうせん》しなさいって。


「先輩《せんぱい》は、どんなの書《か》いたんですか？」

「あ、まだ読《よ》んでないんだ？」

「そうですね。はい。最後《さいご》に読《よ》もうかなって。先輩《せんぱい》は私《わたし》と同《おな》じ初《はじ》めてですから、ちょっとライバル感《かん》があって」

「あはは。わかる。私《わたし》もちょっとあるよ。また、読《よ》んだら感想《かんそう》聞《き》かせてよ」

「はい！」

私《わたし》の物語《ものがたり》は、私《わたし》にとっては普通《ふつう》の物語《ものがたり》だ。

あの世界《せかい》のお話《はなし》。エレナがいて、リリアンヌがいて、シャリフがいる。海辺《うみべ》の港町《みなとまち》での出会《であ》いと、小《ちい》さな冒険《ぼうけん》の話《はなし》。知《し》らない場所《ばしょ》には出会《であ》いがある。出会《であ》いから始《はじ》まる冒険《ぼうけん》がある。

この合宿《がっしゅく》も、怜央《れお》くんとの出会《であ》いも、その一《ひと》つだったんじゃないかなって思《おも》うんだ。

「――伝《つた》わるかな？　届《とど》くかな？　私《わたし》の気《き》持《も》ち」

車窓《しゃそう》から流《なが》れる景色《けしき》を見《み》ながら眞姫那《まきな》ちゃんが呟《つぶや》く。

私《わたし》もその視線《しせん》の先《さき》に目《め》をやる。海岸線《かいがんせん》がまだ見《み》えていた。

大《おお》きな海《うみ》の向《む》こう側《がわ》には、知《し》らない国《くに》があるのだ。私《わたし》もまだ行《い》ったことのない国《くに》が。そして
怜央《れお》くんが旅立《たびだ》つかもしれない国《くに》が。

私《わたし》たちには応援《おうえん》することしかできない。

「信《しん》じようよ。怜央《れお》くんを。そして物語《ものがたり》の力《ちから》を。唯《ゆい》ちゃんと一生懸命《いっしょうけんめい》に書《か》いた物語《ものがたり》じゃん」

「――ですね。なんてったって、私《わたし》たち文芸部《ぶんげいぶ》ですし」

こちらを向《む》いた眞姫那《まきな》ちゃん。

その隣《となり》でいつの間《あいだ》にか目《め》を覚《さ》ました唯《ゆい》ちゃんが、嬉《うれ》しそうに頷《うなず》いていた。「私《わたし》も」って。

隣《となり》を見《み》る。膝《ひざ》の上《うえ》に原稿《げんこう》を広《ひろ》げた京子《みやこ》ちゃんが右手《みぎて》の親指《おやゆび》と人差《ひとさ》し指《ゆび》で小《ち》さな輪《わ》を作《つく》り、笑《え》
顔《がお》でオッケーのサインを作《つく》っていた。その開《ひら》かれた原稿《げんこう》のページを見《み》て、私《わたし》は思《おも》わず赤面《せきめん》する。

じんわりと嬉《うれ》しい気持《きも》ちが胸《むね》の奥《おく》に広《ひろ》がった。

窓《まど》に外《そと》に目《め》をやると、海《うみ》の上《うえ》の大空《おおぞら》に、飛《と》んでいく飛行機《ひこうき》の姿《すがた》が見《み》えた。

四巻《よんかん》に続《つづ》く

あとがき

こんにちは！　成井露丸《なるいつゆまる》です。「なるいつゆまる」と読《よ》みます。「せいろがん」じゃないよ！

お久《ひさ》しぶりです。２巻《かん》の発売《はつばい》から半年以上《はんとしいじょう》あいてしまいましたが、無事《ぶじ》、３巻《かん》をみんなの元《もと》へ届《とど》けることができました！　パチパチパチ～～(拍手《はくしゅ》)！

３巻《かん》でついに、遥香《はるか》たちは学校《がっこう》を飛《と》び出《だ》しました！　遠《とお》い街《まち》まで遠征《えんせい》した文芸部《ぶんげいぶ》（プラス１名《めい》）。２巻《かん》で登場《とうじょう》した理人《りひと》くん、眞姫那《まきな》ちゃんと唯《ゆい》ちゃんもメンバーとして大活躍《だいかつやく》でしたね。海辺《うみべ》の街《まち》の合宿《がっしゅく》を通《とお》して、読者《どくしゃ》のみなさんの中《なか》でも、三人《さんにん》が文芸部員《ぶんげいぶいん》として「しっくりくる」存在《そんざい》になれていたら嬉《うれ》しいです。

さて、みなさんは部活《ぶかつ》で合宿《がっしゅく》とか行《い》ったことはありますか？　中学校《ちゅうがっこう》や高校《こうこう》である部活《ぶかつ》の合宿《がっしゅく》や、試合《しあい》での遠征《えんせい》、それから修学旅行《しゅうがくりょこう》など、お泊《とま》りを含《ふく》んだ旅行《りょこう》は、特別《とくべつ》な思《おも》い出《で》として心《こころ》の中《なか》に残《のこ》り続《つづ》けます。そんな経験《けいけん》も「これから」っていう読者《どくしゃ》の皆《みな》さんも多《おお》いかもしれません。そういうチャンスがあれば、どんどん飛《と》び込《こ》んで充実《じゅうじつ》した学校生活《がっこうせいかつ》を送《おく》って欲《ほ》しいです！

ここでお礼《れい》を！

3巻《かん》も素敵《すてき》なイラストを描《か》いてくださったくずもちさんに感謝《かんしゃ》を！　表紙《ひょうし》の黒《くろ》ずくめの二人《ふたり》とか最高《さいこう》です！　キャラクターたちにさらなる命《いのち》を吹《ふ》き込《こ》んでいただけて『ユメコネクト』の世界《せかい》はぐっと魅力的《みりょくてき》になったと思《おも》います！

担当《たんとう》の編集《へんしゅう》さんにも感謝《かんしゃ》を！　エレナとリリアンヌじゃないけれど、3回目《かいめ》の連携《れんけい》プレイで、今度《こんど》もまた面白《おもしろ》いお話《はなし》を作《つく》れたと思《おも》います。4巻《かん》もぶち上《あ》げましょう！

さて、遥香《はるか》たちを取《と》り巻《ま》く『ユメコネクト』の世界《せかい》も、何《なに》やら新《あたら》しい事実《じじつ》が次々《つぎつぎ》と出《で》てきました。ユメコネクトーム研究所《けんきゅうじょ》の存在《そんざい》に加《くわ》えて、南《みなみ》の魔女《まじょ》の復活《ふっかつ》。う〜ん、気《き》になる！

もちろん、遥香《はるか》と海斗《かいと》と理人《りひと》の恋模様《こいもよう》も、気《き》になりますよね!?　どうなることやら〜。

是非《ぜひ》、4巻《かん》も楽《たの》しみに待《ま》ってもらえたら嬉《うれ》しいです！

また、きっと半年後《はんとしご》くらいに4巻《かん》で会《あ》いましょう！

ユメ――ディスコネクト！

成井露丸《なるいつゆまる》

アルファポリスきずな文庫

成井露丸《なるいつゆまる》／作《さく》

京都市在住。2018年のお正月からWEBで小説を公開開始。2020年から児童小説を書き始め、本作でデビュー。子供のころよくお腹をこわして、とある胃腸薬のお世話になっていた。青春モノやSFアニメが好物。

くずもち／絵《え》

児童書を中心に活動するイラストレーター。
かわいくてキラキラしたものが好き。

本書は、アルファポリス(https://www.alphapolis.co.jp/)に掲載されていたものを、
改題、改稿、加筆の上、書籍化したものです。

ユメコネクト③

えがけ！　海辺《うみべ》の街《まち》の物語《ものがたり》！

作《さく》　成井露丸《なるいつゆまる》

絵《え》　くずもち

2025年 2月15日　初版発行

編集　古屋日菜子・森 順子
編集長　倉持真理
発行者　梶本雄介
発行所　株式会社アルファポリス
〒150-6019 東京都渋谷区恵比寿4-20-3 恵比寿ガーデンプレイスタワー 19F
TEL 03-6277-1601（営業）03-6277-1602（編集）
URL https://www.alphapolis.co.jp/
発売元　株式会社星雲社（共同出版社・流通責任出版社）
〒112-0005 東京都文京区水道1-3-30
TEL 03-3868-3275
デザイン　川内すみれ(hive&co.,ltd)
（レーベルフォーマットデザイン／アチワデザイン室）
印刷　中央精版印刷株式会社

ISBN 978-4-434-35303-1 C8293

ファンレターのあて先

〒150-6019 東京都渋谷区恵比寿4-20-3 恵比寿ガーデンプレイスタワー 19F
(株)アルファポリス　書籍編集部気付

成井露丸先生

いただいたお便りは編集部から先生におわたしいたします。